霜の降りる前に 上

ヘニング・マンケル

JN210558

リンダ・ヴァランダー，まもなく三十歳。警察学校を修了して秋からイースタ署に赴任することが決まり，この夏は父クルトのアパートに同居している。久しぶりの故郷で，旧友ふたりとのつきあいも復活した。だが，その友人のひとりアンナがいきなり行方不明に。いなくなる直前にアンナは，彼女が幼いころに姿を消したままの父親の姿を見たと，リンダに告げていた。アンナになにが？　心配のあまり，まだ正式に警察官になっていないからと諫める父の制止を無視し勝手に調べはじめるリンダ。スウェーデンミステリの巨匠マンケルの人気シリーズ最新刊。

登場人物

クルト・ヴァランダー……………………イースタ警察署の刑事
リンダ……………………………………クルトの娘。警察官候補生
モナ………………………………………リンダの母。クルトの別れた妻
アン＝ブリット・フーグルンド…………イースタ警察署の刑事
マーティンソン……………………………同、刑事
ステファン・リンドマン…………………同、新任の刑事
スヴェン・ニーベリ………………………同、鑑識課の刑事
リーサ・ホルゲソン………………………同、署長
ステン・ヴィデーン………………………クルトの友人
セブラン（セバ）…………………………リンダの友人
アンナ・ヴェスティン……………………リンダの友人
ヘンリエッタ………………………………アンナの母
エリック……………………………………アンナの父。失踪中
マルガレータ・オルソン
（ヨハンナ・フォン・ルーフ）…………ルンドでのアンナのハウスメイト

ペーター・エングボン……ルンドでのアンナのハウスメイト
サッカリアス…………ルンドでのアンナのハウスメイト
トルゲイル・ランゴース……レスタルプにある家の持ち主
ビルギッタ・メドベリ……文化地理学者の女性
ヴァンニャ・ヨルネル……ビルギッタの娘
ジム・ウォレン・ジョーンズ……カルト教団人民寺院《ピープルズ・テンプル》の教祖
スー＝メアリー・レグランド……通信販売業者

霜の降りる前に 上

ヘニング・マンケル

柳 沢 由 実 子 訳

創元推理文庫

INNAN FROSTEN

by

Henning Mankell

目次

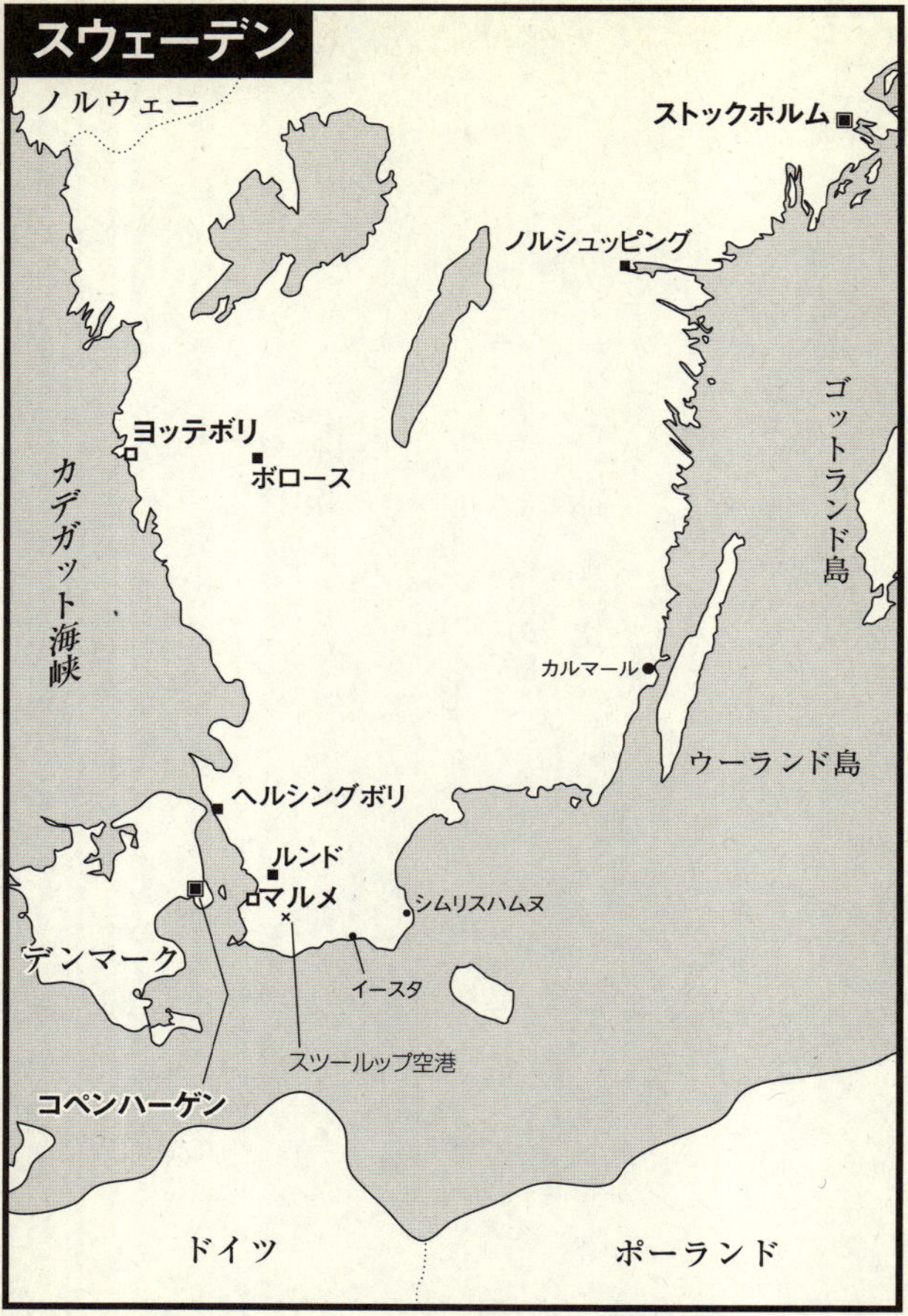
スウェーデン
ノルウェー
ストックホルム
ノルシュッピング
ゴットランド島
ヨッテボリ
ボロース
カデガット海峡
カルマール
ウーランド島
ヘルシングボリ
ルンド
マルメ
シムリスハムヌ
デンマーク
イースタ
スツールップ空港
コペンハーゲン
ドイツ
ポーランド

霜の降りる前に 上

プロローグ　一九七八年十一月　ジョーンズタウン

まるで燃える細い鋼《はがね》の針が頭の中でパチパチと火花を散らしているようだった。我慢できないほどの激しい痛み。落ち着きを取り戻すため、彼は懸命に頭の中を整理しようとした。いまいちばん自分を苦しめているのはなにか？　答えを探す必要はなかった。はっきりわかっていた。恐怖だ。ジムはおれを見つけるために犬を放ったのではないか、まるで恐怖に駆られて逃げまどう獲物を追い込むように。たしかにいまの自分は逃げまどう獲物そのものだ。そう、まさにそのとおり。彼をいまいちばん怖がらせているのはジムの飼っている犬どもだった。十一月十八日の夜から十九日の朝にかけて走り、疲れて倒木の陰に身を潜めて隠れていたあいだじゅう、吠え立てる何匹もの犬が近づいてくるような気がしてならなかった。

ジムは絶対に、一人たりとも逃しはしない。おれはかつてあの男にどこまでもついていこうと思ったものだ。無限の、慈悲深い神のような愛に満ちあふれていると思ったからだ。だが、いまはまったくそうではないとわかっている。ジムはいつの間にかみんなの乗った船を自らの影で覆いつくしてしまった。いや、いつも気をつけろとあいつ自身が警告していた悪魔に乗っ取られてしまったのだ。あいつ自身が悪魔そのものになってしまった。おれが愛だと信じたものは憎悪に変わっていたのだ。おれはもっと早くそれに気づくべきだった。ジムは何度もそれをはっきりと示していた。あの男はわれわれに真実を見せていたのだ。だが、最初からすべてを見せてはいなかった。少しずつ正体をあらわしていったのだ。だが、おれもほかのみんなも、あいつの言うことが理解できなかった。わかろうとしなかった。説教のためにみんなを集めたときやメッセージを発表したとき、ジムは最後の審判の日が訪れる前に、一人ひとり、心の準備をしなければならないと言ったのだが、それだけではなかった。あいつはわれわれに、いつでも死ねるように用意しておけとたしかに言っていたのだ。

男はここで考えを止め、暗闇に耳を澄ました。遠くから犬の吠え声が聞こえないか？　だが、犬はただ彼の頭の中にいるだけで、恐怖のあまり彼が勝手に想像しているにすぎなかった。ふたたび、恐怖と混乱で頭がおかしくなりそうな思いでジョーンズタウンでのできごとを思い起こした。理解しなければならなかった。ジムはみんなのリーダーだった。彼らの主導者であり、牧師だった。政府やマスメディアの執拗な追及を避けて、ジムが先に立ってカリフォルニアを出発したとき、彼らはみな、ジムに従ってガイアナにやってきたのだった。ガイアナの地で、彼らは神に祝福された自由な人生と自然の中の共同生活を夢見た。初めはなにもかもジムの言ったとおりになった。ここにパラダイスを見つけたとみんなうなずき合ったものだ。だがなにかが起きた。もしかするとガイアナではだめだったのだろうか？　やはりここもカリフォルニアと同じで夢が実現できない土地だったのだろうか？　互いに誓い合った神の国の実現のためには、祖国を捨てるだけでなく自分たちの命まで捨てなければならなかったのだろうか？「私にはすべてが見通せる」とジムは言った。「以前よりもっと先まで私には見える。最後の審判の日は近い。恐ろしい大渦巻きに巻き込まれないためには、われわれは全員死ななければならないかもしれない。死ぬことによってのみ、われわれは生き永らえるのだ」

集団で自殺すること。初めてジムが祈禱の場でその話をしたときは、彼の言葉にまったく恐怖を感じなかった。まず最初に親が子どもたちに青酸の入った飲み物を与える。青酸はジムの家の裏の鍵のかかった部屋に保存されている。その後、大人が青酸を飲む。もし、最後の瞬間、決定的な瞬間に迷いの出た信者はジムとジムの側近の者に協力してもらうことができる。青酸がなくなったら、銃器がある。ジムは全員が死んだことを確認してから自分の頭に銃弾を撃ち込む。

熱帯のうだるような暑さの中で、男は樹木の下に横たわっていた。終始ジムの飼い犬の吠え声に聞き耳を立てていた。みんなが恐れていた、巨大な、血走った目の猛獣。ジムは、自分の教えの下で生きることを選んだ者たち、カリフォルニアから脱出してこのガイアナのジャングルで生きることを選んだ者たちは、神の決めた道を進むしかない、すなわちジム・ウォレン・

ジョーンズが選んだ道を進むしかないのだと諭した。

自分たちはそれを聞いてどんなに安心したことか。ジムは、死、自殺、青酸、銃器などという言葉から脅威や恐怖を抜き取り、美しい、みんなが憧れるようなものに仕立て上げた。

ここまで考えて、男はぶるっと震えた。ジムは死んだ者たち全員を念入りにチェックしたのだ。そしておれがいないことがわかって、犬を放ったにちがいない。そこまで考えて、彼ははっとした。死んだ者たち全員？　涙が頬を伝った。いま初めて、なにが起きたのかがはっきり理解できた。マリアと娘。全員が死んだということは、彼女たちも死んだということだ。しかし彼にはそれが信じられなかった。マリアとは毎夜ひそかに話をした。ジムは頭がおかしくなっている。もはや彼らがかつて信じた男ではない。魂を救うと約束をし、創設した人民寺《ピープルズ・テン》院《プル》に来るならば真に意味のある人生を約束すると誓った男ではなくなった。ジムは、唯一の幸福は、キリスト教を信じることにあり、限りある、そしてもうじき終わるこの世の彼方にすべてがあると信じることにあると言った。彼らはその言葉を信じてここまで来たのだ。マリアははっきりと言った。「ジムの目は落ち着きがない。あの人はもはや私たちの目を見て話をしていない。私たちを素通りしている。目が冷たい。まるでもう私たちのことなど考えていないようだわ」

マリアとは夜になると声を潜めて逃げようかと話し合った。だが朝になると、この生活を捨てることはできないと思い直した。ジムはきっとまたもとに戻るだろう。いまは危機に陥っているのだ。もうじき落ち着くだろう。ジムはここでいちばん強い人間だ。その存在なしには、彼らはこのパラダイスの暮らしを経験することはできなかっただろう。

男は顔の汗の上を這いまわる虫をたたき落とした。ジャングルはうだるような暑さだ。有象無象の虫が四方から彼の体をよじ上ってくる。片脚に木の枝の重みがかかってきた。彼はそれを蛇のように感じてガバっと起き上がった。ガイアナには毒蛇が多くいる。この三ヵ月で仲間が二人毒蛇に嚙まれた。嚙まれた足はみるみるうちに腫れ上がり、青黒い色を帯びた嚙み口が裂けて、異臭を放つ膿《うみ》がどろっと出てきた。二人のうちの一人、アーカンソーから来た女性は命を落とした。ピープルズ・テンプルの小さな墓地の片隅に埋葬され、ジムは長い弔辞を読み上げた。それは彼がサンフランシスコにピープルズ・テンプルを立ち上げたころと同じ調子だった。あれからまもなくジムは素晴らしい説教師として有名になったのだった。

男には一つの記憶があった。ほかのどんなことよりも鮮明な記憶が。それはかつて彼が見捨てた一人の女の子のことだ。酒を飲んでもドラッグをやっても決して忘れられない良心の呵責《かしゃく》を感じ、二度と同じことはしたくないと心から思っていた。当時彼は死ぬつもりだった。車に轢《ひ》かれるか列車に飛び込むかしてこの世におさらばするつもりだった。どうせだれにも惜しまれない命、自分自身持て余している命だった。町に最後の別れをするために通りをふらついていた。もっとも、彼が生きようが死のうが気にかける者など一人もいなかったのだが。そのときたまたまピープルズ・テンプルの前を通りかかったのだ。あとでジムは「あれは神のお告げだったのだ」と言った。「きみは選ばれた者なのだ。神の慈悲というものを経験するにふさわしいと神が決められたのだ」と。あのとき、なぜ自分は教会の建物らしくないあの家に足を踏み入れたのだろうか。彼にはそれがいまだにわからなかった。すべてが終わり、いまこうしてジャングルの木の陰にひそかに体を横たえ、ジムの放った犬どもに引き裂かれるのを息を詰めて待っているいまでさえも。

ガイアナのジャングルなどに留まらず、少しでも遠くへ逃げなければならないことはわかっていた。だが、その逃避の場所から動くことがどうしてもできなかった。なにより、マリアと娘を見捨てることはできない。すでに一度、前の人生で同じ経験をしていた。それをもう一度繰り返すことだけは絶対に避けたかった。

そもそもいったいなにが起きたのか？　みんなは朝いつものように起きた。そして毎日そうするようにジムの家の前に集まって彼が出てくるのを待った。だが、最近はよくあることだったが、その日もドアは閉まったままだった。それで開拓された土地《コロニー》に住んでいる大人九百十二人と子ども三百二十人は、ジムが不在のまま朝の祈りを捧げた。もしその朝、牛が二頭逃げ出したということがなかったら、二人の男たちと彼もまた、コロニーに住む他の者たち同様、助からなかったにちがいない。その朝マリアと娘を残して牛を探しに出かけたとき、恐ろしいことが起きるとは夢にも思わなかった。熱帯雨林との境目にある峡谷の上にのぼったとき、初めてなにか異常なことが起きたのだとわかったのだ。

コロニーのほうから聞こえた銃声に三人は走っていた足を止めた。頭上で鳥がいっせいに激しく鳴きだし、あたりが騒然とした中で銃声に交じって人の悲鳴も聞こえた。三人の男は顔を見合わせ、次の瞬間谷間を駆け下りた。いつの間にか、ほかの二人の姿が見えなくなっていた。もしかして、この機会に逃げることにしたのかもしれないという思いが彼の脳裏をかすめた。ジャングルから抜け出てピープルズ・テンプルの大きな果樹園のまわりを囲む金網まで来ると、あたりは静まり返っていた。不自然なほど静かだった。いつもなら大勢いる果物を摘んでいる者たちもない。いや、どこにも人の姿が見えなかった。敷地内の建物に向かって走った。なにか恐ろしいことが起きたにちがいないと思った。その日の朝いつもは家に閉じこもっていたジムが外に出ていた。だが、その目は愛どころか、憎悪に満ちていた。近ごろではそういうことが多かった。

体が痙攣《けいれん》しはじめ、彼はそっと体をひねった。その間も耳を澄まし、犬が近づいてくるのではないかと恐れた。だが、耳に届いたのはコオロギが羽根をこすり合わせる音と、空を飛ぶ夜鳥の羽ばたきだけだった。けっきょくおれはなにを見たのか？　人っ子一人いない果樹園を走り抜けたときに彼の頭にあったのは、命を神の手にゆだねるしかないということだった。いま神の手に命と祈りを捧げる。なにがあってもマリアと娘の命だけは助けてほしい。

だが、神は彼の祈りを聞き入れはしなかった。峡谷の上で銃声を聞いたとき、彼は神とジムが一対一の決闘をしたのかもしれないと思ったのを思い出した。

まるで神とジム・ウォレン・ジョーンズの決闘の場に足を踏み入れたような感じだった。だが、神の姿はどこにも見えない。ジム・ジョーンズはいた。そして犬たちは囲い地の中で気が狂ったように吠え立てていた。あたり一面に人が倒れていた。死んでいることは一目瞭然だった。まるで天から猛烈な勢いで拳《こぶし》が振り落とされて人間たちが地面に叩き付けられたような光景だった。ジム・ジョーンズはいつものように取り巻きの同僚牧師でも用心棒でもある六人の男たちといっしょに信者たちの死を確認してまわっていた。そして親の体によじ上ろうとするまだ生きている赤ん坊を次々に撃ち殺していった。マリアと娘の姿はどこにもなかった。

マリアの名前を呼ぶ彼の声がジムの耳に届いたらしく、次の瞬間、男の目にジムがピストルを持つ手を上げて狙いを定める姿が映った。二人の間には二十メートルほどの距離があり、茶色い土の道にはコロニーの住人たち、彼の友人たちの死体が累々と横たわっていた。ジムは両手で持ったピストルの引き金を引いた。銃弾は当たらなかった。二発目の弾を打つ前に、狙われたほうが走りだした。弾は何発も撃たれたが、どれも当たらず、ジムが罵《のの》しる声があたりに響いた。男は死体という死体を飛び越えて、暗くなるまで懸命に走り続けた。そしていまジャングルの中の木の下に隠れ、息を潜めていた。生き残ったのは自分一人だけなのかどうかはわからなかった。マリアと娘はどこにいる？　なぜ自分だけが生き延びることができたのだ？　たった一人で最後の審判の日を迎えるのか？　彼にはなにもわからなかった。わかっているのは、これは決して夢ではないということだけだった。

夜になり、あたりが暗くなった。ジャングルの木々から昼間の熱気が放たれたころ、やっと犬は放たれなかったのだとわかった。彼はゆっくり立ち上がり、しびれた手足を伸ばした。そしてコロニーに向かって歩きだした。疲労は極限に達していたが足を引きずって前に進んだ。喉が激しく渇いていた。依然としてあたりは静まり返っていた。犬も殺されたのだろう。ジムは一人も例外なく死ぬと言っていた。きっと犬も同じだったのだろう。彼は塀をよじ上って敷地内に入った。塀の壁際には数人の男が倒れていた。きっと逃げ出そうとして背中から撃たれたのだろう。

しばらく行って、彼は足を止めた。男が一人、目の前にうつぶせに倒れていた。震える足で彼はその体を仰向けにさせた。ジムの目がまっすぐに彼を射た。その目はもはや光を失っていた。ジムの目がおれをまっすぐに見ている。瞬きもせずに。当たり前のことが彼の頭に浮かんだ。死んだ人間は瞬きをしない。急にジムを蹴飛ばし、顔を殴りつけたい欲求に駆られた。だが、そうはせずに立ち上がった。あたり一面死んだ人間に囲まれていた。生きているのは彼一人。そしてマリアと娘を見つけた。

マリアは後ろから撃たれてうつぶせに倒れていた。女の子を腕に抱いたまま。彼はひざまずき、声をあげて泣いた。もはやだれもいない。ジムはおれたちのパラダイスを地獄に変えてしまった。

ヘリコプターが上空を旋回しはじめた。彼はそれまでマリアと娘のそばにいたが、ヘリコプターの姿を見て立ち上がり、その場を離れた。まだ幸せだったころ、ガイアナに来たばかりのころに、ジムが言った言葉を思い出した。「人間の真の姿は目にも見えるし耳で聞き分けることもできる。そしてそれは臭いでもわかるものだ。悪魔は人間の中に隠れる。そして悪魔が内に隠れている人間は硫黄《いおう》の臭いがするもの。硫黄の臭いがしたら、十字架をかざすことだ」

これからどうなるのだろう。わからない。これからのことが怖かった。神とジム・ジョーンズのいなくなったとほうもない空間をどうやって埋めたらいいのだろう。

第一部　漆黒《しっこく》の闇

1

二〇〇一年八月二十一日午後九時。風が出てきた。ロンメレ川の南側、谷間の低地にあるマレボ湖の湖面にさざ波が立ちはじめた。湖岸近くの暗闇に立っていた男は片手を上げて風が吹いてくる方向を確かめた。ほぼ真南だ、と満足そうにうなずいた。まもなく捧げ物となる獲物を捕らえるために餌を置いた場所はここで間違いなかったことがこれでわかった。

冷たい岩の上にセーターを敷き、その上に腰を下ろした。下弦の月。しかし厚い雲に覆われ、月光は一筋も漏れてこない。漆黒《しっこく》の闇。黒いうなぎが明かりのない水の中でうごめいてもわからないほどの暗さ。子どものとき、友だちがたしか〝うなぎの暗さ〟と言っていたっけ。八月の暗い夜の水中、うなぎが遡上《そじよう》しはじめる。暗い中、ぶつかりながら用意された仕掛けの中に入り込む。一度入ったら二度と出られない仕掛けだ。

男は暗闇に耳を澄ます。どんな音も聞き漏らさない鋭い耳が遠くで車が行き来する音をとらえた。それ以外はなにも聞こえない。静まり返っている。懐中電灯をつけて岸と湖面を照らした。すでに来ている。暗い湖面に白い点が二つ見える。まもなくもっと増えるはずだ。

懐中電灯を消し、頭の中でいま何時か当てるゲームを始めた。十時三分、と答えを出した。そして腕を上げて時計を見た。時計の針が暗闇で光る。十時三分。正しかった。もちろん正しいに決まっている。三十分以内にすべてが完了する。あとは待つ必要がなくなる。彼は時間どおりの行動パターンをとるのは、人間だけとはかぎらないことを学んでいた。動物も学習するのだ。今晩これから起きることの準備に三ヵ月かかった。ゆっくりと時間をかけて、彼は自分の存在を彼らに慣れさせた。友だちとして彼らに受け入れられるのに三ヵ月かかったのだ。

それが彼の最大の長所だった。だれとでも友だちになれる。人間だけでなく動物とも親しくなれるのだ。だがだれも彼が本当はどう思っているのか、なにを考えているのかわからない。ふたたび懐中電灯をつけた。白い点が増えていた。岸に近づいてくる。もうじき実行できる。懐中電灯で岸辺を照らした。ガソリンの入っているスプレー缶を二本、岸辺に置いた。そしてあたりにはパン屑《くず》を撒いておいた。懐中電灯を消して、じっと白いものが近づいてくるのを待った。

そのときがくると、彼は落ち着いてかねてからの計画どおりに手際よく行動した。白いものは白鳥だった。すでに数羽集まっていた。彼の撒いたパン屑をつついている。すぐ近くに人間がいることには気がついていない様子だった。あるいはそれまでの経験から彼が危険ではないと思い込んでいるのか。彼は懐中電灯は使わず、暗闇でも見える眼鏡を取り出してかけた。岸辺にいたのは六羽、三組の白鳥だった。一組は岸辺にうずくまっていたが、ほかの二組の白鳥はまだ餌を探していたり羽繕いをしていた。

いまだ。彼は立ち上がった。スプレー缶を両手に持ち、二羽の白鳥に噴射した。白鳥が羽を広げて飛び立とうとしたとき、男は片方のスプレー缶を放り投げ、もう一缶に火をつけた。炎はすぐに白鳥の羽根に燃え移った。燃える火の玉となった二羽の白鳥は羽を広げ必死で湖の上に飛び上がった。男はその姿と鳴き声を記憶にとどめようと目を見張り耳を澄ました。悲鳴をあげて羽ばたきをしながら燃える体で飛び上がろうとする姿、そして燃え上がる羽根が湖の水に浸って煙を出し、そのまま湖に沈んでいく白鳥の姿を。

すべてがあっという間に終わった。白鳥に火をつけ、炎となった白鳥が飛び上がり湖に沈むまで、一分とかからなかった。男は満足だった。すべてが計画どおりにいった。慎重な始まり。男はスプレー缶を二本とも湖に放り投げた。座っていたセーターをリュックに入れると、また懐中電灯をつけ、あたりになにも落としていないか忘れた物はないかチェックした。なにも残していないことを確認したあと、ポケットから携帯電話を取り出した。それは数日前にコペンハーゲンで買ったものだった。この電話から足がつくことはないはずだ。番号を押して相手が出るのを待った。

警察に通報した。短い会話。そのあと男は携帯電話を湖に放り投げ、リュックを背負って闇の中に姿を消した。

風が西に向きを変え、いっそう強く吹きはじめた。

2

八月の下旬、リンダ・カロリン・ヴァランダーは、自分と父親は似ている点があるのだろうかと思案していた。まもなく三十歳である。当然とっくにわかっていていいはずのことだった。もちろんいままでも父親に訊いたことはある。ときにはきつく答えを迫ったこともあった。だが父親は質問の意味がわからない様子で、だれかに似ているとすれば、それは彼の父親、リンダの祖父ではないかと答えたりした。この話題はときどき彼女の口に上っては、二人の間の言い争いのもとになり、ときには激しいケンカに発展した。二人はすぐにかっとなったが、すぐに静まる。この種のケンカは彼女自身、たいてい忘れてしまったが、父親もたいていすぐに忘れてしまうようだった。

だが、その夏二人の間に交わされた口争いの数々の中で、たった一つリンダには忘れられないことがあった。一見単純なことだった。ただそれは、彼女が無理に記憶から追い払った子ども時代のことで、彼女自身が呼び戻そうとしていた記憶の一部に属するものだった。幼いころ、クルト・ヴァランダーとモナ、そして娘のリンダの三人はボーンホルム島までいっしょに旅行したことがあった。まだ六歳か七歳のころのことで、ケンカの原因は、そのとき、風が強く吹いていたかどうかという点だった。ある日の夕食後、二人は狭いバルコニーに座っていた。心地よい風が吹いていた。そのときボーンホルム島への旅行のことがなんの脈絡もなく話題に上ったのだった。父親はあのときリンダは強い風のせいで船酔いして彼の上着に吐いたと言い、リンダは波一つない静かな青い海だったと言った。三人がいっしょに旅行したのはこのとき一回きりだったので、ほかの旅行と取り違えているはずはない、母親は海に出るのが好きではなかったし、そもそも母親がいっしょに来たこと自体意外だったと言った。

その晩、あんなことでなぜ怒ったのかと首を傾げるような他愛もない、そんな言い合いをしたあと、リンダはなかなか寝つけなかった。あと二ヵ月すれば彼女はイースタ署で警察官実習生として仕事を始めることになっていた。ストックホルムの警察学校での勉強も終わり、彼女はすぐにも仕事を始めたくてうずうずしていた。いまはそれまで父親のところで時間をつぶしている。父親は五月に夏休みをほぼとりきっていたので、いっしょにどこかに出かけることもできずにいた。家を買うことに決めたので、少し残っている休みは引っ越しのために使おうと思っていたのだ。いや、実際、彼は家を買ったのだった。スヴァルテに。国道の南側、海岸のすぐそばの家だった。手付け金も払い終わっていた。だが、売り手である年金暮らしの元教師の婦人が突然翻意したのだった。長い間手入れしてきたバラとシャクナゲの美しい庭を、花などにまったく興味がないと見える男に売り渡すことになるのだと気づいた婦人は激しく後悔した。なにしろ男はまだ飼ってもいない犬のための小屋をどこに建てたらいいか、そればかりを気にしていたのだから。彼女はこの話はなかったことにしようと言いだした。間に立った不動産屋は無視しろと、あるいは少なくとも損害賠償で相手を訴えろと忠告してきたが、ヴァランダーはすっかりその家を買う気をなくしてしまった。

その年の夏はその後ずっと強風が吹き続き、気温も上がらないままだった。ヴァランダーはそれでもなんとか家探しを続けた。だが売りに出されているのは手が届かないほど高価な家か、彼がずっとイースタのマリアガータンで夢見てきたものとはまったく異なる様相のものばかりだった。そんなわけで彼はマリアガータンのアパートから動かず、このままでは夢の実現は無理かもしれないと思いはじめていた。そのころ、リンダはストックホルムの警察学校で最後の数週の授業を受けていた。ある週末、ヴァランダーが車でストックホルムへ行き、リンダの身の回り品を積んで戻った。リンダは九月からイースタ署で働くことが決まり、引っ越すことになっていたので、それまでは父親のアパートの部屋に同居することにしたのだった。

同居が始まると、父娘はすぐに苛立ちを感じた。リンダは我慢できず、父親に少しでも早く仕事を始められるよう心当たりに頼んでくれないかと言いだした。ヴァランダーは一度その旨上司のリーサ・ホルゲソン署長に頼んだことがあったが、署長にもどうにもできないことだった。実習生は必要とされていた。というのもイースタ署は人手が足りなかったからである。しかし予算がなかった。リンダの仕事始めは九月十日、その前はどんなことがあっても無理ということがわかった。

その夏、リンダは十代のころの友だち二人とつきあいを復活させた。ある日、イースタの広場でセバ、通称〝セブラン〟と偶然に出会った。最初は互いにわからなかった。セブランは黒い髪を赤く染め、ショートカットにしていた。イラン出身で義務教育の九年生まで同じクラスだったのだが、その後は別の道を歩んだのだった。偶然に出会った七月のその日、セブランは乳母車を引いていた。二人は近くのカフェに入りコーヒーを飲んだ。

セブランはバーテンダーの仕事をしていたが、リンダも知っているマルクスという男子とつきあい、子どもができた。マルクスは南国の果物が好きで、早くも十九歳でイースタの東側の町外れに種苗を育てて売る育種所を開いた。そのうちに二人の関係は終わったが、赤ん坊が手元に残った。その日リンダはその子が泣きだすまで夢中でセブランとしゃべった。その後二人は連絡を取り合い、イースタに住んでいたときのつきあいを再開したことで苛立ちも少しおさまった。

セブランに会って数日後のある日、マリアガータンの父のアパートに帰る途中、雨が降りだした。道路脇にあるブティックに駆け込み、急に思いついて公衆電話の電話帳をめくってアンナ・ヴェスティンの電話番号を探した。アンナとは十年以上会っていなかった。十七歳のとき二人は同じ男の子に恋してしまったのだった。それが原因で絶交してしまった。その男の子への恋愛感情がなくなってから二人は関係を修復しようとしたのだが、うまくいかず、しまいにはあきらめてしまった。ここ数年はアンナのことを思い出しもしなかった。だがセブランとの再会でアンナのことが思い出され、電話帳に彼女の名前を見つけてリンダはうれしくなった。それもマリアガータンの先、ウステルレーン方面に向かう道の近所の住所だった。

その夜リンダはアンナに電話をかけ、その数日後二人は再会した。それからは週に数回会っていた。セブランがいっしょのこともあったが、たいていはアンナとリンダだけだった。アンナはひとり住まいで、学資ローンで細々と暮らし、医学部で勉強をしていた。

アンナは少女時代よりもさらに引っ込み思案になったようだった。父親は彼女がまだ五歳か六歳のときに妻と娘を捨てて姿を消した。まったくなんの連絡もなく消息を絶ってしまったのだ。アンナの母親はルーデルップ近くに引っ込んで暮らしていた。ルーデルップはリンダの父方の祖父が暮らしていた村だ。祖父は生前いつも決まったモチーフの絵を描いていた。アンナはリンダがこれからイースタに住むと話すのを聞いて喜んでいるようだった。だがリンダはアンナには特別に気を遣わなければならないと思った。非常に神経質で、傷つきやすく、いつも警戒しているふしがあった。だがリンダは、セブランと赤ん坊、そしてアンナと会うことで、なんとか退屈な夏が乗り越えられそうだと思った。九月になって警察署へ行き庶務課のおデブなルンドベリ夫人から制服とそのほかの必需品を受け取るまで、とにかくあと少しの辛抱《しんぼう》だ。

夏の間、父親はイースタ近辺で銀行や郵便局を襲う強盗を捕まえるのに忙殺されていた。大量のダイナマイト窃盗《せっとう》事件のことも耳にした。周到な計画のもとで実行されたらしい。父親が眠りにつくと、リンダは彼が職場から持ち帰ったファイルやホルダーの中身を読んだ。内容について父親に質問すると、まだおまえは警察官ではないと言われるばかり。すべて、九月まで待たなければならなかった。

そんなふうに夏が過ぎた。八月のある日、父親はいつもより早く帰宅した。そして不動産屋からきっと気に入ってもらえる物件が見つかったという連絡があったと言った。場所はモスビー海岸の近くで、海岸に向かう斜面に建てられた家だという。いっしょに見に行かないかと娘を誘った。リンダはセブランに電話をかけて、その日の午後会う予定を翌日に変えてもらった。

父と娘はプジョーに乗り込み、出発した。海は灰色で、秋が間近に迫っていることを告げていた。

3

その家は空っぽで戸口には板が打ちつけられていた。屋根瓦《がわら》は吹き飛び、雨樋《どい》は一部で切れていた。高台にあり、目の前にどこまでも続く海岸が見えた。でもここはなんだか打ち捨てられたようなうらぶれた印象がある、とリンダは思った。ここで父が安らかな暮らしができるとは思えないと心の中でつぶやいた。ここに住んだら、父はきっと悪魔に苛《さいな》まれるにちがいない。悪魔って、いったいなんだろう？　彼女は早速父にとっての悪魔を数えはじめた。まずは孤独、次に、増え続ける体重、さらに筋肉の衰え。そして、ほかには？　家の中を見てまわっている父親のほうをそっとながめた。風が吹いていた。庭にある高いブナの木の上を吹き抜ける音がする。そのずっと向こうに海がある。目を細めて見上げると、飛行機が飛んでいるのが見えた。

クルト・ヴァランダーは娘に目を留めた。

「そうやって目を細めると、おれに似ているな」

「そんなときだけ？」

親子は家のまわりも歩いた。裏庭に座席がすっかりくぼんだ革のソファが打ち捨てられていた。ハタネズミが中のコイルの間から飛び出して走り去った。

父親はあたりを見回して、首を振った。

「そもそもなんでおれは田舎に移り住みたいのかな?」

「わたしにそう訊いてほしいの? 訊いてあげるわよ。なぜパパは田舎に移り住みたいの?」

「おれは昔から、朝起きたらまっすぐ庭に出て放尿したいと思ってきたんだ」

リンダの目に笑いが浮かんだ。

「それだけ? それが理由?」

「それ以上にいい理由があるか? もう行こうか?」

「もう一回家のまわりをまわろうよ」

二度目はよく観察した。まるで彼女自身が田舎に移り住みたい客で、父親が不動産屋のようだった。そしてリンダは犬のようにあたりを嗅ぎまわった。

「この家の値段は?」

「四十万クローナと言っている」

リンダは信じられないというように首を振った。

「本当だよ」父親が言った。

「パパ、そんなお金あるの?」

「いや。だが銀行がローンを組んでくれると言っている。おれは信用されているんだよ。一生涯、まじめな警察官をやってきたからな。本当はこの家が好きになれたらよかったのだが、なんとも残念だ。空っぽの家というものは捨てられた人間ががっくりと首を垂らしているような印象だな」

二人はその家をあとにした。リンダは通り過ぎた道標を読み上げた。「モスビー海岸」。ヴァランダーはちらりと娘の顔を見た。

「海岸へ行ってみるか?」

「ええ。時間があったら」

海岸の駐車場にはキャンピングカーが一台あった。浜辺の売店は閉まっていた。キャンピングカーの外で男女の一組が壊れたプラスティック製のいすに腰をかけている。ドイツ語を話しているようだった。二人の間にテーブルがあった。真剣にトランプをしている。ヴァランダー親子はそのそばを通って海岸へ出た。

ちょうどこの場所で数年前、リンダは父親に決心を話したのだった。古い家具の修繕をする職人になることも、ぼんやりと夢見ていた俳優になることもやめた。先の見通しのない世界旅行に出かけることもやめた。ルンド大学で医学を勉強していたケニヤ人留学生とのつきあいもずいぶん前にやめていた。いまでは彼は故国に帰っているが、彼女はいっしょに行かなかった。リンダは母親モナの生き方から自分の人生を見つけようとしたこともあった。だが、モナはなにごとも中途半端で投げ出す人だった。子どもは二人ほしかったが、一人しかできなかったし、クルトこそ生涯でたった一人の男と思っていたにもかかわらず、離婚を望み、マルメに住む元会計士と再婚した。ゴルフが趣味だという男で、病気で早期退職しているという。

そこまで来て、リンダは初めて父親のことを真剣に考えはじめた。イースタ警察署の刑事で犯罪捜査官。会いに来ても、飛行場まで迎えにくることを忘れる父親。ニックネームをつけててでも言ってやったこともある。〝いつもわたしの存在を忘れるやつ〟。いつだって時間がない人。それでも祖父が死んだいま、彼女にとってもっとも身近な人間は父親であることに気がついた。まるで望遠鏡の焦点を変えたかのようだった。いままで同様に近くではあるが少し距離のある場所に彼を置き直したのだ。ある朝、目を覚まし、ベッドの中で彼女ははっきりと悟った。自分のなりたいもの、それは父親と同じ警察官だと。一年間、彼女はそのことを当時つきあっていたボーイフレンド以外にはだれにも話さなかった。決心がつくと、彼女はまずボーイフレンドと別れ、そのあとスコーネへ行って父親をこの海岸に誘い、その考えを伝えた。そのときの父の驚きはいまでも覚えている。娘の決心をどう思うか、自分の気持ちを言うのに一分くれと彼は言った。それを聞いて彼女は急に不安になったことも覚えている。それまでは自分の決心を聞いたら、父親はきっと喜ぶだろうと、それだけしか考えていなかった。その一分間、髪の毛をまるでトウモロコシのように風になびかせて娘にその広い背中を向けて海辺に立った父親を見ながら、きっとケンカになるだろうと思ったものだ。だが振り返った父の顔は笑っていた。

二人は水際まで行った。リンダは水辺を歩いた馬のひづめの跡を靴の先で突いた。クルト・ヴァランダーは羽ばたきしながら頭上で止まっているカモメを見上げた。

「どう思う?」リンダが訊いた。

「なんのことだ?　あの家のことかい?」

「もうじきわたしがパパに制服姿を見せるということ」

「そうだな。おまえの制服姿を想像するのはむずかしいな。きっと複雑な気持ちになるだろうと思う」

「複雑な気持ち?」

「ああ、おまえがおそらくそういう気持ちになるだろうとわかるからだ。制服を着ること自体はむずかしいことではない。だが、制服を着て公衆の前に現れるのは簡単なことではない。みんながおまえを見る。おまえは警察官で、頭から湯気を出してケンカしている人間たちを引き離す用意がつねになければならないのだ。おまえがどのようなところに身をおくようになるか、おれにはわかる」

「怖くはないわ」

「怖いかどうかの問題じゃない。制服を一度着たら、おまえはつねに警官だと覚悟しろということだ」

リンダは理解した。

「どうなるかな?」

「警察学校は問題なかった。きっと現場でも問題ないだろう。それを決めるのはおまえ自身だよ」

二人は海岸を散歩した。リンダは近いうちにストックホルムへ行くと言った。同期の警察学校卒業生たちが全国へ散らばる前に送別パーティーを開こうと言っていると。

「おれたちのころはパーティーなどなかったな」父親が言った。「警察官になったとき、おれはほとんど教育らしい教育も受けなかった。あのころ、警察官になるとか、派出所で働く人間たちの適性など調べたのだろうかと、おれはいまでも疑うよ。体が丈夫で、どうしようもなく頭が悪くなければよしとしたんじゃないかな。おれは初めて制服をもらったとき、ビールで乾杯したことを覚えている。町ではない。スードラフシュタズガータンに住んでいた友だちの家だった」

クルト・ヴァランダーは首を振った。リンダにはそれが良い思い出なのかどうかわからなかった。

「あのころおれはまだ父親といっしょに住んでいた。制服を着て帰ったら、きっとおやじが烈火のごとく怒るだろうと思ったんだ」

「おじいちゃんはなぜそれほど父さんが警察官になるのをいやがったのかな?」

「おやじが死んで、おれは初めておやじにだまされていたんだということがわかった」

リンダは足を止めた。

「だまされていた?」

ヴァランダーは娘を見て笑いを浮かべた。

「おやじは、じつはおれが警察官になるのを決して嫌ってはいなかったんだ。だが、それを認める代わりに、反対のことをした。おれを不安な気持ちにさせたかったんだよ。おまえも知っているとおり、それは成功したわけだ」

「そんなこと、信じられないわ」

「おれはだれよりもよくおやじのことを知っている。真実はそういうことだったのだ。おやじは人を煙に巻くのが面白くてしかたがなかったんだよ。どうしようもないやつだった。それがおやじの正体なんだ」

二人は車に戻った。雲に割れ目ができ、太陽が現れると、すぐに暖かくなった。トランプ遊びをしているドイツ人たちは、そばを通る彼らを見上げる気配もなかった。車に着くと、ヴァランダーは時計を見た。

「急いでいるか?」ヴァランダーが訊いた。

「仕事がしたくてしかたがないの。でも、それだけ。なにも予定はないわ。なぜ急いでいるかなんて訊くの?　なにかあるわけ?」

「やらなくちゃならないことが一つあるんだ。くわしくは車の中で話そう」

トレレボリスヴェーゲンを走らせると、シャーロッテンルンド城のところで脇道に入った。

「仕事というわけじゃないんだが、近くにいるから、ちょっと見てみようと思う」

「ちょっと見てみるって、なにを?」

「マレボ城だよ。いや、正確にはマレボ湖だが」

幅が狭くくねくねとした道だった。車の運転の仕方と同じように、彼はゆっくりとスピードを落としてぎこちない話しかたをした。リンダは父の報告書の書き方はどんなふうだろうと思った。いまの話しかたと同じくらい、書く文章もぎくしゃくしたものなのだろうか。

話はじつは単純なものだった。一昨日の晩、イースタ署に通報があった。電話をかけてきたのは男で、名前も場所も言わずどこの方言かもはっきりしないスウェーデン語で、マレボ湖の近くで白鳥が燃えているのを見たと言った。それだけだった。それ以外はなにも言わずに電話を切り、それ以上かけてはこなかった。通報は記録されたが、その晩はほかにスヴァルテで暴力事件が一件、イースタの中心部で強盗事件が二件あって、警察は人手不足のため通報を受けてもなにもできなかった。見間違い、あるいはいたずら電話ではないかということになった。彼自身、マーティンソンからこの話を聞いたとき、あり得ないことだと思った。

「燃える白鳥？　だれがそんなことをするというの？」

「サディストだろう。動物虐待者とか」

「どう思うの、この話？」

マレボで脇道に車を入れてから彼は娘に言った。

「警察学校で習わなかったか？　警察官はいろいろ思ってはだめなんだ。人伝てに聞いた話を信じたり、あり得ないと決めつけたりもしてはいけない。警察官は真実を求める。だが、同時に、なんでもあり得るという想定がなければならない。その中には燃える白鳥を見たという電話も含まれる。そして、それは真実であり得るということも」

リンダはそれ以上訊かなかった。駐車場に車を停めて湖のほうに斜面を下りる。父親のすぐ後ろを歩きながら、いま自分は制服こそ着ていないが、気分はすっかりもう警察官だと思った。

湖のまわりをぐるっとまわったが、死んだ白鳥は見つからなかった。このとき望遠鏡のレンズを通して自分たちを見ている者がいることには二人とも気づかなかった。

4

二日後、空が晴れ渡った静かな日に、リンダはストックホルムで開かれるパーティーに出席するため飛行機で出かけた。パーティードレスの用意はセブランが手伝ってくれた。ライトブルーの、胸も背中も大きく開いたすてきなドレスになった。ホーンスガータンにあるパーティー会場に、同期生全員が集まった。一人、途中でやめた者まで。同期にはリンダも含め六十八人いたが、その男は一人だけ落伍した。アルコールに溺れてしまい、抜け出すことができなかったのだ。警察学校の側がどうしてそれを知ったのかは、だれもわからなかったが、だれかが告げ口したにちがいないと同期生たちは思っていた。それで全員がその責任を感じていた。リンダはときどき、彼が同期生の幽霊のように感じた。いつも彼が薄暗いコーナーに身を潜め、みんなが気の毒に思って仲間に入れてくれるのを待っているような気がしていた。

教官も参加したその晩のパーティーで、リンダは少し飲み過ぎた。酒を飲むのに慣れていないわけではなかったし、いつもは限界を知っていたのだが、その晩はその限界を超えてしまった。多くの同期生がすでに働いているのを見て、焦りが出たのかもしれない。警察学校の仲間でいちばん親しくしていたマティアス・オルソンもその一人で、出身地のスンズヴァルへは戻らず、ノルシュェッピングですでに交通警官として働いていた。そして早くもノルシュェッピングの町でステロイド剤を飲んで体を鍛《きた》えた、頭のおかしくなった男を捕らえたことで名を馳せていた。リンダのほかにまだ仕事を始めていない同期生はほとんどいなかった。

ダンスもした。セブランの縫ってくれたドレスをみんながほめてくれた。スピーチがあり、教官をからかう歌があり、すべてが楽しく素晴らしいパーティーだった。夜中に厨房で料理人がテレビをつけるまでは。

夜中のトップニュースは衝撃的だった。エンシュッピング近郊で警察官が一人射殺されたという。ニュースはすぐにパーティー会場に伝わり、警察官実習生や教官たちの耳に入った。ダンスミュージックは止められ、テレビが厨房からパーティー会場に運び込まれた。あとで思い出すと、まるで腹を思い切り拳《こぶし》で殴られたような感じだった。パーティーは突然終わった。照明が消され、パーティードレスとスーツ姿の若者たちはその場に座り込み、テレビの画面に見入った。盗難車をストップさせようとした警官二人のうちの一人が路上で撃ち殺されたのだった。犯人は二人で、警察官に停止させられると、リボルバーを持って車を飛び出した。警告の発砲ではなく、銃は始めから警察官に向けられた。お楽しみパーティーは突然終わり、現実社会が取って代わった。

その晩は伯母のクリスティーナの家に泊まることになっていた。パーティー会場をあとにし、伯母の家に向かう途中、リンダはマリアトリエット付近で立ち止まり、父親に電話をかけた。時刻は夜中の三時をまわっていて、眠っていたとはっきりわかる父親の声がリンダの耳に響いた。それでも彼女は腹が立った。同じ警察官であるパトロール警官が殺されたときに眠っているとはなんたること。もちろん彼女は電話口でそう言った。

「起きていたってなにもよくなるわけじゃない。どこから電話しているんだ？」

「いままでクリスティーナの家に向かう途中」

「いままでパーティーをしていたのか？　いま何時なんだ？」

「三時。ニュースを聞いてパーティーはお開きになったわ」

父親の呼吸はゆっくりと深いものだった。まだ目がはっきり覚めていないようにも聞こえた。

「背後の雑音はなんだ？」

「道路を走る車の音。いま、タクシーを探しているのよ」

「他の人といっしょか？」

「ううん、一人」

「夜の夜中、若い娘がストックホルムの下町を一人で歩いているとは、とんでもないことだ！」

「だいじょうぶよ。子どもじゃあるまいし。電話して悪かったわね」

リンダは腹立ちまぎれに電話を切った。またやってしまった、と思った。すぐ怒ってしまう。父さんはあの話しかたがわたしを怒らせるってことがわかっていないんだ。

タクシーを停め、伯母のクリスティーナの家へ向かった。伯母は夫と十八歳になる息子といっしょにストックホルムのはずれのヤーデットに住んでいる。ソファにベッドが用意されていた。街灯の明かりが家の中まで差し込んでいる。本棚にリンダと両親がそろった写真が飾ってある。ずいぶん前のものだ。まだ十四歳で、写真を撮られたときのことをよく覚えていた。季節は春、たぶん日曜日だったと思う。祖父の住むルーデルップへ三人そろって出かけた。父は警察署内の行事でカメラを賞品としてもらったばかりだった。写真を撮ろうとしたとき、急に祖父はいっしょに撮られるのを拒んで、外のアトリエに引っ込んでしまった。父は腹を立て、母は不機嫌になり部屋の隅に腰を下ろしそっぽを向いた。リンダは絵を描くのを仕事とする祖父の部屋に行き、いっしょに写真を撮ろうと説得しようとした。

「もうじき別れようとする二人が無理して笑っているような写真に、いっしょにおさまりたくないものだ」と祖父は言った。

いまでもそのときのショックを覚えている。祖父があたりかまわず言いたいことを言う人だと知ってはいても、その言葉は彼女の頬を平手打ちした。なんとか立ち直って、いまの言葉は本当か、なにか自分の知らないことを知っているのかと祖父に訊いた。

「目をつぶっていてはなにごともよくなりはしない。行って、いっしょに写ることだ。もしかすると、おれの勘違いかもしれん」

いまシーツが敷かれているソファに腰を下ろして、祖父はほとんどいつも勘違いばかりしていたことを思い出した。だが、あのときばかりは正しかった。祖父は自動シャッターで撮られる家族写真にいっしょに写るのを拒んだのだった。それから一年、それは両親がいっしょに暮らした最後の年になったが、両親の間の緊張はしだいに高まっていった。

リンダが自殺を二度試みたのもそのころのことだった。最初はリストカットで、発見したのは父親だった。そのときの父親の驚愕を彼女はいまでも覚えている。医者は傷は浅く、命の危険はないと彼に伝えたにちがいなかった。両親からの叱責はなかった。が、彼らの視線や沈黙が彼女にはいたたまれなかった。しかしそれがきっかけになって、両親のケンカはいっそう激しくなり、ついに母親は荷物をまとめて出て行った。

しかし、リンダは両親の別離を自分のせいだと思ったりはしなかった。それどころか、自分のおかげで二人はきちんと別れることができたのではないかと思っていた。ずっと前に終わっていた二人の関係に終止符を打つ手伝いをしてあげたという気分だった。ずいぶん長い間、狭いアパートで両親の部屋から夜中に音が聞こえてくることはまったくなかった。自分はあれほど眠りが浅かったのに。自分がくさびを打ち込んでやったから、あの二人はやっと別れることができたのだという気がしていた。

二度目のときのことは、父親はまったく知らないはず。それは彼女の父親に対してもった最大の秘密だった。ときには、ひょっとして父親はこのことを知っているのかもしれないと思うこともある。だがそのあとたいてい、やはりなにも知らないにちがいないと思うのだった。あのときのこと、二度目の自殺未遂のこと。あのときは本気だった。いまでもはっきりと思い出すことができる。

十六歳のときで、リンダは母親に会いにマルメに行った。当時彼女はひどく落ち込んでいた。十代に特有の深い鬱《うつ》状態だった。自己嫌悪と自己肯定の間で激しく揺れ、また体のことでも劣等感でいっぱいだった。その症状は少しずつ彼女の精神を冒していった。最初は気がつかないほどだったが、しだいにひどくなった。それは母親に気分を訴えたときに爆発した。母親はまったく取り合ってくれなかったのだ。マルメに移ってきてもいいかと訊くと、言下に断られた。リンダは父親といっしょに暮らすのがいやだったわけではなく、イースタという小さな町から出たかっただけだったのに。だが母親のモナは取りつく島もないほど冷たく断った。

リンダは腹を立て、母親のアパートを飛び出した。まだ寒い、春の初めで、道路脇の植え込みに雪が残り、デンマークとの間に横たわる海峡からは冷たい風が内陸に吹きつけていた。町を通る長いレゲメンツガータンを歩いてイースタへ通じる道に向かった。だが、どこかで道を間違えたらしかった。父親と同じで、道を歩くときに彼女はうつむいて歩く癖があった。彼と同じように、駐車している車や街灯の柱にぶつかることもよくあった。そのときも、彼女は気がつくといつの間にか自動車道路を見下ろす高架橋の上にいた。そしてわけもわからぬうちに、橋の手すりの上にのぼり、体をぐらぐらと揺らしていた。眼下にはスピードを出して走る車、闇を突き抜けて照らす車のライトが見えた。どれほどの時間、そこに立っていたのかわからない。恐怖も感じなかったし、自分を哀れとも思わなかった。ただそこに立って、下を見るのがこれから起きることとの大きな準備だという気がした。重い疲労感と凍てつく寒さから解放されるために一歩宙に足を踏み出せばいい、その瞬間を待っていた。

突然、背後にひとけを感じた。いや、横だったかもしれない。だれかがそっと語りかけてきた。女性だった。それもあどけなさの残る顔をした若い女性だった。リンダ自身とあまり年の差はなかっただろう。だが、制服を着ていた。警察官にちがいなかった。橋から少し離れたところに、車が二台、青い光を点滅させて停まっていた。だが、近くにいるのは、あどけない顔をしたその女性警察官だけだった。その後ろには数人の警察官が待機している様子だった。橋の手すりから下りるように少女を説得する役割を、さほど年のちがわない若い女性警官に負わせた警察官たち。女性警官は話しはじめた。わたしはアニカというのよ、そこから下りてちょうだい。どんな問題を抱えているのか知らないけど、そこから下の自動車道路に飛び降りてもなんの解決にもならないわ。リンダは応えた。話しかけてくる女性警官に、自分のしようとしていることを説明する必要があると思った。あなたになにがわかるというの？　わたしがどんな問題を抱えているか、わかるはずがない。だが、アニカという若い警官はあきらめなかった。しっかりと落ち着いた態度で、際限ない忍耐力を備えているようだった。とうとうリンダが泣きながら橋の手すりから下りると、アニカも泣きだした。二人は抱き合ってしばらく泣いた。リンダは、自分の父親は警察官だと言い、彼には決して知らせないでほしいと懇願した。母親にも知らせないでほしいが、とくに父親には知らせないでと頼んだ。アニカはうなずいて、その約束を守ってくれた。その後何度も彼女はアニカに連絡をとろうと電話に手を伸ばしたが、実際には一度も電話をかけたことはなかった。

リンダは写真を本棚に戻し、殺された警官のことを考えながらベッドに入った。路上で、言い争いをする人声が聞こえた。これから自分はこういうときに仲裁に入るのだと考えた。だが、本当に自分がしたいのはそういうことだろうか？　警察官が殺されたというニュースを聞いた現在、なおさらにその問いが頭をもたげてくる。

その晩、彼女はほとんど眠らなかった。朝、伯母のクリスティーナに起こされた。仕事に出かけるところで、伯母は急いでいた。クリスティーナはあらゆる点で弟のクルトとはちがっていた。まず背が高く痩せている。尖った顔、その声はだみ声で、クルトはそれをからかい、よく彼女の真似をしてみせた。だが、リンダは伯母が好きだった。彼女の単純なところ、なにごとも複雑に考えないところが好きだった。それもまた彼女が弟とはちがうところだった。弟でありリンダの父親であるクルトは、あらゆるところに問題を発見する。私生活に至ってはつねに解決不能な問題ばかり。仕事面では怒れるクマのようにまっすぐに突き進んでいく。

九時過ぎ、リンダはアーランダ空港まで行った。マルメ行きの飛行機はどれも満席だった。空港内の売店は警察官殺しの見出しを派手に貼り出していた。やっと十二時の飛行機に乗れ、マルメのスツールップ空港に着いてから父親に電話した。

「パーティーは楽しかったか？」と迎えにきた父親は訊いた。

「楽しかったと思うの？」

「いや、わからない。おれはその場にいたわけじゃないからな」

「昨晩、パーティーがどんなふうに終わったか言ったわ。覚えていないかもしれないけど」

「もちろん覚えている。おまえは不機嫌だった」

「疲れていたし、腹が立っていただけよ。警察官が一人殺された。パーティーはもちろんそこで終わり。そんなことのあと、パーティーは続けられないもの」

父親はうなずき、なにも言わなかった。マリアガータンのアパートの前で娘を降ろした。

「例のサディストはどうなった？」リンダが訊いた。

彼は一瞬、なんのことかわからない様子だった。

「ほら、動物虐待者よ。白鳥に火をつけたという」

「あれは、目立ちたがり屋のニセ通報だろう。あの湖のまわりには人家も多い。もし本当にそんなことが起きたら、だれか、見ているはずだ」

父親は警察署に戻っていった。リンダはアパートに入ると、電話のそばにメモがあるのを見つけた。前の晩、アンナから電話があったとある。電話して。大事な話があると言ったと。そのそばに父親の筆跡でなにか書かれていたが、リンダには読めなかった。父親の直通電話に電話をかけた。

「なぜアンナが電話してきたこと、さっき言わなかったの？」

「忘れていた」

「メッセージのそばになんて書いたの？　読めないわ」

「アンナは不安そうだった」

「不安そう？　どういうこと？」

「言ったとおりだ。不安そうだった。自分で電話してみればわかる」

リンダはアンナの電話番号を押した。通話中。もう一度電話をしたが、こんどは出なかった。

少し経ってまた電話をしたがやはりアンナは応えない。夜七時過ぎ、父親と食事をしてから、リンダはジャケットをはおってアンナの家へ歩いていった。ドアベルを押すとアンナが顔を出した。その顔を見てすぐ、父親の言ったことの意味がわかった。アンナの顔つきが変わっていた。心配事があるのか目が落ち着かない。リンダの手を取ると、すぐに中に入れ、ドアを閉めた。

まるで、そうしないと世界中が部屋の中に押し寄せてくるかのように。

5

突然リンダはアンナの母親のヘンリエッタのことを思い出した。

ヘンリエッタは痩せた動きが神経質な女性でいつもびくびくしていた。リンダはヘンリエッタが怖かった。まるで薄くて壊れやすいガラスのような人だった。大きな声で話しかけたり急に動いたり静けさを破ったりしたら、壊れてしまいそうだった。静けさはヘンリエッタにとって、もっとも大切らしかった。

初めてアンナの家に行ったときのことを思い出した。まだ八歳ごろのことだった。アンナは同学年の別のクラスの子で、友だちになったきっかけは覚えていない。お互いに惹かれ合ったのだとリンダは思った。ほかの理由はない。なんらかの力がわたしたちをぐいと引き寄せたのだ。わたしたちはあのニキビだらけの男の子が現れるまで仲良しだった。

父親は失踪したという。リンダは一度写真でその顔を見たことがある。だが、アンナの家に写真は飾られていなかった。ヘンリエッタは夫の写真をすべて片付けてしまったのだ。娘に父親は決して帰ってこないとわからせるためにそうしたのかもしれない。アンナの父親という人は二度と戻らない決心で家出したのだろうか。アンナは父親の写真をタンスの引き出しの中、衣類の下に隠していた。長髪で眼鏡をかけ、写真を撮られるのがいかにも不快そうな顔をしていた。アンナはその写真をリンダだけに見せた。

そのときすでに、父親がいなくなってから二年経っていた。アンナは母親が父親の痕跡を家の中からすべて取り払おうとしていることに無言の抵抗をしていた。父親の衣類がビニール袋に詰められ、地下のゴミ出しの場所にあるのを知って、彼女は夜中に父親のシャツと靴をそっと持ち帰ったこともあった。それらはベッドの下に隠されていた。リンダはいなくなったアンナの父親の話を冒険譚のようにわくわくして聞いた。そして自分の両親がある日突然煙のように消えたらいいのにと思ったりしたものだった。

二人はソファに座った。アンナは背もたれに寄りかかり、顔半分が明かりの影になって見えなかった。

「パーティーはどうだった?」

「警察官が殺されたというニュースでおしまいになったわ。でも、みんなドレスをほめてくれた」

これがアンナのやり方。決してまっすぐに話題に入らない。なにか大事な話があったら、決まって遠回りに話を始めるのだ。

「お母さんは元気?」リンダが訊いた。

「ええ、元気よ」

アンナはそう言ってから肩をすくめた。

「元気って言ったけど、なぜそう言ったのかわからない。いままでにないほど具合が悪いのに。この二年間、母は自分の鎮魂曲《レクイエム》のようなものを作っているの。〝名前のない礼拝〟と呼んでる。二度、火にくべたわ。火から拾い上げたことも二度あった。母は自分を信じられないのよ。まるで口の中に一本しか歯のない人のようにぼろぼろなの」

「それで、ヘンリエッタの鎮魂の曲ってどんなものなの？」

「ぜんぜん知らない。いつかぼそぼそと説明してくれたことがあるけど。自分のやっていることにはなにか意味があるかもしれないと思ったんでしょう。そんなときはめったにないけど。でもわたしにはメロディーがぜんぜんわからなかった。第一、メロディーのない音楽なんてある？　母の音楽はまるでだれかに殴られたときにあげる悲鳴のようだった。あんなものを聴きたいと思う人がいるとは思えない。でも、母は決してあきらめないの。それは偉いと思うわ。いままで二度、わたしは母に人生をやり直したらいいんじゃないかと言ったことがあるの。まったくちがうことしたらいいんじゃないかって。まだ五十歳にもなっていないのよ。二度とも、母はわたしに飛びかかって爪を立て、罵《ののし》り、つばを吐きかけた。あのときわたし、本気で、母は頭がおかしくなったと思ったわ」

　アンナは急に口をつぐんだ。話しすぎてしまったと悔んでいるようだった。リンダは続きが聞きたかった。以前、一度だけ、こんなふうにソファに腰を下ろして話をしたことがあったのを思い出した。二人が同じ男の子に恋をしたとき。二人ともなにも話したくなかった。友情が危機に瀕していたあの瞬間、二人ともなにも言えず、息をするのがやっとだった。そのようにして夜中まで黙りこくって座っていた。場所はマリアガータンのリンダの家だった。母親のモナはすでに家を出ていて、父親は仕事でいなかった。タクシーの運転手に暴力を振るったという男を一晩中捜していたのだとあとで聞いた。その晩アンナがかすかにバニラの香りを漂わせていたことまで思い出した。バニラの香りの香水なんてあるのかしら？　それとも石けん？　そのときも訊かなかったし、いまも訊くつもりはなかった。

アンナは背中を伸ばして、明かりの中に顔を出した。

「リンダ。自分の頭がおかしくなったんじゃないかと思ったことある？」

「ええ。毎日」

アンナは苛立ったように首を振った。

「冗談じゃなく。わたし、本気で訊いているのよ」

リンダはすぐに後悔した。

「ええ。あったわ。それがいつだったか、知っているでしょ」

「手首を切ったとき。橋の上に立ったとき。でもそれはどうしていいかわからない、混乱してたんじゃない？　同じじゃないわ。だれでも混乱するときってあると思う。それは大人になるための通過儀礼のようなものじゃない？　海に向かって、月に向かって、親に向かって大声で叫ぶ経験をしなければ、人は大人になれないもの。悲しみを経験したことのない王子や王女さまなんてどうしようもないから。そういう子たちは魂に麻酔薬を打たれたようなもの。わたしたち生きている人間は悲しみというものを知らなくちゃいけない」

リンダはアンナの話しかた、言葉の選びかたにいつも感銘を受ける。言葉と考えが一致しているのだ。自分だったらまず机に向かって紙の上に言葉を書いてみなければ、こんなふうに自分の考えを言葉にすることができない。

「でももし本当にそうなら、あのときわたしは気が狂いそうだという恐怖を感じはしなかったと思う」とリンダは答えた。

アンナは立ち上がって窓辺へ行き、少ししてからソファに戻った。人は親に似るもの、とリンダは思った。アンナの母親ヘンリエッタはいつも窓辺に立っていた。不安を静めるためだろう。立ち上がっては窓辺に行き、また席に戻るという動作の繰り返し。わたしの父親はぐっと力を入れて胸の前で腕組みする癖がある。母は鼻の頭をこする。父方の祖母はどうしただろう？　わたしが小さいときに死んだから覚えていない。じゃ祖父は？　祖父は拳《こぶし》も握らなかったし、窓の前にも立たなかった。すべてのものに糞食らえと言って、部屋にこもってあのとんでもなくたいくつな絵を描き続けた。

「昨日、マルメの街中で父を見かけたと思うの」アンナが突然言った。

リンダは眉を寄せて話の続きを待ったが、アンナはそれきりなにも言わなかった。

「マルメの街中でお父さんを見かけたと思うと言ったの？」

「ええ」

リンダは考えた。

「でも、お父さんのこと、一度も見たことがないんじゃなかった？　あ、ちがう。見たことはあるけど、お父さんがいなくなったときあなたはまだ小さかったからよく覚えていない、そうだったわね？」

「写真があるわ」

リンダは頭の中で数えた。

「お父さんがいなくなったのは二十五年前のことよね？」

「二十四年前」

「二十四年。そう。二十四年も経ったら、人はどう見えるのかしら。わからないわ。ただ、すごく変わっているんじゃないかと思う」

「でも、あれは間違いなく父なの。母から父のまなざしのことを聞いたことがあるわ。あれは絶対に父だと思う」

「きのうあなたがマルメにいたとは知らなかったわ。あなたが出かけるときはたいてい大学のあるルンドの町へ、授業や試験とかで出かけるのだと思っていたから」

アンナはリンダを見た。考えている。

「わたしの話を信じないのね？」

「あなた自身、信じていないでしょ」

「通りで見かけたのは絶対に父だった」

アンナは決心したように話しだした。

「あなたの言うとおりよ。わたしはたしかにルンドへ行ったの。帰り、マルメで乗り換えるとき、スクールップあたりで車両事故が起きたために、乗る予定だった列車が運行しないことになって、急に次の電車まで二時間の時間ができたのよ。わたしは待つのが嫌いだから、すごく腹が立ったわ。忍耐強くないから。時間というものはなくなったりはしない、いつでも使おうと思えば使えるものだとかいうことがよくわからないのよ。待つ間になにかほかのことに時間が使えるとは考えないの。ただ腹立たしいと思うだけ。だから、マルメの町に出かけたの。なにも考えずに。とにかくこの予定外の時間をどうつぶすかだけしか頭になかった。店に入って、いりもしないソックスを買ったりした。サント・ユルゲンホテルの前で女の人が倒れるのを見たけど、わたしは近づかなかったわ。人が急に倒れたり病気になったりするのを見ると、わたしは必ず気分が悪くなるから。その人のスカートがめくれていたのにだれも直そうとしないことが気になった。その女の人、突然死んだのかもしれない。まわりに人が集まって、まるで海岸に打ち上げられた動物の死骸を見るような目つきで見ていた。わたしはそこから離れてトリアンゲルのほうへ行き、ホテルに入った。そのホテルにはガラス張りのエレベーターがあって、高いところからマルメの町が一望できると知っていたから。たまにマルメに行くことがあると、わたしはいつもそうするの。でも、今回はそれができなかった。ホテルの客だけが、部屋の鍵を使ってエレベーターに乗れるシステムに変わっていたのよ。本当に残念だった。なんだかおもちゃを取り上げられた子どもになったような気分だったわ。それで、ロビーのソファに座ってぼうっと外を見ていた。列車の時間までそこにいようと思っていたの。

　その男の人を見たのはそのときだった。外に立っていたのよ。突風が吹いて窓ガラスがかたかたと揺れたので、わたしが目を上げると、男の人が歩道に立ち止まってじっとわたしを見ていたの。わたしたち、そのまま五秒ほど見つめ合った。それから彼はぷいと視線を外すと立ち去った。わたしはあまりにも驚いたために、呆然としてしまって、追いかけることなど思いつかなかった。それに、そのときはまだそれが父だと確信したわけではなかった。幻覚、見間違いだろうと思ったのよ。ほら、通りで見かけた人がずっと昔知っていた人にそっくりなんてこと、よくあるでしょう。われに返って、道に飛び出したときには、もう姿は見えなかった。駅まで戻る途中も、通りや脇道をのぞき込んでその人を探した。でも、どこにもその姿はなかった。わたしはすっかり興奮して、列車には乗らず、もう一度町の中を探したけど、もちろん、見つかりはしなかった。でも、わたしは確信したわ。あれは父だったと。もちろん写真よりも年取っていたけど、まるで、別の引き出しからもう一枚、年取った父の写真を見つけたような気分だった。もちろん見たこともない写真よ。でも、あそこに立っていたのは間違いなく父だと思った。母から一度聞いたことがあるの。父の癖。なにか言う前に目をぐるりと上のほうに向けるの。窓の外に立って、その男の人はまさしくそうしたのよ。いなくなったときと同じ長髪ではなかったし、眼鏡も黒い縁ではなく縁なしのものだったけど、あれは父。わたし、確信があるわ。それであなたに電話したのよ。だれかに話さないと気が狂いそうな気がしたから。あれはわたしの父に間違いない。わたしがそう思ったのと同じように、父もわたしを自分の娘だと思ったのよ。わたしに見覚えがあるから立ち止まったにちがいないわ」

アンナはトリアンゲルのホテルの窓を通してみた男が父親であると確信しているようだった。

リンダは警察学校で学んだ記憶に関する授業を思い出した。目撃者の記憶のあいまいさ。あとから考えて事実を変えてしまうこともよくあるし、思い込みもよくある。人の特徴の記憶に関するコンピュータ化された演習の記憶をたどった。学生たちは一人ひとり、二十年後の自分の姿を発表した。リンダは二十年後の自分はいかに父親の顔に、いや祖父の顔にさえも、似ているかがわかった。人間は両親の、祖父母の道をたどるのだ、と思ったものだ。わたしたちの顔にはすべての祖先の情報があるのだ。小さいとき母親に似ている人が、年取ったら父親に似ることもあれば、両親のどちらにも似ていない人が、すっかり忘れられた祖先に似ていることもある。アンナの話はにわかには信じがたかった。まだ小さいときに別れた娘を二十四年も経ってから見分けられるものだろうか。じつはすぐ近くで隠れて彼女の成長を見守っていたというのでもないかぎり無理ではないか。リンダはアンナの父エリック・ヴェスティンについて自分はなにを知っているだろうかと考えた。アンナは両親がまだ若いうちに生まれた子どもだった。二人とも都会生まれの都会育ちだったが、一九七〇年代の緑の革命《グリーン・ウェーヴ》の波に乗り、スモーランドの田舎での共同体生活に憧れて都会を脱出してきた若者たちだった。エリックは手作りのサンダルを作るのが得意の革細工職人だったと聞いたことがある。またリンダはアンナの母親が夫のことをどうしようもない大麻中毒の無責任な怠け者、子どもの世話をしようともしない無責任な男だと語っているのも聞いたことがある。そもそも、なぜ彼は家を出たのだろう? あとには書き置きもなかった。家出をする兆候も、前もって家出の準備をしていたわけでもなかった。警察は捜索をしたが、なんらかの事件に巻き込まれたという疑いもなかった。

エリックはあらかじめ綿密に立てた計画に従って姿を消したにちがいなかった。パスポートと現金を持ち出していた。収入が少なかったから大きな金額ではなかった。だが現金は妻ヘンリエッタの車を売って手にした金だった。それはヘンリエッタが病院の夜警をしてこつこつと貯めた金で買った車だった。エリックは忽然と姿を消した。それ以前にもなにも言わずにいなくなったことがあったので、ヘンリエッタは二週間待ってから警察に失踪届けを出したのだった。

失踪の捜査にはリンダの父親も参加していた。だが、エリックの失踪には犯罪性が認められなかったので、捜査は打ち切られていた。エリックに借金はなかった。訴えられてもいなかったし、裁判にかけられてもいなかった。また精神に異常をきたしたと思われるふしもなかった。いなくなる数ヵ月前に、健康診断を受けていて、それによれば少し貧血気味ということ以外はすべて正常だった。

リンダは統計的には行方不明者の多くは戻ってくると知っていた。戻ってこないのはたいてい自殺したか、あるいは自由意志で戻らないと決めている者たちだった。犯罪に巻き込まれたために失踪したという人間たちはごくわずかだ。人知れず埋められたか、重しを巻きつけられて海か湖に沈められた者たち。

「お母さんには話したの？」

「まだ」

「なぜ？」

「べつに理由はないわ。わたし自身まだショックを受けてるから」

「本当は、もしかしてお父さんじゃないかもしれないと思っているからじゃないの？」

アンナは懇願するようにリンダを見た。

「いいえ、あれは父よ。わたしにはわかる。あれが父ではないというのなら、わたしの頭は狂ってしまったということになるわ。だからあなたに自分の頭がおかしくなったんじゃないかと思ったことあるかって訊いたのよ」

「でも、なぜお父さんが二十四年も経ったいま、帰ってくるの？　その理由は？　それにあなただということがどうしてむこうにわかったというの？」

「それはわからない」

アンナはまた立ち上がり、窓辺へ行き、また戻ってきて腰を下ろした。

「ときどきこう思うことがあった。本当は父は失踪なんてしていないのじゃないか、ただわたしたちから見えないところにいるんじゃないかって」

「なぜ？」

「疲れてしまったんじゃないかと思うの。わたしとママにというんじゃなくて、人生になにかもっと大きなものを期待していたのかもしれない。人生はこれだけじゃないって。そんな思いが父をわたしたちから引き離してしまった。いえ、もしかすると、父はそれまでの自分からも離れたかったのかもしれない。人間の中には、蛇のように脱皮できるといいのにと思っている人がいる。もしかすると、父は姿を変えて、わたしのすぐ近くにいたのかもしれない。わたしが気がつかなかっただけで」

「アンナ、あなたは話があるから電話してと言った。それでその話をわたしがどう思うか聞きたがっている。あなたは話があるから電話してと言った。ホテルの外に立ってあなたを見ていたのがお父さんだったと確信があるのかもしれない。でも、わたしにはこの話は信じられない。あなたがそう望んでいるだけじゃないの？　いつかお父さんは帰ってくる、姿を見せてほしいって。でも二十四年って、長い年月よ」

「それでもあれが父だったことはたしかよ。あそこに立っていたのは父だった。こんなに長い年月が経ったあと、父はついに姿を見せたのよ。あれは人違いなんかじゃない」

それ以上話すことはなかった。アンナは一人になりたがっている、さっきはあんなに話したがっていたのに、とリンダは思った。

「お母さんと話すことよ。本当にお父さんを見たのかもしれない。でも、もしかするとあなたがいつも見たいと思っていたから見間違いをしたのかもしれない」

「わたしを信じないの？」

「信じるか信じないかの問題じゃないわ。ホテルの外に立っていた人を見たのは、あなただけなのよ。にわかには信じられないのも無理はないと思わない？　もちろん、あなたが嘘をついているとは思わないわ。嘘をつく理由なんかないものね。でも、二十四年間も音沙汰がなかった人が戻ってくるなんてことは、めったにないことだわ。よく考えて。今夜一晩眠って、明日また話をしましょうよ。明日夕方の五時に来られるわ。それでいい？」

「わたし、本当に父を見たのよ」

リンダは眉間にしわを寄せた。アンナの口調が気になった。緊張している。言葉が空虚に響いた。やっぱり嘘をついているのかもしれない。どこか、おかしい。でも、アンナがわたしに嘘をつく？　なぜそんなことをする？　そんなことをしたらわたしがすぐに見抜くってことを彼女はよく知っているはずなのに。

リンダは人通りのない夜道を歩いて帰った。ストーラ・ウステルガータンの映画館の前に十代の若者がたむろしていた。なにも言わずに、映画のポスターに見入っている。この子たちにはわたしが目に見えない制服を着ているのが見えるのかしら、とリンダは思った。

6

翌日、アンナ・ヴェスティンはなんの痕跡もなく姿を消した。約束どおり五時にやってきてドアベルを鳴らしたリンダは、だれも出てこないのを見て、すぐになにかが起きたと直感した。もう一度鳴らしても反応がなく、郵便受けから中をのぞいてみたが、人の気配がない。しばらく様子を見てから、おもむろにポケットからピッキングの道具を取り出した。警察学校の同期生がアメリカ旅行のみやげにプレゼントしてくれたもので、もらった者たちはひそかにそれを使って鍵をこじ開ける練習をした。特注のものでない標準の鍵ならば、ほとんどなんでも開けられた。

素早く鍵をこじ開け、中に入った。だれもいない部屋を見て歩いた。前日と変わりなくどの部屋もきちんとしていた。キッチンの流しもきれいだったし、ふきんにはアイロンが当てられている。アンナは時間には正確だった。今日も会う時間を決めていた。しかし彼女はここにいない。なにかがあったにちがいなかった。なにが起きたのだろう？　リンダは前の晩も座ったソファに腰を下ろした。アンナは二十年以上も姿を消していた父親を見かけたと言った。そしてこんどは、彼女自身が姿を消した。この二つはもちろん関係があるはず。どういうことなのだろう？　父親の姿を見かけたといっても、それはおそらく見間違いだろう。だが、アンナが姿を消したこと。これは幻想ではない。事実だ。リンダはその場にすわりこみ、なにが起きたのか考えた。だが、アンナはただ遅れているだけか、単に約束を忘れただけかもしれないという思いもどこかにあった。

アンナが姿を消したその日はリンダにとって朝から忙しい一日だった。七時半、リンダはイースタ警察署に行った。マーティンソンに会うためだった。父親のクルト・ヴァランダーのもっとも古い同僚の一人で、リンダの指導官に決められていた。いっしょに働くということではなかった。というのも、リンダはほかの実習生同様、パトロール警官たちと車に乗って巡回することになっているからだ。だが、マーティンソンはなにかあれば彼女が指導を仰ぐことができる担当の警察官だ。リンダは彼を幼いころから知っていた。当時はマーティンソン自身が子どものようだった。父親といっしょに働く警察官たちの中でいちばん若かった。父親から聞いていたマーティンソンは、しょっちゅう気落ちして、警察官を辞めたいとこぼす人だった。すぐにも辞職すると興奮して言うマーティンソンを、父が少なくともこの十年間で三回も引き止めたと聞いている。

マーティンソンが自分の指導官になったのは、イースタ署の署長リーサ・ホルゲソンをトップとするイースタ署幹部の決定か、それには父親も加わったのかと、リンダは訊いたことがある。だが、父親はきっぱりと否定し、娘に関することには、いっさい口出しをしないようにしていると言った。だが、リンダは信じていなかった。このイースタ署で心配なのはただ一つ、父親が仕事に口を挟んでくることだった。それこそが、彼女が最後まで働く場所をイースタにするか、それとも遠い場所にしてもらうか、迷った理由だった。配属希望欄《らん》に、まずイースタと書き入れたが、そのあとにキルナとルレオというスウェーデンの北部の町名を書き入れたのも同じ理由からだった。だが、けっきょくイースタに配属された。それ以外の場所はやはり考えられなかった。イースタで働いてしばらく経ってから、スウェーデン内のどこか別のところに移るのがいいと思った。そのときにまだ警察官として働くつもりなら、だが。それはいまのところまだわからない。一つの仕事に従事したら一生続けるというのは一つ前の時代なら当たり前のことだったかもしれない。だが、警察学校で、リンダは同期生とこれについてよく話をした。警察官の仕事を一生続ける必要はない、警察官を経験してからほかの仕事に就くこともあり得るという意見が大半だった。警察官の教育と経験がある人間はボディーガードから会社の安全システムの専門家までなんにでもなれる時代なのだ。

マーティンソンは受付まで彼女を迎えに出てきた。そして自分の執務室に案内した。机の上に二人の子どもとにっこり笑った妻の写真が飾ってあった。リンダは自分なら執務室にだれの写真を飾るだろうとふと思った。マーティンソンはルーチンの仕事を一通り説明した。さしあたり彼女の仕事は二人のパトロール警官についてイースタの町を車で巡回することだった。「二人とも経験豊かな警察官だ」とマーティンソンが言った。「エークマンはときどき疲れてやる気がないように見えるかもしれないが、なにかが起きたとき、彼ほど全体が見えて、なにをすべきか即座に判断できる者はいない。スンディンのほうは正反対で、小さいことにまでエネルギーを真っ正面からぶつけるタイプだ。彼はいまでも赤信号なのに交差点を渡ろうとする歩行者をつかまえて説教したりする。だが、彼もまた警察官とはなにかをよく心得ている。つまりきみは経験豊かで優秀な二人の警察官から学ぶ機会を与えられるわけだ」

「わたしが女だということはどう思っているのでしょうか？」

「きみがやるべきことをやるかぎり、彼らはなにも言わないだろう。十年前ならちがっていたかもしれないが」

「父のことは？」

「きみのお父さんがどうした？」

「わたしが彼の娘だということ」

マーティンソンは一瞬考えてから答えた。

「きみがなにか失敗をしでかせばいいと思っている者も中にはいるかもしれない。だが、きみはここに配属を希望した時点でそんなことは覚悟の上だっただろう？」

その後はイースタ署全体のいまの状況の話になった。〝状況〟という表現は、リンダは子どものころから耳にしている言葉だった。父親が同僚と家の食卓で酒を飲みながら職場の面倒な〝状況〟について話しているのを何度も聞いた。状況という言葉はいつも面倒なこととの組み合わせで使われた。それにはあらゆることが含まれた。気に入らない新しい制服、買い替えられたパトカー、新しい無線システム、警察官の新規採用条件、警察本庁からのたび重なる方針変更、各種の犯罪統計の変化、すべてがこの〝状況〟のくくりで語られ、不安と苛立ちの原因になっていた。リンダは、警察官は日々同僚警察官たちと一丸となって犯罪と社会秩序を乱す者たちと戦い、前日とどう状況が変化したか、そして翌日なにが起き得るかを的確に判断するのが仕事であると考えていた。それは学校で習うことではない。町で暴力を振るう者を取り締まることについては自分も知っている。少なくとも理論上は。だが状況を判断することについてはほとんどなにも知らない。

食堂に行ってコーヒーを飲んだ。マーティンソンはいまの〝状況〟について短くコメントした。現場に足を運んで捜査をする警察官がますます少なくなってきている、と。

「ここ数年の傾向について少し読んだのだが、スウェーデンでいまほど犯罪がまかり通る時代はないらしい。十六世紀のグスタフ・ヴァーサ王の時代まで遡《さかのぼ》らなければいまのように犯罪が野放しの時代はないという。グスタフ・ヴァーサがヴァーサ王朝の最初の王になる前の戦国時代、ありとあらゆる暴力が横行した無法時代のことだ。現代も法律はまったく遵守されていない。われわれ警官は、無法状態がこれ以上広がらないようにどうにか抑えているだけなんだ」

食堂から出るとマーティンソンはリンダを警察署の出口まで見送った。

「きみを気落ちさせるつもりはない。意気消沈した警察官ほどどうしようもない存在はないからね。勇気を失わないことがよい警察官の絶対条件だ。それと、いつもよい機嫌でいること」

「わたしの父のように？」

マーティンソンは面白いことを聞いたという顔をしてリンダを見た。

「クルト・ヴァランダーは優秀な警官だ。それはきみももう知っているだろう。だが、クルトがここイースタ署でお手本になるほどいつも機嫌のいい警察官かということになると、どうだろう。きみだって本当は知っているだろう」

彼らは受付付近に立っていた。男が一人、運転免許証を取り上げられたことに大声で抗議していた。

「警察官が一人殺された。そのことについてはどう思う?」

リンダはストックホルムで開かれたパーティー会場で、厨房のコックたちがそのニュースを見たことから知ったと話した。もちろん、パーティーはその場で中断されたことも。

「ひどい話だ。みんなショックを受けている」マーティンソンが言った。「見えないところから一人ひとりの警官を銃口が狙っている。同僚が殺されるのを見ると、辞めようという警察官が出てくる。だが本当に辞める者は少ない。たいていは留まる。ぼくもその一人だ」

警察署を出ると、リンダは風の吹く中、ウステルの賃貸住宅に住むセブランに会いに行った。歩きながらマーティンソンの言葉を考えた。口に出されたことだけでなく、出されなかったことも。それは父親から学んだことだった。言葉にされなかった言葉に耳に傾けること。それがもっとも重要なことだとも言える。だが、いまマーティンソンの話を思い出しても、なにか言外の意味があったようには思えなかった。彼は正直で嘘偽りのない人だとリンダは思った。言葉に出されない本心などない人ではないか。

セブランの家には短時間しかいなかった。男の子がおなかが痛いとむずかったので、次の週末に会おうという約束をした。そのときストックホルムのパーティーの話とセブランが手伝ってくれたドレスをみんながほめてくれた話もしようと思った。

だが八月二十七日という日は、リンダにとってマーティンソンに会ったことよりももっと重大なことが起きた日になった。アンナ・ヴェスティンが煙のように消えてしまった。ピッキング道具を使ってアンナの部屋に入り込んでから、リンダはその前日アンナが話したことをすべて思い出そうと目をつぶった。ホテルの前の通路に立ち止まってガラス越しに見ていたという男、その男が父親にそっくりだったという話である。瓜二つの人間なのかもしれない。世の中には瓜二つの人間がいると言われている。同じ日に生まれ同じ日に死ぬという。実際、瓜二つの人間はいるものだ。あるとき自分は母親のモナをストックホルムの地下鉄の中で見かけた。近づいて声をかけようとしたとき、その人はフィンランド語の新聞を取り出して読みはじめた。それで母親ではないとわかったが、そっくりだった。

アンナの言葉を思い出そう。なんと言ったか？　戻ってきた父親、それとも父親にそっくりな男？　とにかくその男は間違いなく父親だと言い張っていた。アンナは言い張るタイプだ。本当じゃないこと、思い込みや思いつきで言い張ることはいままでもあった。でも、約束した時間に遅れるとか、家で会う時間を忘れたりしたことは一度もなかった。

リンダはふたたび家の中を見てまわり、ダイニングルームの隅の本棚の前で立ち止まった。

本の背表紙を読む。ほとんどが小説で、中に旅行記のようなものが少し交じっている。だが、専門書がない。リンダは首を傾げた。医学関係の本がまったくない。ほかの部屋の本棚はどうか。あったのは一般的な家庭の医学の本一冊だけだった。おかしい。医学を専門として勉強しているのなら、医学書が、教科書を始めたくさんあるはずではないか。

冷蔵庫を開けてみた。なにも変わったものはない。どこの冷蔵庫にも入っているようなものばかりだ。賞味期間が九月二日までと書いてある牛乳のパックが一本。それだけが未来につながるものだ。ふたたび居間のソファに戻った。医者になる勉強をしている者が一冊の専門書も持っていないとはどういうことなのだろう。どこか別のところに置いているのか？　だが、それは考えられない。アンナはイースタに住み、ここで勉強をしているはずだ。

リンダはそのまま待った。七時になって、家に電話をかけた。父親が電話に出た。食べ物が口に入っているのが話しかたでわかる。

「今日はいっしょに食べるんじゃなかったか？」

リンダは一瞬迷った。アンナのことを話したいという気持ちと話したくないという気持ちが葛藤《かっとう》した。

「時間がなくなったの」

「なんでだ？」

「ちょっと私用で」

父親が低くなにか言ったが聞き取れなかった。

「マーティンソンに会ったわ、今日」

「ああ、知ってる」

「なにを知っているの？」

「いや、マーティンソンが今日おまえに会ったと言っていた。ほかにはなにも聞いてない。そうなにもかも心配するな」

電話はそれで終わり、リンダはそのままアンナを待ち続けた。八時になって、リンダはセブランに電話をかけ、アンナがどこにいるか知っているかと訊いた。セブランはここ数日アンナと会っていないし知らないと言った。九時、リンダはアンナの食料棚と冷蔵庫にあった食べ物を少し食べてから、アンナの母親ヘンリエッタに電話をかけた。何度も呼び出し音が鳴ってからやっとヘンリエッタが電話口に出た。リンダは慎重に話をした。繊細な人に不安を与えたくなかった。今日アンナはルンドへ行ったのでしょうか？　そのあとマルメとかコペンハーゲンに行くと聞いていますか？　とにかく当たり障りのない質問をした。

「木曜日以来、あの子とは話していないわ」

四日前か。それではヘンリエッタはホテルの窓の外に立っていた男の話も聞いていないはず。仲のいい母娘なのに、こんなに重要な話をしていないのか。

「なぜアンナがどこにいるか、知りたいの？」

「電話をしたんですけど、応えないんです」

不安そうな気配が電話口から伝わってきた。

「アンナが電話に出ないからといって、そのたびにわたしに電話してくるわけじゃないわよね?」

リンダはこの問いには答えを用意していた。小さな嘘。親切な嘘だ。

「うちでいっしょに食事をしようと思って、誘いの電話だったんです」

リンダは話題を自分のほうに向けた。

「わたし、九月からイースタで警察官として働くことになっているんですよ」

「アンナから聞いたわ。でも、なぜあなたが警察官なのか、わたしたち、とても不思議に思ったのよ」

「家具修理の職人になったら毎日口に釘やネジをくわえて決まった仕事をすると思うけど、警察官ならもっと変化があるかと思って」

電話口の向こうからベルの音が聞こえた。リンダは急いで話を終わらせた。アンナはホテルの外に立っていた男の話を母親にしていない。今日わたしと会う約束をしているのに家にいない。なんの伝言も残していない。

リンダはそれでも、なんでもないかもしれないと思ってみた。なにが起き得るというのか?アンナは危険を冒すような人ではない。セブランやリンダ自身とはちがい、アンナはジェットコースターに乗らない人だ。知らない人を警戒し、タクシーに乗るときはまず運転手の顔を見て、目を合わせてから乗るような人だ。リンダは可能なかぎり単純に考えてみた。アンナは異常に興奮していた。父親を見たというマルメのホテルの通りまで、戻ったのだろうか?　アンナはいままで一度も約束を破ったことがない。でも、いままで一度も父親にそっくりという人を見かけたこともないはずだ。

そのまま時間が過ぎ、夜中になった。

その時点で、これはどう考えても不自然であるとリンダは結論づけた。アンナは帰ってこない。なにかが起きたにちがいない。

7

真夜中過ぎに帰宅すると、父親は眠っていた。玄関ドアが閉まる音で目を覚ましたらしい。リンダは起きてきた父親の肥満体をさもいやなものでも見るかのように顔をしかめてながめた。

「パパ、どんどん膨《ふく》らむわね。そのうちに破裂するわよ。お日様に当たって消えてしまう森《ト》の小人《ロル》のようにじゃなくて、膨らみすぎた風船が破裂するようによ」

ヴァランダーは不機嫌になり、ナイトガウンのひもをわざとらしく引き締めてみせた。

「できるだけのことはしてるさ」

「なにもしてないじゃない」

父親はソファの上にどかっと重そうな体を投げ出した。

「楽しい夢を見ていたんだ。いまは体重のことなど考えたくもない。おまえが閉めた玄関ドア、あれは夢の中に登場したよ。バイバを覚えているか？」

「ラトヴィアの人？　いまでも連絡を取り合っているの？」

「年に一回だな、それ以上じゃない。ドイツ人の技師とつきあっているそうだ。リガの水道システムを改良するために喚《よ》ばれた男らしい。リューベックからきたヘルマンという男だ。彼の話をしたとき、バイバはうれしそうだった。嫉妬を感じない自分に驚いたよ」

「それで、いまバイバの夢を見ていたの？」

ヴァランダーは笑顔になった。

「それが、バイバとおれの間に男の子が生まれてるんだ。大きな砂場で一人で静かに遊んでいた。遠くからブラスバンドの音楽が聞こえた。バイバとおれはそこに立って男の子を見ているんだ。おれは、これは夢ではない、本当のことなんだと頭の中で考えていた。うれしくてたまらなかった」

「いつもは悪夢しか見ないのにね」

ヴァランダーは娘の言葉に耳を貸さなかった。話の腰を折られたくなかったのだろう。

「ドアがバタンと閉まった。おまえが閉めた玄関ドアは夢の中の車のドアの音だったんだ。夏で、素晴らしい天気だった。全体が露出過多の写真のようだった。バイバもおれも男の子の顔も平板で真っ白で、影がなかった。おれたちは車に乗ってどこかへ行くところだった。そのとき目が覚めたんだ」

「悪かったわね」

ヴァランダーは首をすくめた。

「夢になにか意味があるんだろうか？」

リンダはアンナの話がしたかった。だが父親はキッチンへ行き、水道の栓をひねって直接に蛇口から水を飲んだ。濡れた手で髪の毛を掻き上げると、娘のほうに向いた。

「なぜこんなに遅かったんだ？　おれの口出しすることではないとわかっているが、おまえはいまおれにそう訊かれたいと思っているんじゃないか？」

リンダは話した。父親は腕組みをして黙って話を聞いた。いつもその姿勢で人の話を聞く。子どものときからそうだった。両腕を胸の前で組んで仁王立ちになり、小さな子どもの話に耳を傾ける巨人《ジャイアンツ》。パパは大きな山だと思ったものだ。パパ・マウンテン。

彼女が黙ると、ヴァランダーは初めて口を開いた。

「ちがうな。そんなふうには始まらないものだ」

「なにが？」

「人が失踪するときのことさ」

「でもアンナらしくないの。彼女とは七つのころからつきあっているけど、一度も遅刻したことがない。会うと約束したら、絶対に忘れたりしない子なのよ」

「なにごとにも最初というものがあるとここで言うのはあまりにも平凡だが、そうなんじゃないか？　アンナは父親を見かけたと思って、興奮していた。おまえが言うとおり、父親を探しに出かけたんじゃないのか？」

リンダはうなずいた。父の言うとおりだろう、と思った。なにかが彼女の身に起きたわけではないにちがいない。

ヴァランダーはキッチンにある木製の長椅子に腰を下ろした。

「どんなことであれ、たいていは偶発的というよりも理由があって起きるものだ。殴り合いにせよ、嘘をつくことや、強盗、恐喝《きょうかつ》、失踪にせよ、みな同じだ。井戸を掘ってみると――おれは捜査のことを井戸を掘るという表現をするんだが――たいていはそれなりの理由と説明が見つかるもんだ。おまえの友だちのアンナの失踪はあり得ること。ちょうどほかのだれかが銀行強盗を働いたことがあり得るのと同じように。おれは予期せぬことが起きたとは決して言わない。『あの人がそんなことをしようとは、夢にも思わなかった』という言葉を聞くことがあるが、そんなことはめったにない。よく考え、表面のゴミを取り除けば、別の色、別の答えが出てくるもんだ」

ヴァランダーはあくびをし、テーブルの上に重い両手をついて言った。

「さあ、もう寝よう」

「あと少し、話をしていたいんだけど」

彼は意外そうな顔で娘を見た。

「おまえはまだ確信がもてないのか？　アンナはなにか事件に巻き込まれたとでも思っているのか？」

「ううん、きっとパパが正しいと思う」

二人は黙ったまま座っていた。風が吹き、木の枝が揺れてガラス窓に触れるのが見える。

「おれはこのごろよく夢を見る。おまえが帰ってくるときに目を覚ますから夢を見ているとわかるのかもしれない。きっといままでもそうだったんだろうが。だが、ちがうのは、夢を覚えていることだ。昨夜はおかしな夢を見た。教会の墓地の中を歩いているんだ。突然おれは立ち止まって、墓石を見た。そこにあった墓石に刻まれている名前ぜんぶに覚えがあった。ステファン・フレードマンの名前もあったよ」

リンダはぶるっと体を震わせた。

「その人のこと、覚えているわ。彼、たしか、このアパートに忍び込んだことがあるんじゃなかった？」

「ああ、そうらしい。だが、それに関しては最後まではっきりしなかったが。なにか訊かれても、あの子はいつもまっすぐには答えなかったからな」

「パパは彼の葬式に出たのよね。いったいなにが起きたの？」

「ステファンは病院に入れられていた。ある日、彼はいつものように戦いに臨むアメリカ先住民の化粧をして、屋根までのぼって飛び降りたのだ」

「何歳だったの？」

「十八か十九歳」

風が強くなり、窓ガラスを揺らした。

「墓石にあったほかの名前は？」

「とくに目を引いたのはイヴォンヌ・アンデルだ。墓石に刻まれた没年まではっきり見えたと思うよ。死んだのはもう何年も前のことなのだが」

「事件はどういうものだったの？」

「アン＝ブリット・フーグルンドが銃で撃たれたときのこと、覚えているかい？」

「忘れられるはずないじゃない？　そのあとパパがデンマークのどこかに隠れて、お酒を浴びるように飲んでたときのことでしょう？」

「そんなにひどくはなかったさ」

「ううん、それどころじゃなく、もっとひどかったわよ。でも、とにかく、わたし、そのイヴォンヌ・アンデルという人のこと、知らないと思う」

「イヴォンヌは女を虐待した男たちに仕返しをしたんだ」

「もしかして、覚えているかも。ぼんやりとだけど」

「しまいにわれわれは彼女を捕まえた。だれもが、彼女は気が狂っていると思った。化け物じゃないかと。だがおれは、イヴォンヌはおれがいままで会ったうちでもっとも賢い人間の一人だと思う」

「もしかして、医者と患者の関係かな？」

「ん？　どういうことだ？」

「警察官が、捕まえた女の犯人を愛するようになるということ」

ヴァランダーは低い声をあげて抗議した。

「バカを言うな。おれはイヴォンヌと話をした。尋問をしたのだ。彼女は自殺する前に、おれ宛に手紙を書いた。そこには、正義とは編み目の大きすぎるネットのようなものだとあった。警察は、手が届かない、いや、本来なら関心をもつべき犯罪者たちに手をつけないことを選択している、と彼女は書いていた」

「選択するのは、だれ？」

ヴァランダーは首を振った。

「わからない。われわれみんなだろう。われわれが従っている法律は、市民全体の意見を網羅する知恵から成り立っているわけだからな。だが、イヴォンヌ・アンデルはおれにまったく別の価値観を見せてくれた。だからおれは彼女のことを忘れないのだ」

「それ、いつごろのこと？」

「五、六年前かな」

電話が鳴った。ヴァランダーは飛び上がり、娘と顔を見合わせた。夜中の一時ちょっと前だった。壁にかけてある受話器に手を伸ばした。リンダはまだ自分が父親の家に居候していると知らない友だちが電話してきたのではないかと心配になった。

父親は名前を言って、用件に耳を傾けた。相づちを打つだけの父親の言葉から、内容を想像した。電話をかけてきたのが警官であることはたしかだった。もしかするとマーティンソン、いや、ひょっとするとアン＝ブリット・フーグルンドかも。

リーズゴードの近くでなにかが起きたらしい。ヴァランダーはリンダに、窓辺にあるメモとペンをくれと合図した。受話器をあごで支えてメモをとっている。リンダは父親の肩越しにメモを読んだ。リーズゴード、シャーロッテンルンドの近く、住所はヴィクスゴード、とあった。その付近にこのあいだ行った気がする。家を見に行った。丘の上の家、父が買う気にならなかった家。ふたたび父親がメモをとった。子牛焼殺、オーケルブロム。そのあとに電話番号を書き加えた。通話を終えると父親は受話器を壁に戻した。リンダは父親の真向かいに腰を下ろした。

「〝子牛焼殺〟って？」

「ああ、おれもなんだろうと思う」

ヴァランダーは立ち上がった。

「これから出かける」

「なにが起きたの？」

ヴァランダーは戸口でためらいを見せて立ち止まったが、一瞬後、結論を出した。

「いっしょに来い」

「おまえは最初からいっしょだったからな」と彼は車の中で言った。「おそらくこれは続きだと思うから、見ておいたほうがいい」

「最初って、いつのこと？」

「白鳥が燃えているという通報のことだ」

「また通報があったの？」

「ああ、まったく同じではないが。今回は白鳥ではない。頭がおかしくなった者のしわざだろう。納屋から子牛を外に出して、ガソリンをぶっかけて火をつけたらしい。飼い主の農家から警察に電話があった。パトロールカーがすでに一台現場に向かっている。だが、おれに電話があったのは、白鳥のときに、もし似たようなことがまたあったら、必ず知らせるようにと伝えておいたからだ。サディスト、動物虐待者だろう、こんなことをするのは。じつに腹立たしい話だ」

リンダは父親がまだなにか気になることがある様子なのがわかった。

「まだなにかあるのね？」

「ああ」

ヴァランダーはそれ以上なにも言わなかった。なぜわたしについてこいと言ったのだろう、とリンダは心の中で問うた。

主幹道路から折れてだれもいない真っ暗なリーズゴードの村落を通り抜け、海へ向かって車を走らせた。道が分かれるところにパトカーが一台停まって待っていた。その車のすぐ後ろについて車を走らせると、まもなく内庭が石敷きの大きな農家に出た。そこがヴィクスゴードらしい。

「わたしがここにいる理由は？　わたしは何者だと言えばいいの？」リンダが訊いた。

「おれの娘だと言えばいい。おまえがいっしょにいることなど、だれも気にしないさ。おまえさえ、おれの娘である以上の素振りを見せなければ。たとえば警察官とか」

二人は車を降りた。風が吹いていた。農家の建物が揺れている。パトロール警官がヴァランダーにあいさつした。一人はヴァールベリ、もう一人はエークマンだった。ヴァールベリはひどい風邪を引いていた。うつされるのを恐れてリンダは握手した手をすぐに引いた。エークマンは近眼らしかった。顔を近づけるとにっこりと笑いかけてきた。

「仕事を始めるのは二週間後だと聞いていたが」

「娘はただついてきただけだ」ヴァランダーが口を挟んだ。「いったいなにが起きたんだ?」

庭を出て砂利道を行くと、裏に最近建てられたものらしい納屋があった。大きな牛糞置き場の近くで、死んだ動物のそばにひざまずいていたのがこの家の主らしい。リンダと同年輩の年若い男だった。農業従事者と聞くとすぐに年寄りを想像してしまうと、リンダは唇を嚙んだ。

ヴァランダーは手を差し伸べてあいさつした。

「トーマス・オーケルブロム」と相手も名前を言って握手した。

「これは私の娘だ。たまたまいっしょにいたので」

納屋の明かりで男の頰が涙で濡れているのがわかった。

「こんなこと」とオーケルブロムは震える声で言った。「いったいだれにこんなことができる?」

彼は一歩脇に寄った。まるで目に見えない舞台の緞帳《どんちょう》が上がったかのようだった。恐ろしい光景だった。リンダはすでに肉が焼ける臭いを感じてはいたが、いま目の前に黒焦げになった動物が横たわっている姿が現れた。目は真っ黒い穴になっている。黒焦げの体から煙がまだ上がっている。強いガソリンの臭いでむせ返るようだった。リンダは一歩下がった。その姿を父親のヴァランダーは目で追った。気を失いかけてはいないと、父親に首を振って知らせた。彼はうなずき、そのまま目をあたりに移した。

「いったいなにが起きたのかね？」と農家の主人に聞いた。

オーケルブロムはふるえ声で話しだした。

「ちょうど眠りについたところだったんです。動物の鳴き声で目を覚ました。自分はときどき夢の中で叫ぶことがあるので、最初は自分の出した声かと思って飛び起きた。すぐに叫び声は納屋からだとわかった。牛たちが大声で鳴きわめいていたんです。中の一頭が悲鳴をあげていた。カーテンを開けてみると、火が見えた。エップレット《りんご》という名の子牛が燃えていた。いや、そのときはまだそれがエップレットだとはわからなかった。ただ子牛の中の一頭が燃えているのが見えた。子牛は頭も体も炎に包まれたまま納屋の壁に突進していった。最初はそれが成牛か子牛かもわからなかった。とにかく長靴を履いて飛び出した。納屋に着いたときにはもう子牛はすっかり火に包まれて倒れていて、体が痙攣《けいれん》していた。納屋にあったシートを手に取って火を消そうと子牛の上を叩いたけど、そのときにはもう死んでいた。恐ろしい、信じられないことだった。頭の中で、これは嘘だ、本当に起きたことではない、動物に火をつける人間などいるはずがないという思いがぐるぐる回っていた」

オーケルブロムは一気に話すと、口をつぐんだ。

「ほかになにか見たか？」ヴァランダーが訊いた。

「見たことはぜんぶ話しました」

「いま〝動物に火をつける人間などいるはずがない〟と言ったが、どうしてそう言ったのか？事故かもしれなかったではないか？」

「子牛がどうやって自分にガソリンを振りかけて火をつけたりできるんです？　そんなことが起きるはずがない。動物の自殺など、聞いたこともない」

「だれかが火をつけたにちがいない。それを訊いているのだ。カーテンを開けたとき、人の姿は見なかったか？」

オーケルブロムは考え込んだ。リンダは父親の考えを読もうとした。次の問いはなんだろう？

「いや、私には動物が燃えているのしか見えなかった」

「こんなことをやった人間に心当たりは？」

「狂った人間、としか思い浮かばない。こんなことをするのは頭のおかしくなった人間だけだ」

ヴァランダーはうなずいた。

「いまはこれ以上調べることはできない。子牛には手を触れないで、そのままにしておいてください。明るくなったら再度捜査します」

ヴァランダー親子は車に向かって歩きだした。

「こんなことをするのは頭のおかしくなった人間だけだ」オーケルブロムが繰り返して言った。

クルト・ヴァランダーは何も言わなかった。父は疲れている、とリンダは思った。ひたいにしわを寄せて、急に年取って見えた。不安なのだ。まず白鳥が燃えているという通報があった。それからこの、エップレットという名の子牛が焼き殺された。

父親はまるで娘の考えを読んだように、車まで来るとオーケルブロムを振り向いて言った。

「エップレットとは牛につける名前としては変わっているが？」

「若いとき、卓球をしていたので、牛たちにはスウェーデンの有名卓球選手の名前をつけたんです。ヴァルドネルという名の牡牛もいた」

クルト・ヴァランダーはうなずいた。その顔に笑みが浮かんでいるのをリンダは見逃さなかった。父は変わった人間に好意をもつことを彼女は知っていた。


二人はイースタへ向かって車を走らせた。

「これ、どういうことだと思う？」リンダが訊いた。

「まあ、いちばん軽く考えて、動物虐待の嗜好をもつ頭のおかしい人間のやったことだろう」

「いちばん軽く考えて？」

その反対なら、というリンダの無言の質問を受けて、ヴァランダーはしばらく無言だった。

「最悪の場合、動物だけでは済まないだろう」

リンダは父親の言葉の意味が理解できた。だが、いまはこれ以上なにも訊いてはいけないということもまた理解できた。

8

朝、目を覚ますと、父はすでに出かけていた。七時半になっていた。ベッドの中で伸びをして、きっと父が出かけるとき音を立ててドアを閉めていったせいで目を覚ましたのだろうと思った。ときどき彼はわざとそうする。わたしが怠けていつまでもベッドの中にいるのではないかと疑っているのだ。

リンダは起き上がって窓を開けた。いい天気で、昨日に続いて暑そうだ。昨夜のことを思い出した。まだ煙が立ちのぼっている子牛の焼死体、父が急に年老い疲れて見えたこと。不安が父に痕跡を残しているのだ。父は他のことはわたしに隠せるかもしれないが、不安だけはごまかせない。

リンダは朝食を食べ、昨日と同じ服を着た。だが、気が変わって、二度服を取り替え、ようやく落ち着いた。それからアンナに電話をかけた。五回ベルが鳴ったあと、留守電に切り替わった。リンダは声の調子を上げ、わたしよ、いたら電話に出てとアンナに語りかけた。だが、だれも電話に出なかった。廊下の鏡の前に立ち、自分はまだアンナがなにも言わずに姿を消したことを心配しているだろうかと自問した。いや、心配していないという答えが出た。一つだけうなずける理由がある。アンナはホテルの前に立っていた父親に似ている男を探し出すために出かけたのにちがいない。

リンダは小型ボートの停泊所の桟橋に出かけ、ゆっくりと散歩した。海は波一つなく静かだった。一艘のボートの船首で上半身裸の女性が寝そべっていた。軽いいびきが聞こえる。ああ、あと十三日！　とリンダは思った。この気短さはだれ譲りなのだろう？　父親似ではない。だが母親似でもない。

桟橋を戻りはじめた。桟橋の上に新聞が捨てられている。広告のページを開いて中古車セールの欄《らん》を見た。サーブが一万九千クローナで売りに出されている。父親は十万クローナ貸してくれると言っている。車がほしい。だが一万九千クローナのサーブ？　何年もつかしら？

その新聞をポケットに突っ込むと、アンナのアパートに向かった。部屋のベルを押してもだれも応えない。ふたたびピッキングの道具を使って中に入ったが、玄関に入るなり、自分が真夜中にここを出てからだれかが入ったと直感的に思った。その場を動かず、目だけで玄関先にかけてあるコートや靴、壁などを追っていった。なにか変わったものはないか？　だが、直感を裏付けるようなものは一つも見当たらなかった。

アパートの中に入ってソファに腰を下ろした。空っぽの部屋。父だったらきっとこの部屋で起きたことが立証できるようななにかをきっと見つけるのだろう。人間の足跡とか、なにか劇的なできごとの跡とか。だけど、わたしにはなにも見えない。見えるのはただアンナがここにいないということだけ。

立ち上がるとゆっくりとアパートの中を見てまわった。二度目に確信がもてた。夜中にアンナが帰ってきた痕跡はない。ほかの人間も来ていない。わかったのはただ一つ、目に見えない自分自身の跡だけだった。

リンダはアンナの寝室に入り、机に向かって腰を下ろした。迷いはあったが好奇心のほうが勝った。アンナが日記をつけていることを知っていた。子どものころからいつも日記をつけていた。中学三年のときのできごとを覚えている。アンナはいつも教室の片隅に引っ込んで日記を書いていた。あるとき男の子がふざけてその日記帳を取り上げようとした。アンナは怒り狂って、男の子の肩に嚙みついた。それ以来、だれも彼女の日記帳には手を出さなかった。

机の引き出しを開けてみた。古い日記帳がぎっしりと入っていた。表紙がこすれていた。どれもページがこすれて、びっしりと文字が書き込まれている。リンダはほかの引き出しも開けてみた。同じく、古い日記帳が入っていた。表紙に何年のものと書き込みがあった。アンナの年齢が十六歳までの日記帳は表紙が赤かった。それ以降のは黒になっていた。

リンダは机の引き出しを閉めて、机の上のものを手に取ってみた。そこにいまアンナが書いている日記帳があった。最後の書き付けだけを見ようとリンダは心の中でつぶやいた。とにかく心配だからこうするのだと言い訳をしながら。最後のページは書きかけだった。日付は一昨日になっている。アンナと自分が会った日だ。リンダは体を乗り出して読みはじめた。アンナの文字はかなり小さい。まるで人に読まれないようにと配慮しているようだ。リンダはその文章を二度読んだ。最初のときは意味がわからなかった。二度目は疑問で頭がいっぱいになった。そこに書かれていたのは、意味不明の言葉だった。ミンノルナ、ファーロルナ、ミンノルナ、ファーロルナ。これ、なにかの暗号文？　秘密のコードだろうか？

リンダは最後のページだけを読むと決めていた自戒を破って、ここ数日の日記を遡《さかのぼ》って読みはじめた。そこに書かれていたのは、ふつうの文章だった。アンナはこう書いていた。〝サクスヒューセン出版社の基礎臨床の教科書は、教育学上の失敗としか言えないものだ。読むことも理解することも不可能だ。教科書だというのに、なぜこれほど理解不能な文章なのか？　医者を志す者はこれでは拒否反応を起こし、研究のほうに転じてしまうだろう。しかも研究者のほうが給料がいいときているのだから〟。同じページに、〝朝微熱があった。今日は風が強い〟とあった。そのとおりだった。〝車のスペアキーをどこに置いたのかしら〟という書き込みが続いた。リンダは最後のページに戻り、もう一度よくその不可解な一行を見た。その文字を書いたときのアンナになり代わってみた。これらの四つの言葉は、書き損じもなく変更も迷いもなかった。筆跡はためらいもなくしっかりとした意志をもって書かれたものだった。〝ミンノルナ、ファーロルナ、ミンノルナ、ファーロルナ。今年わたしは十九回洗濯をした。わたしの望みはどこか知らない田舎の町の、さらに山奥で医者になること。もしかするとスウェーデン北部のどこかで。でも、北部の田舎町の山奥で医者が必要かしら〟

そこで文章が終わっている。アンナがホテルの窓を通して見たという男のことは一言も書かれていない。一言も。それを暗示するような言葉もない。そもそもそういうことこそ、人は日記帳に書くのではないか？　それを確かめるように、リンダは日記帳を遡って読んでいった。ところどころにリンダという文字が見えた。七月二十日のところに、〝リンダは友だちだ〟とあった。同じところに〝母がやってきた。つまらないことでケンカをした。マルメにロシア映画を見に行く予定だ〟と書かれていた。

リンダは一時間近く、良心の痛みを感じながらも自分について書かれているところを拾い読みしていった。八月四日には〝リンダは要求が強い〟とあった。その日、わたしたちはなにをしたんだっけ？　思い出せなかった。八月四日はリンダにとって他の日と同じように、仕事開始を待つことにうんざりしていた一日だったことは間違いない。自分は手帳さえもっていない。なにかあれば、メモをそこらへんにある紙に書き付ける。手首に人の電話番号を書き付けることもある。

日記帳を閉じた。なにも変わったところはない。最後の、書きかけのところに、変なおまじないのような言葉があるだけだ。これはアンナらしくない。それ以外のことはすべて頭がちゃんと機能している人間の書いた言葉だ。他の日と比べてとくにおかしいところはない。だが最後の日、アンナが二十四年間姿を消していた父親を見かけたと言い張ったあの日、彼女はミンノルナ、ファーロルナ、と繰り返し書いた。どう考えてもおかしい。なぜ父親を見かけたと書かなかったのか。なぜその代わりに意味不明の言葉を二度繰り返して書いたのか？

リンダは不安がまた胸に広がるのを感じた。アンナも不安を感じたから、自分の頭がおかしくなりかけていると思ったのだろうか。リンダは二人が話したときにアンナがそうしたように窓辺に立ってみた。日差しが強かった。向かいの建物の窓が反射してまぶしかった。アンナは頭が混乱したのだろうか？　父親を見たと確信していた。ものすごく興奮していた。自分をコントロールできないほどに興奮したから、なにかとんでもないことをしでかしたのだろうか？　でも、それはなに？　なにをしでかしたのだろう？

リンダは体をぶるっと震わせた。そのとき車のことを思い出した。アンナの車だ。赤いゴルフの小型。もしアンナが遠くに出かけたのなら、車で行ったはず。リンダはアパートを走り出て、近くの駐車場へ行った。赤いゴルフはそこにあった。だが、それを見てリンダは驚いた。アンナの車はいつも汚れている。どこかへ出かけるときもアンナは洗車しないままの車で迎えにくる。けれどもいまその車はピカピカに光っている。タイヤのホイールまで輝いている。

ふたたびアンナのアパートに戻った。ソファに座り、理にかなう説明があるか、と考えた。説明。なんに関して？　唯一変なのは、約束した時間に来てみると、アンナが家にいなかったことだ。約束を勘違いしたはずはないし、アンナは約束を忘れるタイプでもない。つまり、リンダとの約束を破り、家にいないことを意識的に選んだのだ。なにかほかにもっと大事なことができたのだ。だが、それには車は必要ではなかったということか。留守電を聞いてみた。自分の声だけが入っていた。そのまま視線を玄関ドアに移した。だれかがそこに立って、ドアベルを押したのだ。わたしではない、セブランでもない、アンナの母親でもないだれかが。アンナはほかに友人がいるだろうか？　今年の四月に、ボーイフレンドと別れて以来だれともつきあっていないと言っていた。モンス・ペルソンというルンド大学でエレクトロマグネティズムを勉強している男の子とつきあっていたけれど、最初に思ったより、ずっといい加減な男だったと言っていた。すごく傷ついたと。何度も、次に男の子とつきあうときはもっと慎重になると言っていた。

一瞬アンナから思いが離れ、自分のことを考えた。リンダ自身今年の三月モンス・ペルソンまがいの男の尻を蹴って追い出したのだ。こともあろうに、ルドヴィグという名は本名で、崇高な国王と不器用なオペレッタの王子の入り交じった性格とでも言ったらいいか。警察学校の友人たちといっしょにパブへ出かけたときに出会った男だった。狭いパブのベンチにギューギュー詰めに座り陽気に騒いだとき、彼はそのもう一つのグループにいた。ルドヴィグはストックホルム市の清掃局で働いていて、清掃車をまるでスポーツカーのように走らせ、自分の仕事を誇りに思うのは当然とばかりに堂々としていた。リンダは彼の大きな声で笑う姿に魅せられ、そのいきいきした目、そしてまわりが大声と笑いでうるさかったにもかかわらず、決して人の話の腰を折らないその態度に好感をもった。

二人はつきあいはじめた。リンダはついに生涯の男を見つけたとさえ思っていたのだが、あるときまったくの偶然から、ルドヴィグは休日、リンダに会っていないときは、ヴァレンツーナでケータリングの会社を経営している女性のところにいるということを知った。残酷な結果になった。寒い日だった。リンダは彼をアパートから追い出し、一週間泣き暮らした。ここまで思い出して、リンダは目を閉じた。いまでも胸が痛む。もしかすると、アンナだけでなくリンダ自身にとっても、まだ次のボーイフレンドを探すのは早いのかもしれない。つきあう男が次々に変わることを、父親が心配しているのは知っていた。決して直接に言われたことはなかったが。

リンダはもう一度アパートの中をぐるりと見てまわった。なぜか急に自分のやっていることが滑稽な気がして、ばかばかしくなった。アンナになにが起きるというのか？　なにも起きるはずがない。アンナは他の人に比べてずっと判断力がある。約束の時間に家にいなかったぐらい、大したことではない。キッチンのテーブルに車のスペアキーが置いてあるのが目に入った。いままでもアンナの車を借りたことがある。こんども借りようと思った。そして車を走らせてアンナの母親に会いに行こう。メモに、ちょっとだけ車を借りるけど今日中に返すと書き、テーブルの上に置いた。が、心配しているとは書かなかった。

リンダはマリアガータンの父親のアパートまでアンナの車を走らせた。少し暑くなっていたので薄手の服に着替え、ふたたび車でイースタの外へ出た。コーセベリヤの分かれ道で海岸のほうの道を選び、海辺まで行ってみた。波はなく、海面が穏やかだった。犬が一匹泳いでいた。売店の前に老人が一人薫製の魚を売っていて、リンダを見るとあいさつがわりにうなずいた。リンダもうなずき返したが、もしかすると老人は父親の友人で引退した元警官かもしれない、と思ったりした。

変わった曲を作っているというアンナの母親が住む村の近くまで来ると、リンダはかつて祖父が住んでいた家に通じる小道に入った。車を停めて家まで歩いた。その家は祖父の死後、後妻のイェートルードが姉妹の家に引っ越してから、すでに二回売りに出されていた。最初の買い手はIT企業の社長で、シムリスハムヌに住んでいたが、会社が倒産して、サマーハウスとして使っていたこの家も売ってしまった。次に買ったのはスコーネに引っ越したいという願望をもっていた西海岸のヒュースクヴァーナに住む陶芸家で、〈壺作り〉という看板が表の垣根にかけられていた。小屋のドアが開いていた。そこはいつも祖父が絵を描くのに使っていたアトリエだった。リンダは少し迷ってから、垣根の戸を開けて、庭に入った。物干しで子どもの服が風に吹かれていた。

リンダは外の小屋のドアをノックした。女性の声がしたので、中に入った。明るい外から急に中に入ったため、暗くてよく見えなかったが、小屋の奥に四十がらみの女性が座っているのがわかった。目の前のろくろの天板の上に粘土で作った人の頭を置いて、ナイフで削っていた。耳の形を作っている。リンダは通りがかりに寄ったわけを説明し、仕事の邪魔をしてすまないと謝った。女性はナイフを置いて、手を拭うと、リンダといっしょに外に出た。顔色が悪く疲れているようだったが、その目はやさしかった。

「その人のこと、聞いたことあるわ。この小屋でいつも同じ絵を描いていた人でしょう?」

「ぜんぶが同じというわけじゃなかったんです。一つはキバシオオライチョウが入っている絵、もう一つはそれが入っていない絵。でも景色、湖と沈みかかっている太陽、立ち木が数本と、太陽以外はまったく同じパターン。太陽だけは好きなように描いていたようですけど」

「ときどき、あなたのおじいさんが小屋の隅にいるような気がするのよ。おじいさん、よく怒っていた?」

リンダは驚いて女性を見つめた。

「ときどき、部屋の隅から腹立たしそうなうなり声が聞こえるの」

「それ、きっと祖父だわ」

女性はバルブロと名乗り、コーヒーでもと誘った。

「ありがとう。でもちょっと寄っただけなので、もう行きます。どうなっているのかと気になっていたので、一度のぞいてみたかっただけなんです」

「わたしたち、ヒュースクヴァーナから引っ越してきたのよ。町から離れたくて。町と言うほどヒュースクヴァーナは大きくはないけど。夫のラーシュはいま流行りの、なんでも屋。自転車や時計を直したり、病気の牛の世話を手伝ったり、すてきなおとぎ話を子どもたちにしてくれたり。子どもが二人いるのよ」

急に彼女は口をつぐんだ。見知らぬ人に個人的なことを話しすぎたというように。

「もしかすると、子どもたちがいちばん寂しがっているのは、それかもしれないわ。彼のすてきなお話が聞けなくなったこと」

バルブロと名乗った女性は車までリンダを見送った。

「それじゃいっしょには来なかったのね、彼は」とリンダは気を遣いながら言った。

「なんでもできる人だけど、理解できないこともあったらしい。たとえば、子どもができたら絶対に責任逃れができないということ。彼は子どもが生まれるとパニックに陥ったわ。自転車で逃げ出したのよ。いまはまたヒュースクヴァーナに住んでいるの。ときどき話をすることもある。いまは責任がなくなったから、子どもたちともなんとか関係がもてるようになったようよ」

二人は車まで来て別れた。

「また祖父が現れたら、そんなに怒らないでとやさしく言えば、静かになるわ。でも女の人が言わなければだめなの。男だったら、祖父は聞かないわ。少なくとも、生きてるときはそうだった。もしかすると死んでからもそうかもしれない」

「幸せな人だった？」

リンダは考えた。幸せという言葉は、リンダのもっている祖父のイメージからはほど遠いものだった。

「祖父がいちばんうれしそうだったのは、あの小屋で前の日と同じことを繰り返すことだった。繰り返しがいちばん楽しかったみたい。それを幸せと呼ぶのなら、祖父は幸せな人だったわ」

リンダは車のドアを開けた。

「わたし、祖父に似ているの」と言って、ほほ笑んだ。「だからどんなふうに扱えばいいのか、知っているのよ」

リンダは車を出した。バックミラーにバルブロが映った。わたしは絶対にいや。風の強いウステルレーンで古い田舎家に住むなんて。しかも子どもたちだけと。わたしなら絶対にしない。

考えるだけで腹が立った。いつの間にかスピードを上げていた。国道に出るときブレーキを踏んだことで初めてフルスピードで走っていたことに気がついた。

アンナの母親ヘンリエッタ・ヴェスティンは、まるで巨大な要塞のような、樹木の生い茂った森の中にひっそりと暮らしていた。リンダは小道に入って密集した木々の中を探しまわってようやくその家を見つけ、錆びた耕作機械の後ろに車を停めた。太陽の熱さが、ルドヴィグといっしょに出かけたギリシャ旅行を思い出させた。リンダは頭を一振りして思い出を振り払うと、天まで届くような巨大な樹木の間を通ってヘンリエッタの家に近づいた。開けたところまで来ると一度立ち止まり、手をかざして空を見上げた。そのとき、勢いよく金槌を打ちつけるような音が空気を引き裂いた。厚く生い茂った葉っぱの間から、木の幹にとまったキツツキが必死にくちばしで幹をつついているのが見えた。この音、もしかしてヘンリエッタの音楽の一部に取り入れられているのじゃないかしら、とリンダは思った。アンナの話では、ヘンリエッタはどんな音でも作曲に取り入れてしまうとか。キツツキの音はドラムの音になっているかもしれない。

キツツキから目を背けると、打ち捨てられ、長年耕されていない広い畑を通り過ぎた。ヘンリエッタについて、わたしはなにを知っているだろう？　リンダは自問した。こんなところでわたしはなにをしているんだろう？　足を止めた。いまこの瞬間は、不安を感じていなかった。きっとアンナにはしかるべき理由があって姿を消したのだろう。リンダはきびすを返して、車に戻りはじめた。

そのとき急にキツツキの音がやんだ。なにもかもが消えてなくなるのだ。人間もキツツキも。

わたしの夢、まだまだたくさんあると思っていたわたしの時間、すべては消えてしまうもの。目に見えない手綱を引いて、彼女は立ち止まった。わたしはなぜ戻ろうとしているのか？　アンナの車を借りてここまで来たのなら、ヘンリエッタにあいさつしてから帰ればいいではないか。心配や疑問をヘンリエッタにぶつけたりせずに、アンナはどこにいるか知っているかと訊いたりもせずに。もしかすると、アンナは大学のあるルンドにいるのかもしれない。ルンドでの彼女の居場所の電話番号は知らないから、ヘンリエッタに訊けばいい。

ふたたび森の中の道を歩いていくと、むき出しの梁に、白い漆喰《しっくい》の壁の、この地方独特の伝統的な造りの家の前に出た。つるバラが壁を這っている。猫が一匹入り口の石段の前に横たわって、疑い深そうにこっちを睨んでいる。リンダは家の前まで行った。窓が一つ開いている。猫を撫でようとして石段でかがみ込んだとき、窓から音が聞こえた。ヘンリエッタの音楽が始まるのだろうとリンダは思った。

体を起こしたとたんに、はっとして動きを止めた。

窓から聞こえたのは音楽ではなかった。それは泣き声だった。

9

家の中で犬が吠えだした。リンダは驚き、急いでドアベルを押した。少し間をおいてドアが開いた。ヘンリエッタが吠え立てるオスのグレイハウンドの首輪をしっかり握っていた。

「この子は危険じゃないのよ」ヘンリエッタが言った。「入って」

リンダはふだんから知らない犬に近づくのが不安だった。玄関に入りながらも緊張していた。だが、彼女が家の中に入るなり、犬は吠えるのをやめた。まるで見えない境目があるようだった。ヘンリエッタは犬を放した。リンダの覚えているヘンリエッタはこんなに小さくなかった。それにこんなに痩せてもいなかった。アンナはなんと言っていたかしら。たしかヘンリエッタはまだ五十前だと思うが、体形を見るかぎりずいぶん年取って見えた。だが、顔はまだ若かった。パトスという名前らしいグレイハウンドはヘンリエッタの臑《すね》に体をこすりつけてから寝床のかごへ行き、体を伸ばした。

あの泣き声はなんだったのだろう、とリンダは思った。ヘンリエッタの顔には涙の跡はなかった。ヘンリエッタの後ろに目を移した。家の中にほかの人間はいないらしい。ヘンリエッタはリンダの視線をとらえた。

「アンナを探しているの?」

「いいえ」

ヘンリエッタは笑いだした。

「嘘をつくのがへたね。まず電話をしてきたでしょ。それからここまでやってきた。いったいなにが起きたの？　アンナはまだ見つからないの？」

リンダはヘンリエッタのまっすぐな物言いに驚いた。が、同時にありがたかった。

「ええ、そうなんです」

ヘンリエッタは肩をすくめ、家の中に案内した。古い家を改造して仕切り壁を取り払った広い大きな一部屋が、居間でもあり作曲のための仕事場にもなっていた。

「アンナはルンドにいると思うわ。あの子はときどき、だれにも会いたくないときにそうするから。医者になるためには理論の勉強もしなくてはならないらしいの。アンナは理論は得意じゃないのよ。あの子がだれに似ているのか、わたしはわからない。わたしには似ていないし、父親にも似ていない。もしかしてとてもオリジナルな人間かもしれないわ」

「ルンドで彼女のいるところの電話番号、知ってますか？」

「さあ。電話を引いているかどうかも知らないわ。下宿しているのよ。でも、わたしはその住所さえ知らないの」

「それはちょっとおかしくありませんか？」

ヘンリエッタは眉間にしわを寄せた。

「どうして？　あの子はとても内向的な性格で、なにもかも人に見せたりはしないのよ。変に口出ししようものなら、ものすごく怒るんだから。知らなかった？」

「ええ。アンナは携帯電話をもっていないんですか？」

「アンナはスウェーデンで最後の、携帯電話をもたないと決めている人間の一人よ。わたしでさえもっているのに。固定電話の時代は終わったとわたしは思っているわ。でもアンナはちがう。そう、あの子は携帯電話をもっていないのよ」

ヘンリエッタは急になにか思い出したことでもあるかのように口をつぐんだ。リンダは部屋の中を見回した。さっきだれかが泣いていた。アンナを探しているのかとヘンリエッタに訊かれるまで、リンダはアンナがここにいるかもしれないとは一度も考えなかった。いや、あれはアンナじゃない。アンナが母親のところに隠れて、しかも泣いているなんて、考えられなかった。第一、アンナは人に泣くところを見せたりしない人間だ。まだ小さかったころ、アンナがジャングルジムから落っこちたことがあった。あのときは泣いた。でも、それがリンダがアンナの泣くのを見た唯一のときだった。わたしたち二人ともがトーマスに恋したとき、泣いたのはわたしだけだった。アンナはひたすら怒るタイプの人間だ。でもヘンリエッタが言うほどの怒りかたではなかった。

磨き立てられた板の間の中央に立っているアンナの母親を見た。日光が一筋その顔に差し込んでいる。ヘンリエッタの横顔がくっきりと見えた。アンナもまた横顔の線がはっきりしている。

「ここはめったに人が来ないわ」と、ヘンリエッタはまるでそれが急に口をつぐんだ理由でもあるかのように言った。「人はわたしを避けるの。わたしが人を避けるから。それに、人はわたしのことを変人だと思っている。スコーネの田舎に一人引っ込んで、グレイハウンドを相手に、だれも聴きもしない音楽なんか作っているから。それに加えて、わたしはまだ、二十四年も前にいなくなった男と紙の上では結婚したままでいるから、やっぱりおかしいと思われてもしかたがないのよ」

その話しかたには苦々しさと孤独がにじみ出ていた。

「いまはなにを作曲しているんですか？」

「無理して訊かなくていいのよ。それより、なぜここに来たの？　アンナのことが心配だから？」

「わたし、アンナの車を借りてきました。祖父が亡くなるまでこの付近に住んでいたので、まずその家を見に行き、そのあとここに来たんです。ドライブです。いまは時間をつぶすよりほかないので」

「警官の制服を着るまで、という意味？」

ヘンリエッタはコーヒーの入ったポットとカップを取り出した。

「あなたのように若くて美しい女の子が警察官になるなんて、わからないわ。警官って、いつもケンカや争いごとに割って入る存在でしょ。まるで、この国の人間たちの一部はいつもケンカや争いをしていて、警察はそのような人間たちを引き離すのが永遠の仕事みたいじゃない」

ヘンリエッタはコーヒーを注いだ。

「でも、あなたは署で事務の仕事をするのかもしれないわね」

「わたしは無線パトカーに乗ります。仕事はきっといま言われたようなものになるでしょう。ケンカの仲裁役ですよ」

ヘンリエッタは腰を下ろし、あごを片手にのせた。

「それで、あなたはそういう人生を送りたいの?」

リンダは急にヘンリエッタにつかまえられたような気がした。まるで彼女の苦々しい人生に引きずり込まれたように。リンダは言い訳を始めた。

「わたしはべつに若くも美しい娘でもありません。もうじき三十歳になるし、外見もごくふつうです。ボーイフレンドには口の形がきれいだとか、胸が美しいとか言われたことはあるけど。わたし自身、自分に満足しているときは、そう思うこともある。でも、ほかはまったくふつうの平凡な容貌です。ミス・スウェーデンになることを夢見たこともないし。警察官という仕事のことで言えば、警察官がいなかったら、この国はどうなるでしょうか。わたしの父も警察官です。父の仕事を恥ずかしいと思ったことはありません」

ヘンリエッタはゆっくりと首を振った。

「あなたを傷つけるつもりはなかったのよ」

リンダはまだ腹を立てていた。ヘンリエッタにぎゅうと言わせてみたくなった。なぜそう思ったのかはわからなかったが。

「ここに来たとき、泣いている女の人の声が聞こえましたけど?」

ヘンリエッタはほほ笑んだ。

「テープに録音してあるの。鎮魂曲《レクイエム》の一部にしようと思って。音楽の中に人の泣き声を取り入れるのよ」

「レクイエムって、どういうものか、わたし、知りません」

「教会のミサで演奏する曲よ。わたしは近ごろではそういう曲ばかり作っているの」

ヘンリエッタは立ち上がると大きなグランドピアノの方へ行った。そばの大きな窓から野原とその向こうの海が見える。グランドピアノの隣に大きな机があり、その上にレコーダーがあった。キーボードとミキサーもある。ヘンリエッタはレコーダーのスウィッチを押した。女の泣き声が響いた。外でリンダが聞いた声だった。リンダはあらためてアンナの母親であるこの変わった女性に興味を抱いた。

「泣く女の人の声を録音しているんですか?」

「ええ。これはアメリカ映画から採ったもの。見ている映画から採ることもあるし、ラジオから採ることもあるわ。赤ん坊から老女までね。老女の泣き声は高齢者のホームに忍び込んで採ったものよ。よかったら、わたしのコレクションにあなたも一つ協力してくれない?」

「いいえ、わたしはけっこうです」

ヘンリエッタはグランドピアノに向かい、ポロンポロンと音を出した。リンダはそのそばに立った。ヘンリエッタは両手で和音《コード》を弾き、ペダルを踏んだ。力強い音が部屋に響き渡り、しだいに低くなった。ヘンリエッタはリンダに腰を下ろすように目で促し、スツールの上に置いてあった楽譜を動かした。そして探るような目でリンダを見た。

「あなたはなぜここに来たの？　いままでとくにわたしに好意をもっているようには見えなかったけど」

「アンナと遊んでいた子どものころ、あなたが怖かったです」

「わたしが怖かった？　わたしを怖がる人なんていないと思うけど」

そんなことはない、とリンダは思った。アンナだってあなたのことを怖がっていた。夜、夢にあなたが出てくるって、怖がっていたわ。

「こちらに来たかっただけなんです。急にその気になって。べつに予定していたことじゃありません。アンナはどこにいるのだろう、と思って。でも、昨日ほど心配していません。きっとおっしゃるとおり、アンナはルンドにいるのでしょう」

そこまで言って、リンダはためらい、口をつぐんだ。ヘンリエッタはすぐにそれに気づいた。

「なにかあるのね？　心配しなければならないようなことが」

「数日前に、アンナはマルメでお父さんを見かけたと言ってました。これ、わたしじゃなくて、アンナが直接話すべきことなんですけど」

「ああ、そんなこと」

「え？」

ヘンリエッタは話など忘れたように、鍵盤の上数センチのところで指を動かした。

「あの子はいつも父親を見かけたと言うのよ。小さいときから言ってたわ」

リンダはすぐに警戒した。あり得ない。アンナから父親を見かけたという言葉は、今まで一度も聞いたことがない。もし何度もそんなことを言っていたのなら、いままでわたしが聞いたことがないはずがない。親しくつきあっていた少女時代、わたしたちの間に秘密はなかった。なんでも話していた。自分もマルメの高架橋の上に立って飛び降りようとした話をアンナにだけはしている。いまのヘンリエッタの言葉は本当ではない。

「アンナは父親のエリックと繋がっているひもを決して放そうとしないのよ。ひもというのは、エリックがいつか必ず帰ってくるというあり得ない夢のこと。父親は絶対に死んではいないと思い込んでいるのよ」

リンダは言葉の続きを待ったが、それっきりヘンリエッタは口をつぐんでしまった。

「なぜエリックは家出をしたのですか？」

ヘンリエッタの答えは予期せぬものだった。

「失望したからでしょうよ」

「なにに？」

「人生に。もともとわたしは彼の壮大な夢に感激してつきあうようになったのよ。エリックのように素晴らしい人をわたしは知らなかった。彼こそわたしたちの時代、わたしたちの世界に変化をもたらしてくれる人。そう思った。自分は大きな使命を果たすために選ばれた人間だ、と彼は心から信じていたから。わたしたち、彼が十六歳わたしが十五歳のときに出会ったのよ。早かった。でも、わたしはそれまで彼のような人を知らなかったわ。大きな夢と力が体中から満ちあふれていた。二十歳まではどの道に進むか、いろいろ試してみると決めていた。芸術、運動、政治、ほかにどんな分野で活躍するのがよいか？　なにもまだわからなかった。人生も世界もまだ彼にとっては足を踏み入れたばかりのところだった。二十歳まで、彼は一度も自分を疑ったことがなかったと思う。でも二十歳になって、急に不安になったのね。落ち着かなくなった。それまではすべての時間は彼のものだったし、時間を好きなように使っていた。二十歳を過ぎても彼は夢を実現するべき世界を求め、探し続けていた。でも子どもができて、いっしょに暮らそうとわたしが提案すると、彼はおどおどして、逃げ腰になった。そんなこと、それまでは一度もなかった。彼がサンダルを作りはじめたのは、そのころのことよ。お金を稼ぐために。彼、とても手先が器用だったから。〝軽いサンダル〟と名付けたのは、大切な時間を生活のためにお金を稼ぐことに使わなければならないことに対する自嘲《じちょう》的な表現だったと思うの。いま思うと、そのころ、逃げ出す計画を立てはじめたんだと思うの。もしかすると逃げ出すなんて言うべきじゃないのかもしれないわね。彼はわたしとアンナから逃げたわけじゃないの。自分自身から逃げたんだと思う。夢が破れたことから逃げ出したかったんだと思うの。もしかすると、彼はそれに成功したのかもしれない。その答えはいまだにわたしにはわからない。とにかく急にいなくなったの。なんの予告もなしに。思ってもみなかった。ずいぶん経ってから、慎重に企てた上でのことだったのだとわかった。急な思いつきなんかじゃなかったのね。わたしの車を売り払ったことは許せるわ。でも、わからないのは、彼にアンナを捨てることができたってこと。彼とアンナはとても仲のいい父子だったから。彼はアンナのことを本当に可愛がっていた。彼にとって、わたしはあまり大事じゃなかったと思う。夢を追う彼の気持ちをわたしが理解していることで、最初の何年かはわたしのことを大事に思っていたかもしれないけど、アンナが生まれてからは、わたしなどどうでもよくなったんじゃないかしら。彼はアンナを愛していた。いまだにわたしにはわからないの。その彼にどうしてアンナを捨てることができたのか。夢を達成できない失望感からとは言え、人はいちばん大事にしているものを簡単に捨てることができるのかしら？　たぶんそのためでしょう、彼が死んだのは。だから彼は永久に帰ってこないのよ」

「エリックが死んだかどうかは、わからないのでしょう？」

「もちろん死んだに決まってる。二十四年も音沙汰がないんだから。そうでなきゃ、どこにいると言うの？」

「アンナは町で彼を見かけたと言っていました」

「あの子は街角という街角で父親を見かけているのよ。真実を見なければだめと、何度もわたしは言っているんだけどね。いったいなにが起きたのか、彼がどう失望を処理したのかはだれにもわからない。でも、とにかく、彼は死んでいるに決まっている。夢が大きすぎ、彼には重すぎたのよ」

　ヘンリエッタは口をつぐんだ。犬のため息が部屋の隅から聞こえてきた。

「いったいなにが起きたのでしょう？」

「わからない。彼のあとを追ってもみたわ。痕跡をたどって。強い日差しの中、海岸を歩いているように見えることもある。はっきりと見るために、目を細めて見なければならないこともあった。でも、彼は急に立ち止まって、海の中にじゃぶじゃぶと歩いて入ってゆき、しまいには頭だけ、そしてついには見えなくなるのよ」

ヘンリエッタはまたピアノの鍵盤に触らないように、鍵盤の上で指を動かした。

「彼、あきらめたんだと思うの。いつか、何者かになるという夢は、夢でしかなかったんだと。でも、彼が捨てたアンナは実際の存在だった。それに気がついたときはもう遅すぎたのよ。あの人、昔から良心の呵責《かしやく》を覚える人だったわ。いつもそれを隠そうとしていたけど、隠しきれなかった」

ヘンリエッタはピアノのふたを音を立てて閉めると、立ち上がった。

「コーヒーをもう一杯、どう?」

「いいえ、もう行かなくちゃ」

ヘンリエッタは落ち着かない様子だった。リンダはその姿を観察した。そのとき、急にヘンリエッタはリンダの腕を取ると、ハミングを始めた。リンダの知っているメロディーだった。かすれ声で、突拍子もない歌いかただったが、柔らかく、音は正確だった。

「この歌、聞いたことがある?」歌い終わるとヘンリエッタは訊いた。

「〈ブエナ・セラ〉よ」

「ええ。覚えがある歌だけど、なんという歌か、知りません」

「スペインの歌?」

「いいえ、イタリアの。グッド・ナイトという意味よ。一九五〇年代に流行った歌。近ごろは昔の歌のメロディーをちょっと借りるとか盗むとか壊してしまうというのが流行っているの。バッハの曲をポップにしちゃうとかね。わたしはその逆をしているの。わたしはヨハン・セバスチャン・バッハの曲をポップに作り直したりしない。〈ブエナ・セラ〉をクラシックに作り直しているのよ」

「そんなこと、できるんですか?」

「トーンを変えて、構造を変えて、リズムを変えて、ギターをヴァイオリンの大演奏にしちゃうの。三分間の簡単な流行歌を交響曲にしちゃうのよ。できあがったら、聞かせてあげるわね。それができあがったとき、人はわたしが長い時間をかけてなにを作ってきたのかがやっとわかるようになるってわけ」

ヘンリエッタはリンダを玄関まで送ってきた。犬もついてきた。猫はとっくに姿を消していた。

「またどうぞ、遊びにきてね」

リンダは約束した。車を出して海岸沿いを走った。雷雲は遠のいた。ずっと沖合の、ボーンホルム島の上まで引き揚げている。リンダは車を道路脇に停めると、降りてタバコを吸った。三年前にやめたのだが、ときどき吸いたくなる。近ごろではめったにないことだったが。

母親が娘のことをすべて知っているわけではない。その一つが、わたしとアンナがどれほど近しかったか、彼女は知らないということ。もし知っていたら、アンナがときどき町で父親を見かけていたなんて嘘を言ったりしなかっただろう。もし本当にそうだったら、アンナはいまでわたしに言わなかったはずがない。ほかのことはともかく、これだけはたしかだ。

雷雲がふたたび近づいてくる。

はっきりしていることが一つある。ヘンリエッタはアンナとその父親のエリックについて真実を話さなかったということ。

10

朝の五時を少しまわったころ、彼女は寝室のブラインドを上げた。温度計が九度を示している。空は晴れていて、庭の風力計の旗は垂れ下がっている。遠出にうってつけの日だ。前の晩にすべて用意しておいたので、すぐに出発できる。アパートの外に出た。庭に、特別仕立てのカバーをかけたベスパが停めてあった。これを買ってからもうじき四十年になる。ていねいに使ってきたので、いまでもじゅうぶんに乗れる。彼女の古いベスパの噂はイタリアの製造元の耳にまで届いていて、いままで何度もそのベスパを製造元の会社のミュージアムに寄贈してくれないかという申し入れを受け取っていた。そうしてくれれば、これから先ずっと、毎年新しいモデルを贈呈するというのだ。もちろん、無料で。だが、彼女は毎年それを断り続けてきた。年を追うごとにその答えは偏屈なものになってきた。二十二歳のときに買ったこのベスパは、死ぬまで乗るつもりだと言いきった。その後はどうなろうとかまわない。もしかすると四人いる孫のだれかが使いたいと言うかもしれない。だが、だれか特別の人にこれを譲ると遺言を書くつもりもない。

荷台にリュックを括り付けると、ヘルメットをかぶり、ペダルを踏んだ。ベスパはすぐに反応した。

まだ朝が早く、スクールップの村は静かで人の気配はなかった。まもなく秋だ、と思いながら、鉄道の線路を渡り、マルメからイースタへ向かう国道の入り口にある種苗所を通り過ぎた。慎重に右と左をよく見て国道を渡り、そこから北へ、ロンメレオーセンへ向かってベスパを走らせた。目的地はレードシューン湖とランネスホルム城の間にある森だ。そこはスコーネのこの地帯ではもっとも大きな自然保護地域となっている。その森は古くからあって、一度も伐採《ばっさい》されたことがなく、密生した木々でほとんど人が足を踏み入れることができないところもあった。ランネスホルム城の持ち主は株のブローカーで、古くからあるこの森はそのまま保存すると公言していた。

レードシューン湖の駐車場まで来るのに三十分ほどかかった。高い樫《かし》の木の後ろでベスパを停めた。上方から車が通る音が聞こえたが、まもなく静かになった。

リュックをしっかりと背負うと、森の中に入る準備を整えた。ここから先は、人の知らない世界に入るのだと思うとわくわくした。原始林の中に足を踏み入れ、人の目から完全に見えなくなるところに入る。完全に人から見えなくなることほど、自立的なことがあるだろうか？これ以上の自由があるだろうか？

若いころは自分がしたいことがわからず悩んだ。自分の中に潜んでいるある種の苛立ち。それがなんなのか、どうしてそう感じるのかもわからないままに悩んでいた。それは強いからではなく弱い性格ゆえだと思えてしかたがなかった。もともとは兄のホーカンが教えてくれたことだった。人には二種類ある、まっすぐで短い、もっとも早く目的地に到着する道を選ぶ人間と、回り道を選び、曲がり道や険しい坂道があるほうを選ぶ人間と。二人は子ども時代エルムフルトの森の中でよく遊んだ。電線の工事人だった父親が高いところから落ちて大けがをしたあと一家はスコーネに引っ越した。母親がイースタの病院で下働きの職を手に入れたからだった。彼女自身は十代になっていた。曲がり道や遠回りの道などにはまったく関心のなかった時代だ。だが、ルンド大学に入り、いったい自分はなにを勉強したらいいのか見当もつかないと思っていたとき、子ども時代のことがよみがえった。兄のホーカンは小道とはまったく別の方向に進んだ。船の見習い乗組員になり、のち船の乗組員になる勉強をし、ついには航海士になった。そしてときどき妹に手紙をよこしては、果てしない夜の暗い海に船を走らせる快感について書いてきた。彼女はうらやましく感じたが、同時に自分も自分の道を見つけようと思った。

大学に入って一年目の秋、なにを専門科目にするかわからないまま、法科の勉強をしていた彼女は、ある日スタファンストルプの方向へ自転車を走らせた。そして目的地も決めないまま舗装されていない道に入った。しばらくして自転車を停めて、こんどは昔の水車の跡が残っているという小道へ向かった。そのとき、ある考えが浮かんだ。まるで稲妻のように頭の中をひらめきが走った。小道ってなんだろう？　なぜ大石の、あるいは大木の脇に小道が通っているのか？　最初にその道を行ったのはだれだろう？　それはいつのことだろう？

彼女は足元に目を落とし、自分の足が踏んでいる小道を見つめた。これだ、と思った。これを勉強の対象にしよう。自分はスウェーデンの小道の専門家になって、小道を保護する人間になるのだ。スウェーデンに昔からある小道について本を書く。急いで自転車をこいで戻って、翌日法科から歴史と文化地理学にコースを変更した。運よく理解のある教授にめぐり合い、教授はスウェーデンの小道はまだ専門分野としての研究はされていないと言って、励ましてくれた。彼女の熱心さを評価し、応援もしてくれた。

レードシューン湖畔の小道を歩きだした。まわりの木々は高く、太陽が地面まで差し込むのを遮っている。以前一度アマゾンで、熱気でうだるような熱帯雨林を歩いたことがある。太陽の下でジャングルの木の葉が重なり合い、あたかもどこまでも続く極彩色のガラスの聖堂の中を歩くようだった。いまレードシューンの森の中の小道を歩きながら、あのときと同じような感じを覚えた。

彼女はこの小道をずいぶん前に地図に書き込んでいた。これはここの土地ランネスホルムがまだハーヴェルマン伯爵のものだった一九三〇年代に、湖のまわりの森の中の散歩道として作られたものだった。グスタフ・ハーヴェルマン伯爵は熱心な戸外スポーツの奨励者で、腐った木や藪《やぶ》を取り払って湖のまわりに遊歩道を作った。

この小道の先の、コケと石ころばかりの森の奥に、先日発見したばかりの昔の小道があるのだ。それはまだだれも気づいていない。その小道がどこに通じているのかはまだわからない。だが、新しく発見した昔の小道をたどることほど興奮することがあろうか。いつか、どこにも続かない小道、ただそこだけのために作られた小道を発見したいと思う。それがわたしの夢だ。

坂を上りきったところで足を止め、大きく息を吐き出した。鏡のような湖面が木々の間から光って見える。いま彼女は六十三歳。あと五年必要だ。あと五年、いま集めている膨大な資料を本にまとめるのにあと五年かかる。スウェーデンの小道の歴史。その本をもって、彼女は人々に小道がいかに祖先と社会の歴史を知るのに大切なものかを知らせることができる。小道は単に人間が歩いた跡ではなく、説得力のある証拠と論理をもって、さらに哲学的および宗教的な見地も加えて、スウェーデンの地形の中のどこをどのように通ってきたかを示すのだ。いままでは小規模な、地域的な観察と道案内を発表してきた。だが、こんどはいよいよその集大成を発表することができる。

彼女は歩き続けた。頭の中で考えが自由に飛びまわっている。研究の対象となる小道を歩くときはいつもそうだ。さまざまな考えが頭の中を自由に飛び交う。リードを外された犬のように。実際の仕事が始まると、彼女自身がリードを外された犬のように、用心深く、体中の感覚を研ぎすまして、小道の秘密を発見するべく嗅ぎまわるのだ。

自分が少し頭のおかしい人だと思われていることは知っていた。子どもたちは、とくに幼かったときは、母親がなにをしているのかまったくわからなかった。だが、昨年亡くなった夫は理解があった。心の中では、変な女と結婚してしまったと思っていたのかもしれないが。いま彼女は一人暮らしだが、兄のホーカンだけが変わらぬ理解者だった。彼もまた地球の上にできている曲がりくねった小さな道、人がそこをなんらかの理由で歩いてできた小道にすっかり魅了されていた。

急に彼女は足を止めた。慣れない目には小道に沿って生えている草やコケしか見えないかもしれない。が、彼女にはわかった。ここに長い間人が歩いていない小道の入り口があると。森の中に足を踏み入れる前に、彼女はゆっくりと湖の岸辺に下りていった。石の上に腰を下ろしてポットを取り出した。湖の上を白鳥のつがいが飛んでいく。コーヒーを飲み、太陽に顔を向けて目をつぶった。わたしは幸せな人間だ。いままでずっと好きなことだけをしてきた。子どものとき、ホーカンのもっていた『小道発見人』という本を読んだ。そしてわたしはまさに小道発見人になった。それがわたしの人生になった。小道を発見し、その全貌を明らかにすること。ちょうど人が、崖や石の上に書かれた太古の文字の解読を試みるように。

ポットをリュックの中に戻し、コップを湖の茶色い水ですすいだ。さっき岬のほうに飛んでいった白鳥のつがいの姿は見えなくなっていた。湖畔から森への急な斜面を上がって、地面に目を落とし、小道が始まる地点をじっくり探した。前の年、ブルースアルプの急な斜面で足をくじいたときはそのあとが大変だった。外を歩けない分、執筆が進みはしたが、足を自由に動かせないことはやはり大きなハンデキャップだった。この事故が起きたころ、夫が亡くなり、彼女はそれまでいかに夫が家のことを引き受けてくれていたかを痛感した。そしてリーズゴードにあった家を売ってスクールップの小さなアパートに引っ越したのだった。

垂れ下がっている枝を掻き分けて、森の中に足を踏み入れた。以前どこかで〝道に迷った人だけが見つけることができる、森の中の開けた地〟という表現を読んだことがある。人間はそのように思いがけないものに出合う存在ではないかと彼女は思う。道に迷う勇気があれば、思いがけないものに出合う。回り道をすることをいとわなければ、自動車道路を速く走らせる人間には想像もつかないようなものを発見する。わたしは人から忘れられた小道を見つけ出す。永い眠りから起こされるのを待っていた道。人が住んでいない家は荒れて廃屋《はいおく》になる。小道も同じだ。使われない道はなくなってしまう。

いま彼女は森の奥まで来た。足を止め、耳を澄ました。どこかで小枝が折れる音がし、そのあとまた静かになった。鳥が一羽突然飛び立った。彼女は腰を曲げ地面を見ながら歩き続けた。小道発見者。ゆっくり一歩一歩前に進む。小道は草で覆われて上からは見えない。だが彼女には見える。コケや草、倒れ落ちた枝の下にある小道の形が。

だがその後彼女は失望しはじめた。これは古い小道ではないようだ。最初ここに小道があることに気づいたとき、もしかすると昔からレードシューン湖のあたりにあると言われる巡礼者の小道をついに見つけたのかもしれないと思った。巡礼者の小道はレードシューンのあたりでなくなっている。ふたたびスツールップの北西で姿を現すのだが、この間がまったく不明なのだ。昔の巡礼者たちはもしかするとトンネルを掘ったのだろうか、と思ったりもした。地中に道を通したのか。それならトンネルを探すほうが早いかもしれないとも思った。だが巡礼者たちは道を掘ったりしない。小道を行ったにちがいなかった。ただ、それが見つからないのだ。だが、それはいままでのこと。こんどこそ見つかったのかもしれない。しかし、百メートルも歩かないうちに、その小道は現在人が使っているもので、比較的最近にできたものだとわかった。十年、あるいはせいぜい二十年か。なぜこれが忘れられた存在になっていたのか、それはこの小道の終点に着いたときにわかるだろう。すでに三百メートルほど森の奥に入り込んだ。あたりは木々が覆い重なるように生えていて、ほとんど前に進めなくなっていた。

突然彼女は足を止めた。足元になにか思いがけないものを見たように思った。その場にしゃがみ込み、コケの間を指先でまさぐった。白いものが目に留まった。彼女はそれをつまんで目の前にかざした。鳥の羽根。白い羽根だ。山バトだろうか？　でも山バトの毛の色は茶色ではなかったか？　青い山バトはいる。白い山バトもいるのだろうか？　立ち上がって、羽根をよく観察した。いや、これは白鳥の羽根だ。だが、白鳥の羽根がなぜ森の奥にあるのだろう？　白鳥は陸の上を飛ぶ。だがふだんの飛行はたいてい決められたコースで、森の奥にまで飛んでくることはないはず。

彼女は先に進んだ。わずか数メートル行ったところで、ふたたび足を止めた。思いがけないものを見たのだ。地面が踏まれて平らになっていた。ほんの数日前にだれかがここを歩いた証拠だ。だが、足跡はどこから来たのだろう？　彼女は数メートル下がって、また同じ道を歩いてみた。十分ほど観察して、足跡は森の反対側から来て、ここでこの小道に合流したのだとわかった。彼女はゆっくりと前に足を運んだ。消えた巡礼者の小道を見つけたいという気持ちは強かったが、いまや好奇心はすっかり萎えていた。この小道は、もしかするとスポーツで森を歩く人々の足跡でできた小道かもしれない。ハーヴェルマン伯爵の時代のものだろうが、長い間、使われていなかったのだろう。いま目の前にある足跡は、ひょっとすると狩猟者のものかもしれない。

足跡を追ってさらにその先へ数百メートルほど行ったところで、目の前に谷間が、いや、地面に大きな割れ目が広がった。懐中電灯をポケットに突っ込んでリュックを下に置いた。そして足元を確かめながらその大きな割れ目を下りていった。そこは湿地で、灌木がびっしりと生えていた。目の前の小枝を避けたとき、その枝先が刃物で切られているのがわかった。眉を寄せ、もう一本の枝を手に取った。それもまたすっぱりと切られていた。切られたのか割られたのか。いま自分はだれかが意識的に隠した小道に分け入ったのだと気がついた。男の子たちがジャングルの冒険ごっこをして遊んでいるのだろうか。ホーカンとわたしも子どものとき、森の中に小屋を作ったりして遊んだものだ。枝を掻き分けながらさらに進んだ。割れ目を下りきったところに、やはり小屋があった。だがそれは、子どもたちが作ったにしては大きすぎた。そのとき急に、ずっと前にホーカンが写真週刊誌――おそらくは『Se』だっただろうが――に載っていたものを見せてくれたのを思い出した。それは〝フォトジェニックなベングトソン〟というなんとも奇妙なニックネームの、警察に手配されていた泥棒の隠れ家だった。男は森の中に大きな小屋を建てて隠れていたのだ。それを森の中で迷子になった人が偶然に見つけたのだった。

彼女は小屋に近づいた。小屋は板張りで、トタン屋根が張られていた。煙突はない。小屋の裏側は谷間の絶壁にぴったりと寄せられている。入り口の戸に触ってみた。鍵はない。ドアをノックして、ばかげたことをしたと思った。枝を掻き分け、小屋までどんどん進んできたのが聞こえなかったはずはない。だれであれ、そのまま小屋の中にいたはずがないではないか。彼女はすっかり当惑していた。いったいだれがランネスホルムの森の中に隠れているというのか？

頭の中で警戒のシグナルが鳴りはじめた。最初、彼女はそれを無視した。たいていの場合、彼女は怖がりはしない。ひとけのないところで、不愉快な男たちに出会ったことはいままで何度かあった。怖いと感じたときも、タフな振る舞いでうまくごまかせた。実際、これまではなにごとも起きていない。ここでもきっとなにも起きはしないだろう。そうは思ったが、とりあえず慎重になった。よほどのことでないかぎり、こんな森の奥に身を隠す人間はいない。ここからすぐに引き返すべきだ、と思った。だが、それができなかった。この小道ができたのには、しかるべき理由があるはず。自分のような熟練の小道捜索者でなければ、これを見つけることはできなかったはずだ。だが、この小屋を使っている人間は、別の方角からここにたどり着いている。それが謎なのだ。この小道は谷間から出るための緊急用の道なのか？　キツネの穴のように？　それとも小道は昔なにか別の使用目的があってできたものなのか？　好奇心が勝った。

彼女は小屋の戸を開けた。小屋の短いほうの壁についている二つの窓からはほとんど外の明かりが入ってこない。懐中電灯をつけた。明かりがチラチラと小屋の壁を動いた。壁沿いにベッドが一台、小さなテーブルが一つ、背のないいすが一脚、ガスランプが二つとガスコンロが一つ。彼女は考えた。だれがこの小屋を使っていたのだろう？　最後に使われたのはいつだろう？　腰をかがめてベッドの上掛けに触ってみた。湿っていない。最近だ。この小屋にはつい最近まで人がいたのだ。すぐにここを出なければならないという警戒のベルが頭の中で激しく鳴っている。この小屋の住人はわたしがここにいるのを快く思わないだろう。

出て行こうとしたとき、懐中電灯の光がベッドのそばの床の上にあった本を照らした。腰をかがめて見ると、それは聖書だった。旧約聖書と新約聖書が一冊になったもの。彼女はそれを拾い上げ、ページを開いた。表紙の裏に名前が書き込まれていた。だが、その上に線が引かれ、消されている。聖書はよく読み込まれていた。ページの角にはぼろぼろになるまでめくられた跡があった。ところどころに下線が引かれていた。彼女はそっともとの場所に聖書を戻した。懐中電灯を消したとたん、なにかが変わっていることに気がついた。明かりだ。小屋の中が明るくなっていた。窓からだけではない。小屋に入ったときにたしかに閉めたはずの戸が開いているのだ。彼女はぱっと振り返った。だが、遅すぎた。まるで野生の動物が彼女の顔に飛びかかったような勢いだった。彼女はまっすぐに永遠の暗闇に落ちていった。

11

ヘンリエッタの家から帰ってから、リンダは長いこと起きていて父親の帰りを待っていた。だが父親がそっと玄関のドアを開けたころには、もうソファに横になって肩掛けを頭からすっぽりかぶって眠っていた。数時間経って、悪夢にうなされて目を覚ました。なんの夢かは覚えていなかったが、喉が詰まって呼吸できない感じだけは覚えていた。静まり返った真夜中のアパートに父親のいびきが響いている。父親の寝室に行ってみると、明かりをつけたまま、シーツにくるまってベッドに仰向けに横たわっていた。まるで岩の上に気持ちよさそうに横たわっているセイウチのようだ、と彼女は思った。いびきといびきの合間に、顔を父親の上に近づけてみた。アルコールのにおいがぷんぷんした。

だれと飲んだのだろう？　床の上のズボンは土で汚れていた。泥が靴の上まで跳ね上がるようなぬかるみを歩いたのか？　田舎に行ったのか。そうだとすれば昔からの飲み友だちのステン・ヴィデーンだ。厩舎に移って、二人で強い酒を飲んだにちがいない。

リンダは父の寝室を出たが、本当は起こして責め立てたかった。責め立てる？　なにを？　自分でもわからなかった。ステン・ヴィデーンは父親のもっとも古い友だちの一人だ。彼は病気に罹《かか》っている。それも重篤な状態らしい。なにか深刻な問題を抱えたとき、父はいつもだれかと話さずにはいられない。ステンが死んだら、おれはひとりぼっちになると父親が言うのを聞いたことがある。ステン・ヴィデーンは肺がんを患《わずら》っていた。彼がシャーンスンドの古い城跡の近くにある農家で競走馬のための調教所を開いている話はリンダも聞いていた。数年前、その仕事をやめて、調教所も売りに出したのだが、買い手がそこを使って新たに調教所を開くらしいと聞くと、ステン・ヴィデーンは後悔した。売却契約書の中に、売却取り消しの項目があるのを見つけ、ヴィデーンは売却をやめ、調教所を再開することに決めて、新しい馬まで数頭買い入れた。そこまで用意したとき、ガンに罹っていることがわかった。それからすでに一年が経っている。いまは最後の馬を売りに出しているところで、それがまとまったら、マルメの郊外にあるホスピスに移ることになっている。そこで生涯を閉じるつもりなのだ。家と調教所の設備はふたたび売りに出される。調教所再開はけっきょく実現できなかった。

リンダは服を脱ぎ、ベッドに入った。すでに明け方の五時近くになっている。天井を見上げ、良心の痛みを感じていた。わたしは父親に酔っぱらってほしくないと思っている。でも、相手が死期の近い親友ならどうか？　彼らがどんな話をしているのか、彼らがお互いにとってどんなに大事な存在なのか、わたしはなにも知らないではないか。父はきっと友だちにとってかけがえのない、よき友人にちがいないと、わたしは小さいときから思っていた。友だちなら、死期の近い相手と夜遅くまで酒を酌み交わすこともあっていいではないか。リンダは起き上がって、父親を揺さぶり起こして謝りたい衝動に駆られた。そうせずにはいられない気持ちだった。でも、父はなぜ叩き起こされたか理解できず、きっと怒るだろう。それに今日は休みだ。二人でなにかいっしょにしよう。それがいい。

眠りに落ちる前、ヘンリエッタに会ったときのことを思った。アンナの母親ヘンリエッタは真実を話さなかった。なにか隠していることがある。ひょっとして彼女はアンナの居場所を知っているのだろうか？　それともなにか別のことを隠しているのだろうか？　リンダは体を横にして胎児のように体を丸めた。ボーイフレンドがいなくて寂しいと感じていることに初めて気がついた。でもどこでそんな人を見つけたらいいんだろう？　スコーネ弁で〝愛している〟と囁《ささや》いてくれたら、きっと本気にするのに。考えるのはやめにして、枕を叩き膨《ふく》らませて眠りに落ちた。

九時、リンダは揺り起こされた。寝坊したのかと思い、飛び起きた。目の前に父親が立っていた。二日酔いの気配はまったくなかった。すでに服を着て、めったにないことに髪の毛までとかしていた。

「朝食だ。時間はどんどん経つぞ。なんにもしないうちに一日はすぐ過ぎてしまう」

リンダはシャワーを浴び、服を着た。朝食のテーブルにつくと、父親は一人トランプのソリティアをしていた。

「きのうの晩、パパはステン・ヴィデーンのところに行ったでしょう？」テーブルにつきながらリンダが言った。

「そのとおり」

「それで、二人してちょっと酔っぱらったでしょう?」

「いいや、ちがうな。ちょっとではなく、ものすごく酔っぱらった」

「どうやって帰ってきたの?」

「タクシーで」

「ステンの容態はどうなの?」

「もう時間が残されていないと知ったとき、おれもあんなふうに落ち着いていられたらいいと思うよ。あいつはこう言っている。『人間は一生に何度かレースを走るもんだ。それでおしまい。あとはもうない。できれば、一つでも多くレースを成功させるべくがんばることだ』とな」

「痛みはあるの?」

「ああ、きっとあるだろう。だが、あいつはなにも文句を言わない。そういうところはリードベリそっくりだ」

「リードベリって?」

「エーヴェルト・リードベリさ。忘れたのか? 頰に生まれつきのあざのある、年配の警察官だよ」

リンダはかすかな記憶があった。

「もしかすると覚えているかもしれない」

「駆け出しのころ、おれはリードベリからすべてを学んだ。彼もまた、ご多分に漏れず早く死んでしまった。だが、一言も愚痴らなかった。彼も人生のレースを何度か経験し、もう自分のレースのときは過ぎたということを受け入れた人間だった」

「わたしはわからないことがあったら、だれに教わればいいの？」

「おまえの指導官はマーティンソンだろう？」

「マーティンソンって、いい警察官？」

「ああ、いい警官だ」

「そのリードベリという人のことはあまり覚えていないわ。でもマーティンソンのことはわたしが小さいときからよく覚えている。パパは仕事から帰ると、彼のやったこと、やらなかったことでよくぷりぷりと怒ってた」

ヴァランダーはソリティアをやめると、カードを集めた。

「おれはなんでもリードベリから習ったものだ。そしてマーティンソンがまだ新米だったころは、よく教えてやったものだ。ときには怒ったこともある。当然だよ。そのうえあいつは頑固でな。だが、いったん覚えれば、決して忘れなかった」

「ということは、わたしのメンターはパパということになるわね」

ヴァランダーはテーブルから立ち上がった。

「メンターとはなんだ？　おれは知らん。さあ、支度しなさい。すぐに出かける」

リンダは目をぱちくりした。なにか約束したことがあったかしら、という顔つきだ。

「なにか決めてたっけ？」

「いや、外に出るということだけで、それ以上はなにも決めてはいなかったが、とにかく出よう。いい天気になるぞ。急いで外に出ないと、すぐに霧が出てくるからな、この地方は。気がつくといつも霧がかかってる。なにもかもがかすんで灰色の雲に覆われているような状態じゃ、おれはなにも考えられん。目的地は決めてある」

そう言うとヴァランダーはふたたびいすに腰を下ろして、ポットに残っていた最後のコーヒーを飲み干した。

「ハンソンという同僚がいたのは覚えているか?」

リンダは首を横に振った。

「あいつはおまえがまだ小さいうちに、転勤したかもしれないな。とにかく、彼は去年またイースタに戻ってきたんだ。それで、先週聞いた話では、トンメリラの近くにある親の家を売りに出しているそうなんだ。母親はもうずいぶん前に亡くなったらしいんだが、父親は百一歳までピンピンしていたそうだ。

死ぬ日までがみがみと口うるさい父親だったとハンソンは言っている。とにかく、父親が死んだいま、ハンソンは家を売るのだそうだ。それを見に行こう。ハンソンの言っていることが嘘っぱちでないなら、かなり良さそうだ」

車に乗って、イースタの町をあとにした。風は強いが暖かな日だった。ピカピカに磨き立てられたクラシック・カーの一群に出合った。リンダがそれらの車の種類をほとんどすべて言い当てたので、ヴァランダーは驚いた。

「どこで車の種類など覚えたんだ?」

「この前までつきあっていたマグヌスから」

「ルドヴィグという名前じゃなかったか?」

「うーん、そのあともいたの。覚えきれないでしょ。話は戻るけど、トンメリラは父さんの理想とはちょっとちがうんじゃない? あそこじゃ、犬の毛を撫でながら海をながめて年をとることはできないわよ」

「海の景色が見えるところの家を買うほどの金はないよ。その下の程度で満足しなくちゃな」

「ママからお金を借りればいいじゃない? 再婚相手の会計士、病気だけどすごくお金があるみたいよ」

「冗談じゃない」

「わたしが貸してあげようか?」

「おまえから金を借りる? 冗談だろ」

「それじゃ海をながめられる家のことは忘れることね」

リンダは父親にちらっと目を走らせた。怒らせたかな? わからなかった。だがそのときははっきりわかったことがあった。父親と自分の共通点。それは急に怒りを爆発させること。なんでもないことで傷つく、どうしようもない悪癖。父と自分の間の距離はときによって変わる。ときにはものすごく近いこともあるが、ときには越えることができないほど深い谷間ができる。そういうとき、二人の間にどちらかが吊り橋を渡す。猛烈に揺れたりもするが、たいていはうまく渡れるのだ。

ヴァランダーはポケットから折り畳んだ紙を一枚取り出した。

「地図だ。これを読み上げて道案内を頼む。まもなく最初の環状交差点《ラウンドアバウト》に着く。そこでクリシャンスタ方面へ進むんだ。そこからはその紙に書いてある通りに案内してくれ」

「わたしはこの辺よくわからないから、間違ってスモーランドまで行ってしまうかもよ」と言って、リンダは地図を広げた。「ティングスリードって聞いたことある？ そこからイースタまで帰れるかな」

ハンソンの親の家は素晴らしい景色の中にあった。小高い丘の上で、森に囲まれ、遠くに野原と湿地帯が見えた。家の上空にトンビが羽を広げて宙に静止していた。家の背後には古い果樹林があった。家の前の草は刈られていない。崩れかけている壁はところどころ白く修復されていたが、伸び放題荒れ放題のつるバラが張っていた。遠くから畑で働くトラクターの音が高く低く聞こえてくる。リンダは赤スグリの茂みの中にある古い石の腰掛けに腰を下ろした。父親は屋根を見上げたり、樋《とい》を揺すってみたり、家の中をのぞこうとしたりして家のまわりを動いていた。まもなく家の表側にまわったかと思うと、姿が見えなくなった。

一人になると、リンダはまたヘンリエッタのことを考えはじめた。少し時間をおいてみると、最初に感じた直感的な印象が、会話で受けた印象よりも強くなった。ヘンリエッタは本当のことを話していない。アンナと関係のあることをなにか隠している。リンダは携帯電話を取り出して、アンナに電話をかけてみた。何度かベルが鳴ったあと、留守電に切り替わった。リンダはなにもメッセージを残さず、電話を切って立ち上がり、家の表側に行った。父がそこで古い井戸のポンプを押していた。茶色い水が上がってきて、下に置かれた錆び付いたたらいに跳ねかかった。父は首を振って言った。

「この家を背中に背負って海の近くまで動かすことができるのなら、迷わず買うんだがな。ここはあまりにも木が多すぎる」

「そうね。キャンピングカーを買えばいいんじゃない？　そして海岸の近くに停めて、夏の間そこで暮らせばいいのよ。きっと庭の一部を貸してくれる人が大勢いるわよ」

「だれがそんなことをしてくれるっていうんだ？」

「お金を払わずに警察官を用心棒にすることができるのなら、喜んでそうする人は大勢いると思うわ」

ヴァランダーは顔をしかめ、たらいの水を捨てて道路のほうへ行った。リンダもその後ろから歩いた。彼は一度も振り返らなかった。この家はこれで終わり、とリンダは思った。父はもうこの家のことは頭にない。

二人は車に乗ったが、そのまま出発せずにしばらく座っていた。リンダは畑の上を優雅に飛んで地平線に消えていくトンビをながめた。

「おまえはこれからなにをしたい？」ヴァランダーが訊いた。

リンダはアンナのことを考えた。自分が感じている不安を父と話さなければならないと思った。

「話があるの。でもここではないところで」

「それじゃ、いいところがある」

南に向かって車を走らせた。カデシューという道標が出ているところで枝道に入った。そこに美しい森があるのをリンダは知っていた。きっとそこに行くのだろうと思った。子ども時代、父親と二人で何度もその森を歩いたものだ。とくに十歳から十一歳のころ、ティーンエイジに差し掛かったころのことだ。一度だけ母親もいっしょのことがあったかもしれない。だが、家族みんなで歩いた記憶はない。

車を材木切り出しの広場に残し、二人は歩きはじめた。新しく切り倒されたばかりの木材からいい香りが立ちのぼっていた。森の中の小道を歩き、カール十二世王がカデシューを訪ねたことを記念して建てられたという像のほうに向かって進んだ。リンダがようやくアンナの話をしようとしたとき、父親が手を上げて、彼女を制した。二人は高い木に囲まれた森の中の開けたところに立った。

「ここはおれの墓地だ。本当の墓地なんだ」

「え、どういう意味？」

「これから、おれのもっている秘密の一つ、もしかするともっとも大きな秘密をおまえに教えよう。きっと明日はおまえに教えたことを後悔するだろうが。いまここにある木々はみんな、おれが親しかった死んだ人間たちなんだ。おやじもここにいる。母親も、そして親戚の者たちもみんな」

そう言うと、ヴァランダーはまだ若い樫《かし》の木を指差した。

「あの木はステファン・フレードマンだ。アメリカ先住民の化粧をした、頭の混乱した少年。おれの墓地に葬られた一人だ」

「そして、この間話していたあの女の人も？」

「イヴォンヌ・アンデルか？　うん、あの木がそうだ」

大きく枝を張ってそそり立つ樫の木を指差した。

「おやじが死んで数週間経ってから、おれはここに来た。当時は足元にぽっかり穴があいたように感じていたものだ。おまえのほうがずっとしっかりしていた。おれはそのときある暴力事件を担当していた。皮肉なことにそれは若者が父親を大鎚で叩き殺した事件だった。その若い男の言うことときたら、なにもかも嘘っぱちだった。尋問の途中、おれはすっかり嫌気がさしてしまって、急に車を駆ってここまで飛ばした。パトカーを一台借りたんだ。サイレンを鳴らして走らせた。ただただ町から一刻も早く離れたい一心だった。もちろんそれはあとで問題になったさ。だがとにかくおれはここに来た。そのとき感じたのだ。ここの木々は死んだ者たちの墓石だと。彼らと会いたかったら、教会の墓地ではなく、ここに来ればいいのだと。ここに来るとおれはほかでは感じられない平安を感じることができる。ここでおれはだれにも見られずに死んだ者たちを抱きしめることができる」

「パパの秘密、だれにも言わないわ。話してくれてありがとう」リンダが言った。

彼らはそのまま木々に囲まれたその開けた場所にしばらく留まった。リンダは祖父の木はどれかとは訊かなかった。おそらくほかの木々から少し離れたところに一本だけ生えているずんぐりした樫の木だろうと思った。

太陽が葉っぱの間からこぼれて地面に差し込んでいた。風が出てきて、すぐにあたりの空気がひんやりしたものになった。リンダは意を決して、いなくなったアンナのことを父親に話した。本当のことを話さないヘンリエッタ、またなにかがおかしいと感じる自分の直感のことも。

「もちろん、パパはこれを聞いてどう反応したっていいのよ。首を振って、わたしが大げさに騒ぎ立てているとか、想像力が豊かすぎると言ってもいい。ただその場合、わたしは腹を立てると思う。でももし、わたしが間違っている、なぜならこういう理由からだ、と言ってくれたら、わたしはちゃんと話を聞くわ」

「おまえは警察官として基本的な経験を身につけることになると思う。ものごとには説明のつかないことなど、ほとんどないのだ。行方不明でさえ、たいていはちゃんと説明のつく、ときには意外な理由があったりする。警察官としておまえは、説明がつかないことと意外なこととの区別を学ぶだろう。意外なことはたいていじつに理にかなったことなのだが、説明を受けるまで思いつかない。たいていの行方不明はそういうものだ。おまえはアンナになにが起きたのかわからない。おまえは不安になっている。それはまったく理解できる。だが、おれは経験から、ここでおまえは警察官の唯一の美徳を発揮しなければならないと思う」

「忍耐？」

「そのとおり。辛抱強く待つんだ」

「いつまで？」

「二、三日。それまでに、彼女はきっと戻ってくるだろう。あるいは消息を知らせてくる」

「でも、わたし、やっぱり母親のヘンリエッタは嘘をついていると思うの」

「おれとモナはおまえのことを話すとき、必ず真実だけを話していたとはかぎらないよ」

「辛抱強く待とうと思う。でも、それでも、なにかがおかしいという感じは拭えないわ」

二人は車に戻った。すでに午後一時を過ぎていた。リンダはどこかへ昼食を食べに行こうと提案し、二人は道路沿いのレストランに入った。〈父の帽子〉という変わった名前のレストランだった。ヴァランダーは以前父親とこのレストランに入ったことがあるのを思い出した。そのとき大ゲンカになったが、なんのことで争ったのか、原因は思い出せなかった。

「〈おれが大ゲンカしたレストラン〉とか、そんな名前をつけることもできるわね。きっとおじいちゃんとパパはいつものようにパパが警察官になったことについてのケンカをしたんじゃない？　それ以外のことでパパたちがケンカしたことはなかったんじゃないかな。少なくともわたしは思い出せない」

「それはおまえが知らなかっただけだよ。おやじとおれはほとんどすべてのことで意見が合わなかった。だが、本当のところは二人ともわがままな子どもで、いつまで経っても大人にならない、二人のわんぱく小僧のケンカだった。もしおれが五分遅刻してくれば、父親を敬っていないからだと怒ったし、ときには怒るために、わざわざ自分の時計を五分進ませていたんだから、まったく喰えないおやじだった」

コーヒーを注文したとき、携帯電話が鳴った。リンダは自分の携帯を取り出したが、鳴ったのは父親のほうの電話だった。彼は電話に耳を傾け、言葉少なに質問した。それからちょうどそのときにテーブルに届けられた伝票の裏にいくつかメモを書き、電話を切った。

「どうしたの？」

「行方不明者の届けだ」

ヴァランダーはテーブルの上に支払いを置き、伝票を畳んでポケットにしまった。

「なにが起きたの？　行方不明者ってだれ？」

「イースタに戻ろう。ただしスクールップ経由でだ。一人暮らしのビルギッタ・メドベリという女性が行方不明になったと女性の娘が通報してきた。なにかよくないことが起きたのではないかと心配しているようだ」

「行方不明になったって、どのように？」

「よくわからないようだ。ただ、母親は昔からの小道を探している在野の研究者のようだ。めずらしい趣味だな」

「道に迷ったのかしら？」

「ああ、おれもそう思う。とにかくそれもまもなくわかるだろうが」

二人はスクールップへ向かった。風が強く吹きはじめた。時刻は午後三時九分。八月二十九日水曜日のことだった。

12

そのアパートは三階建てでレンガ作りだった。典型的スウェーデンの住宅、とリンダは思った。この国ではどこへ行っても町の造りが同じように見える。部分的取り替えが可能なのだ。ヴェステルロースの町の広場はウーレブローのそれと取り替え可能、スクールップの住宅はソレンチューナのそれと取り替えてもだれも気がつかないだろう。

「こんな建物、いままでに見たことあった？」車を降り、父親が車のキーを手にしたとき、リンダが訊いた。ヴァランダーはちらりと建物を見上げた。

「おまえがソレンチューナで住んでいた集合住宅に似ているな。警察学校の学生寮に引っ越す前の」

「記憶力いいわね。さあ、これからどうするの？」

「いっしょに来てくれ。これは実習が始まる以前の練習と思えばいい」

「規則違反なんじゃない？　尋問するとき関係者以外は立ち入り禁止、という規則に反するとか？」

「これからするのは尋問じゃない。ちょっとした会話だ。たとえば、不必要に心配しているかもしれない相手を落ち着かせるための」

「でも、なんだか不安」

「なにも心配しなくていい。おれはいままで規則破りをたくさんしてきた。マーティンソンがいつか、いままでおれが規則違反を犯したことで刑を科するなら少なくとも四年は刑務所に入っていたはずと計算してくれたことがある。だが、いい仕事をしているかぎり、規則違反にこだわることはない。ニーベリとおれはだいたいのことは意見が合わないが、これだけは一致する」

「ニーベリって？　鑑識課の？」

「ああ、イースタ署にはほかにニーベリという名の警察官はいない。まもなく定年退職するが、いなくなってもだれも寂しいと思わないだろうよ。いや、その反対になるかもしれんな。みんな、彼の激しい怒りっぷりを懐かしむかもしれない」

二人は道路を渡った。風がますます強くなって、足元に木の葉が舞っている。アパートの建物の入り口に後輪のない自転車が立てかけられていた。激しい暴行にあったように自転車全体がねじれている。中に入り、住人たちの名前の出ているボードを読んだ。

「ビルギッタ・メドベリ。これが行方不明の届けのあった女性の名前だ。娘の名前はヴァンニャ。電話の知らせによれば、この娘という女性は心配のあまり、うわずった金切り声で話していたそうだ」

「あたしはヒステリックじゃないわよ」という声が上から聞こえた。声の主は階段の手すりに寄りかかって二人を見下ろしていた。

「もちろん、ヒステリックとは思っていませんでしたよ」とヴァランダーは疑い深そうで神経質そうな女性に握手の手を差し伸べながら言った。「市民からの通報を担当する警察官たちはまだ年齢が若くて経験が浅く、ヒステリックな声と、心配のあまり不安になっている声の区別がつかないんです」

ヴァンニャという女性は四十歳ほどだろうか。でっぷりと太っていて、ブラウスの首のまわりと袖口が汚れていた。リンダの目には、髪の毛もずいぶん前から洗われていないように映った。二人はアパートの中に案内された。入ったとたん、馴染みのある香りがリンダの鼻を刺激した。母親のモナが苛立っているときや腹を立てているときにつけていた香水だ。機嫌のいいときはちがう香水をつけていたっけ。

居間に通された。きちんと片付いている。ヴァンニャはソファにどっかりと腰を下ろすと、すぐにリンダを指差した。リンダはアパートの中に入るときに、自分の名前をぼそぼそと口の中で言っただけだった。

「この人はだれ？」

「アシスタントです」とヴァランダーが勤務中の警官の口調で言った。「さて、なにが起きたのか、話してもらいましょうか？」

ヴァンニャは話しはじめた。神経質そうで舌がもつれていた。言葉が見つからないらしく、ふだんからものごとをくわしく説明するのに慣れていないようだった。リンダはヴァンニャの心配は本物だと思った。いつの間にか自分がアンナを心配する気持ちと比較していた。

ヴァンニャの話は短かった。母親のビルギッタ・メドベリは文化地理学者で、南スウェーデン、とくにスコーネとスモーランドの一部の、人が歩いてできた古い小道の地図を作るのを生業《なりわい》にしている。約一年ほど前に夫に先立たれた。孫が四人いて、中の二人がヴァンニャの娘だ。その子たちがとても心配しているので、警察に電話をかけた。その日十二時に娘たちがビルギッタのところに遊びにいくと約束していた。午前中は、母親の言葉によれば、あまり時間はないけれども小道探検に出かけると言っていた。だが、娘たちといっしょに約束の時間に来てみると、母親は家にいなかった。二時間待ってから、警察に電話をかけた。

母親は孫をがっかりさせることだけは決してしない、なにかが起きたにちがいない、と言ってヴァンニャは話し終えた。

リンダは父親が最初の質問、ビルギッタはどこへ行くと言っていたか、をどう表現するのか注目した。

「ビルギッタの出かけ先を、知っていますか?」ヴァランダーが訊いた。

「知らないわ」ヴァンニャが答えた。

「車で行ったのでしょうね」

「赤いベスパで。四十年前からの古いベスパよ」

「赤いベスパ? 四十年も前の?」

「四十年前、ベスパの色はみんな赤かったらしいわ。あたしが生まれる前のことだけど母から聞いて知っているのよ。母はベスパとモペッドの愛好会のようなものに入っているの。愛好会はスタファンストルプにあるとか。あたしには理解できないけど、とにかく母はベスパファンクラブの連中とつきあうのを楽しみにしていたわ」

「一年前に寡婦になったと言いましたね。お父さんが亡くなってから、お母さんは落ち込んではいませんでしたか？」

「いいえ。もしかすると母が自殺でもしたんじゃないかと思っているのかもしれないけど、その可能性はゼロね」

「いや、私はなにも想定していません。だが、人はすぐ近くにいる人間が本当はどう感じているか、わからないことがよくあるものですよ」

リンダは目を見張って父親を見た。父親はちらりとリンダに視線を送った。わたしたち、話し合わなければならない、とリンダは思った。高架橋の手すりに立って、体を揺らしたときのこと、話さなかったのは間違いだった。父はわたしが自殺しようとしたのは、リストカットをしたあのときだけだとまだ思っているにちがいないから。

「母は自分を傷つけたりしないわ。その理由は簡単よ。母は孫にショックを与えることだけは絶対にしないから」

「友だちに会いに行った、という可能性は？」

ヴァンニャはタバコに火をつけた。灰が服と床の上に落ちた。この人、このアパートには適《あ》わない、とリンダは思った。

「母は昔気質《かたぎ》の人だから、約束しないで突然人の家を訪ねるなんてこと、しないわ」

「われわれの調べたところでは、彼女は病院に担ぎ込まれてはいない。ですから、なにか事故が起きたということではないらしい。しかし、なにか病気を患《わずら》っていましたか？　携帯電話は持っていないのですか？」

「母は元気なんです。健康に気をつけて、質素なものを食べている。あたしとはちがってね。でも卵売りってあまり体を動かすこともないのよ」

自分が太っていることの言い訳をするかのように、ヴァンニャは両腕を広げて肩をすくめた。

「携帯電話は？」

「もっていることはもっているんだけど、母は絶対にそれを使わないの。いつも電源が切れているし。姉もあたしも口うるさくつけといてって言ってるんですけどね」

隣のアパートからテレビかラジオの音が低く聞こえてきた。

「どこへ行ったのか、まったく見当がつかないんですか？　お母さんがいまどんなことに関わっているのか、知っている人はいないんですかね？　日記はどうです？　ありませんか？」

「知らない。母はだれとも組まず、一人で仕事をしてたと思うわ」

「こういうことはいままでもありましたか？」

「いなくなったこと？　いいえ、一度もなかった」

ヴァランダーはポケットから手帳とペンを取り出して、ヴァンニャにフルネームと住所と電話番号を書くように言った。ヴァンニャがヨルネルという苗字を書いたとき、リンダは父親がわずかに体を動かしたことに気づいた。書かれた文字をしばらく見てから、彼は顔を上げた。

「お母さんの苗字はメドベリですね。すると、このヨルネルというのはあなたの結婚相手の苗字ですか?」

「亭主がハンス・ヨルネルというのよ。母の結婚前の名前はルンドグレン。でもこんなこと、どうでもいいじゃない?」

「ハンス・ヨルネル。もしかするとリンハムヌの土砂運搬会社の社長のヨルネルさんの息子ですか?」

「ええ、二番目の息子。それが?」

「いや、単に興味から訊いただけです」

クルト・ヴァランダーは立ち上がり、リンダも続いた。

「ちょっとアパートの中を見させてもらってもいいですかな? 仕事部屋はありますか?」

ヴァンニャは指差した。そのとたん、彼女は猛烈な咳の発作に襲われた。タバコのせいだとリンダは思った。ビルギッタ・メドベリの仕事部屋の壁は一面に地図で覆われていた。机の上にはきちんと書類とファイルが整理されていた。

「さっきの、なんのこと?」リンダが低い声で訊いた。「名前のことだけど?」

「あとで。いやな話だ。昔のことを思い出した」

「卵売りって、彼女の仕事?」

「ああ、そうだろう。だが、あの心配は本物だな」

リンダは机の上の書類に触った。そのとたん、ヴァランダーが叱った。

「見るのはかまわないし、話を聞くのもいいが、なににも触っちゃだめだ！」

「紙一枚に触れただけよ」

「それがだめなんだ」

リンダは腹を立てて部屋を出た。もちろん、父親が正しいのだ。が、その口調がいやだった。

ヴァンニャに軽く会釈して、リンダは外に出た。強い風の吹く表に出るとすぐに、自分の子どもっぽい反応に腹を立てた。


十分後、父親も表に出てきた。

「どうした？　おれがなにかやったのか？　なぜおまえは腹を立てたんだ？」

「なんでもないわ。もう忘れた」

両手を広げて肩をすぼめ、なんでもないと父親に示した。彼は車のドアを開けた。風が吹きつける。二人は車の中に入ったが、そのままエンジンをかけずに座っていた。

「あのなんとも好感のもてない女がヨルネルという名前を言ったとき、おれがぎくっとしたのがわかっただろう。彼女の夫がヨルネルじじいの息子だとわかったときは、まったくぞっとしたよ」

ヴァランダーはうなって、ハンドルをぎゅっと握りしめ、やっと落ち着くと、話しはじめた。

「姉のクリスティーナとおれがまだ小さかったころのことだ。おやじはいつも絵を描いていたんだが、ときには例のピカピカのアメ車に乗ってやってくるブローカーの男たちがまったく来なかった時期があった。貧乏のどん底だった。そういうとき、母親が働きに出た。母はなんの教育も受けていなかったから、仕事と言っても工場で働くかどこかの家の使用人になるか、どっちかしかなかった。使用人になるほうを選んで、働いたのがヨルネル家だった。住み込みではなく、通いだったが。おやじのほうのヨルネルは、名前がヒューゴといったが、本人もそのかみさんのティラという女も、じつに意地悪でいやなやつらだった。民主主義の時代になったことなどおかまいなく、主人面をしては使用人にいばり散らしていた。やつらにとって世の中には金持ちと貧乏人しかなかった。夫婦の中ではヒューゴのほうが残酷だった。

ある晩、母は泣きはらした目で帰ってきた。おやじはいつもなら決してどうしたなどと訊かないのだが、その日はさすがになにが起きたのかと訊いた。おれはまだ小さかったからソファの後ろに隠れて話を聞いた。一生忘れない話だった。ヨルネル家でパーティーがあった。客はそんなに多くはなく、テーブルを囲んだのは八人ほどだったという。母はいつものように給仕の役を果たした。食事も終わりコーヒーの時間に近づいたとき、ヒューゴは母を呼びつけ、脚立を持ってこさせた。おれはいまでも母親が喉を詰まらせながら話した言葉を一言一句覚えている。母は脚立を持ってきた。客はテーブルについていた。サディストのヒューゴは母に脚立にのぼるように命じた。母は言われたとおりにした。するとヒューゴは、脚立のいちばん上からならば、客の一人のコーヒーカップにスプーンがないのが見えるだろうと言った。それから母親に脚立を持って下がれと命じ、客たちは笑いながら乾杯のグラスを合わせたという。

母親は話し終わると声をあげて泣き、二度とあの家には行かないと言った。父は怒り心頭に発し、外の小屋に斧を取りに走った。そしてその斧で、ヨルネルの頭を叩き割ってやると息巻いた。もちろん、それは母がなだめてやめさせた。だがおれはこの話を決して忘れなかった。まだ十歳か十一歳のときのことだ。そして今日、そのヨルネルの息子と結婚している女に会ったというわけだ」

ヴァランダーは乱暴にエンジンをかけた。昔の話を思い出して、頭に血が上っているのだとリンダは思った。スクールップを出発した。リンダは車窓から外の景色を見た。野原に雲の影が映っていた。

「おばあちゃんはどういう人だったのだろうと、小さいころから思っていたわ。わたしが生まれる前に死んでしまったから。でも、あのおじいちゃんと結婚していたんだから、大変だっただろうなと思っていた」

ヴァランダーは笑いだした。

「母さんはよく、上手に塩でもんでやれば父さんはなんでも言うことを聞く人よ、と言ってたな。子どものころ、おれはそれがどういう意味かわからなかった。人を塩で上手にもむってなんのことだ？　だが、母さんは辛抱強い人だったよ」

ヴァランダーは急にブレーキを踏んで、道ばたに車を寄せた。スポーツカーがスピードを出して追い越していった。ヴァランダーは罵《ののし》った。

「本来なら、あの車を捕まえるべきところだ」

「なぜそうしないの？」

「心配なことがあるからだ」

リンダは父親に注目した。父親の顔は緊張していた。

「行方不明になったというビルギッタ・メドベリのことが気になるのだ。いやな予感がする。あのヴァンニャという女が言ったことはぜんぶ本当だと思う。あの心配ぶりは芝居ではない。ビルギッタ・メドベリは突然の発作で倒れたか、頭がおかしくなってどこかに行ってしまったか、あるいは最悪、なにかが起きたのだと思う」

「犯罪？」

「わからない。だが、おれの休日はこれでおしまいだ。これからおまえを家まで送るよ」

「ううん、いっしょに警察署まで行くわ。わたしはそこから歩いて帰るから」

ヴァランダーは警察署の地下駐車場に車を入れた。リンダは裏口から外に出た。風を避けてうつむき加減に歩きながら、突然できた時間をどうやって過ごそうかと考えた。四時になっていた。風が強く、もう秋が始まっていると感じた。家に向かって歩きだしたが、途中で気が変わり、アンナのアパートの通りまで来ると、そこで曲がった。ドアベルを押して、人が出てくるかどうかを待ち、出てこないのを確かめてから中に入った。

なにかがちがうと感じた。最初はなにかわからなかったが、すぐにだれかがアパートに入った気配があるとわかった。わかったというよりは感じたというほうが正しい。それからなにかがなくなっているような感じもした。居間に入るドアを開け、なにか変わったものがないか、目で追った。なくなったものはあるか？　壁にかかっているものはなにか消えていないか？　本箱の前に行き、背表紙を目で追った。なにもなくなったようには見えない。

いつもアンナが座るいすに腰掛けて、あたりを見回した。なにかがなくなっているのはたしかだ。なんだろう？　立ち上がって、こんどは窓を背にして立って部屋をながめた。そして見つけた。一つの壁に貼ってあるベルリンのポスターと古い気圧計の間にあった、ガラスの額縁に入った青いチョウの標本がなくなっている。リンダは首を振った。自分の想像のせいだろうか？　いや、本当にそこにあったものがなくなっている。最後にここに来たときはまだ壁にかかっていた。ヘンリエッタがここに来て持っていったのだろうか？　それはあり得ないと思った。リンダはジャケットを脱いで、ゆっくりとアパート内を見てまわった。

アンナのクローゼットを開けたとき、たしかに何者かがここにやってきたのだとうなずいた。服が何着かなくなっていた。そしてたぶんハンドバッグも一個。アンナはふだん、クローゼットのドアを開け放している。それをリンダは知っていた。以前アドレスブックを取りに寝室に入ったときに開いているドアを見ていた。アンナのベッドに腰を下ろして考えた。それから机の上の日記に目を移した。日記は残っている。そして、はっと気がついた。それはおかしいではないか。つまり、ここに来たのはアンナではない。もしアンナが来たのなら、洋服をいくつか持っていくことも、青いチョウの標本を持っていくこともおかしくないが、絶対に日記帳を忘れていくはずがない。ここに入ったのはだれかほかの人間だ。

13

リンダはなにが起きたのか、整理してみようと思った。空っぽの部屋にうずくまる。だれもいない部屋にいるのは、静かな水面を切り裂いて完璧に静かな、見知らぬ景色の中に沈むこと。学んだことを思い出してみた。劇的なことが発生した場所には必ずなにか跡が残っているはず。だけど、ここで劇的なことが起きたか？　それはわからない。

どこにも血痕はない。なにも壊されていない。すべてがきちんといつもどおりにある。例外がチョウの標本が入っているガラスの額と服が二、三着、そしてたぶん靴が一足なくなっている。それ以外にも、ここにはなにか足跡が残されているはず。もしかりにここに侵入したのがアンナ本人だったとしても、自分のアパートなのにまるでよその人のように振る舞ったにちがいないのだ。

リンダはもう一度、こんどは前よりもゆっくりとアパートの中を見てまわった。位置が変わっているもの、なくなっているものはほかにはなにもなかった。それから赤いライトが点滅している留守電を聞いた。残されているメッセージは三つあった。人は声だけ体から切り離して残すことができるのだ、とリンダは思った。世界中で、留守電に残された人の声はいったいどのくらいあるのだろうか。留守電の一つ目はシヴェルトソン歯科医で、年に一回のチェックの予約日を確認したいから電話をしてくれというもの。二つ目はルンドのミッレという男で、ボースタへの小旅行にアンナも参加するなら連絡してくれというもの。そして三つ目はリンダ自身がアンナに呼びかけている声だった。

机の上にアドレスブックがあった。リンダは歯科医のシヴェルトソンに電話をかけた。

「シヴェルトソン歯科クリニックです」

「リンダ・ヴァランダーという者ですが、アンナ・ヴェスティンの代わりに電話をしています。アンナは数日留守にしているので。予約は何日の何時でしたか？」

歯科看護士は調べて電話口に戻ってきた。

「九月十日の午前九時です」

「彼女にそれを伝えましょうか？」

「アンナは予約の時間を間違えることはありませんから、だいじょうぶです」

次の留守電のミッレに電話をしたかったが、電話番号が見つけられなかった。リンダは書き込みでいっぱいの自分のアドレスブックを思い浮かべた。アドレスブックはぼろぼろで、何度もテープで補強してきた。なぜか新しいものを買う気になれないのだ。それは記憶のアルバムのようなもので、そこには線を引いて消した古い電話番号、もはや使われていない住所が書かれていて、自分だけの記憶の墓地にかつて使った電話番号や住所が静かに埋葬されているようなものだ。一瞬、リンダはアンナのことから思いを移し、森の中にあった父親の想像上の墓地のことを思った。気持ちがやさしくなった。父親が子どものときにどんな子だったかわかるような気がした。小さいながら大きな夢をもった子、もしかするとそれはときに大きすぎたかもしれない。わたしは父親のことを知らなすぎる、と彼女は思った。知っていると思っていることも、ときにそうじゃないとわかる。父自身ときどきそう言うし、わたし自身そう言うこともある。わたしはいつも父親のことを親切な人、特別に頭がいいわけではないが、忍耐強く直感の鋭い人だと思ってきた。でも、いまはもうわからない。優れた警官だとは思う。でも、じつはとてもセンチメンタルな人なのではないか。心の奥でロマンチックな出会いを夢見ていて、本当は現実の世界に起きる理解不能な残酷なできごとを憎んでいるのではないか。

リンダは窓辺にいすを引っ張っていって腰を下ろし、アンナの読みかけの本を開いた。言語は英語で、アレクサンダー・フレミングと彼の発見したペニシリンについて書かれたものだった。リンダは中の一ページに目を通したが、よく理解できなかった。こんな本をアンナは読んでいるのか、これが理解できるのかと驚きを感じた。以前、アンナとイギリスへ語学を勉強しに行こうと話し合ったことがあった。もしかすると、彼女はそれを実行したのかもしれない。フレミングの本を傍らに置くと、ふたたびアンナのアドレスブックを手に取った。ページはすべて、むずかしい数学の授業のときにびっしりと隅から隅まで書き込まれる黒板のようだ。どのページにも線が引かれたり転記があったりした。自分の名前と電話番号を見つけて、リンダは苦笑いした。そこには彼女自身すっかり忘れていたボーイフレンドの名前が二つも書き込まれていた。わたしはいったいなにを探しているのだ？　アンナが残していった秘密の足跡を探している。でも、それがこのアドレスブックに残されているとはかぎらないのに？

そのままアドレスブックをめくっていった。アンナのもっともプライベートな、もっとも人に見せたくない部分にずかずかと足を踏み入れているという気がして後ろめたかった。自分はアンナのめぐらせた塀の内側に足を踏み入れている。それは善意からの行為だが、それでもやっぱりよくはない。アドレスブックにはいろんなメモや紙が挟まれていた。フランスのランスにある医学博物館に関する新聞記事の切り抜き、ルンドとイースタの間の列車の切符が数枚。

突然リンダの手が止まった。一つのページに太い赤ペンで〝パパ〟と書かれていて、それに続いて電話番号の数字があった。それも十九個の数字で一と三だけからなる番号だった。こんな電話番号はあり得ない、とリンダは思った。秘密の国番号、秘密の地方番号、そして行方不明になった人々が集まっている場所の電話番号とか？

アドレスブックを閉じようと思った。アンナの生活と自分は関係ない。とくに本人が知らないときに彼女の私生活をのぞくようなことはしたくない。そう思いながらも、そのままめくっていった。アンナが書き込んでいる電話の相手の名前には意外なものが含まれていた。中には国会の準備委員会の電話番号や内閣官房長官の電話番号があった。官房長官にどんな用事があるのだろうか？　ほかに、スペインのマドリードに住むラウルという男の番号もあった。その名前のそばにハートマークの書き込みがあり、その上に線が引かれていた。警察学校でアドレスブックの解読法を教えるべきかも、とリンダは思った。

ぜんぶに目を通し終わったとき、一つだけ、気になる番号が残った。〝ルンドの番号〟という書き込みがあった。リンダは少し迷ったが、けっきょく電話をかけた。男の声が応えた。

「ペーターだが」

「アンナを探しているんですけど」

「いるかどうか、見てくるよ」

リンダは待った。受話器を通して音楽が聞こえてくる。曲は知っていたが歌手の名前は思い出せなかった。

ペーターという男が戻ってきた。

「いないようだ」

「いつ戻るか、知ってますか？」

「このごろ彼女を見かけてないけど、ほかの人たちはどうか訊いてくるよ」

男はまた電話から離れたが、こんどはすぐに戻ってきた。

「ここんところ、だれも見かけてないらしい」

住所を訊こうと思ったが、その前に男は電話を切ってしまった。リンダは電話を持ったままその場に立ち尽くした。アンナはいない、と男は言ったが、その声にはなんの心配もなく、単に事実を言っただけという感じだった。リンダは自分が心配しすぎている気がしてばからしくなった。自分のいつもの行動と比較してみた。わたしはぷいと出かけることがある。いや、いままで何度も、だれにも行き先を告げずに出かけたこともあった。父がわたしの捜索願いを出そうとしたことだって、一度や二度ではない。でも、わたしはいつもぎりぎりのところで家に連絡を入れた。なぜアンナはそうしない？

セブランに電話をして、アンナがどこにいるか知っているかと訊いた。セブランはノーと言い、明日会うことになっていると言った。

リンダはキッチンへ行き、紅茶をいれようと思った。湯を沸かしている間、壁に目を移した。そこに鍵が二つかけられていた。一つは部屋の合鍵、もう一つがどこの鍵なのか、彼女は知っていた。火を止めると、鍵を持って地下室へ行った。倉庫はどれも金網でできていて、狭い廊下のいちばん奥にアンナの区分の倉庫がある。錠前を開けて電気をつけた。ばかみたい、と思った。わたしは暇つぶしに、アンナが消えたというゲームをしているだけだわ。わたしが制服を着て仕事を始めたら、きっとその日にアンナは戻ってくるに決まっている。これぜんぶが遊びなんだ。もちろん、なにも起きたはずがない。テーブルの上に丸めてある敷物を持ち上げた。その下にはほこりだらけの雑誌があった。敷物をもとに戻し、ドアを閉めて鍵をかけ、また上のアンナの部屋に戻った。

ふたたび紅茶の湯を沸かした。紅茶のカップを手に、アンナの寝室へ行き、ダブルベッドのアンナがいつも寝るのと反対側に腰を下ろした。前に一度ここに泊まったことがあった。夜遅くまでしゃべり、ワインを飲んで酔っぱらい、家まで帰れなかったときのことだ。そのときはよく眠れなかった。アンナがいびきをかき、何度も寝返りを打ったからだ。リンダは紅茶のカップをサイドテーブルの上に置いて体を伸ばすと、いつの間にか眠ってしまった。

目を覚ましたとき、一瞬どこにいるのかわからなかった。時計を見た。一時間眠っていた。喉が渇いていたので、冷たくなった紅茶を飲み干した。それから起き上がって、ベッドカバーを伸ばして直した。そうしながら、なにか、違和感をもった。

少ししてそのわけがわかった。ベッドカバーだ。それもアンナの側の。だれかがそこに横たわったのだ。その跡がまだはっきりと見える。そこに横たわったあと、ベッドカバーを伸ばさなかったのだ。これは変だった。アンナは潔癖なほど暮らしの隅々まできちんとしている娘だった。パン屑の散らばっている食卓、ベッドカバーがきちんと伸ばされていないベッドは、アンナの生活では考えられないことだった。

直感的に、リンダはそのベッドカバーをめくってみた。そこにTシャツがあった。手に取ってみると、サイズはXXLだった。紺色でイギリスの航空会社ヴァージン・エアーのロゴが入っていた。シャツを嗅いでみた。アンナの匂いではない。洗剤かアフターシェーヴのような芳香剤が鼻を突いた。ベッドにシャツを広げてみた。アンナはいつもネグリジェで寝る。そのうえ彼女は品質にうるさく、いい品物しか買わない。リンダには、たとえ一晩といえども、アンナがヴァージン・エアーの宣伝用のシャツを着て寝るとは思えなかった。

ベッドの端に座り込み、Tシャツを見ながら考えた。警察学校では、姿を消した女友達のベッドでTシャツを見つけたら、どう考えるべきかを教わらなかった。父親ならどう見るだろう？　警察学校時代、祝日などの長い休みのときに帰省すると、彼女はよくややこしい問題を父親にぶつけたことがあった。そういうとき、彼はじつにていねいに説明してくれた。さまざまな捜査の話をしてくれたので、リンダは父親がいつも必ず始動態勢に立ち返ることを知っていた。犯罪捜査の現場に立ったときの始動の態勢である。必ず目に見えないなにかがあると彼は言った。すぐにはわからないディテールがあるはず。リンダは寝室を見回した。いまわたしの目に見えないもの、隠されているものはなにか？　わたしが気になるのは、目に見えないものではなく、目に見えるものだ。きちんと伸ばされていないベッドカバー、ネグリジェがあるべきところにTシャツが代わりにあった。

そのとき居間で電話が鳴った。リンダは飛び上がり、電話のそばまで行った。返事をするべきなのだろうか？　手を伸ばしたが、すぐに引っ込めた。五回ベルが鳴ったあと、自動的に留守電に切り替わった。ヘンリエッタだった。わたしよ。あなたの友だちのリンダ、ほら警察官になろうとしている変わり者よ、彼女が昨日うちに来て、あなたの行方を探していたわ。それだけ。時間があるとき電話ちょうだい。それじゃね。

リンダはこのメッセージをもう一度再生した。ヘンリエッタの声は落ち着いていて、なんのほのめかしもなく、不安そうでもなく、すべて平常だった。ほら警察官になろうとしている変わり者よという言葉に、批判というか非難めいたものが感じられた。リンダは腹が立った。もしかして、アンナもそんなふうに考えているのかしら？　わたしの職業選択に関して彼女も反感を、あるいは軽蔑を感じているのだろうか？　ふん、アンナなど、いつまでもいなくなっていればいい。キッチンにあったじょうろに水を入れて、家の中の植物に水をやった。それから外に出て、マリアガータンの父親のアパートに戻った。

父親が七時過ぎに戻ってきたとき、リンダはすでに食事を作り、食べ終えていた。父親が着替えているうちに彼の分を温め、食事をする間いっしょにテーブルについた。

「どうなった？」

「行方不明のおばさんのことか？」

「ほかにだれがいるの？」

「ペンキ屋たちにまかせた」

「ペンキ屋？」

「ああ。捜査官にスヴァルトマン《黒い男》という男がいる。そしてもう一人グルンクヴィスト《緑の枝》という者がいる。二人はまだ新米で、よくコンビで働く。黒と緑だから、職場ではペンキ屋と呼ばれている。スヴァルトマンの結婚相手の名前がローサ《ピンク》ときている。完璧ってわけだ。とにかくこの二人がビルギッタ・メドベリの行方を捜す担当になった。ニーベリがメドベリのアパートを調べることになっている。これは失踪事件として捜査することに決まった。捜査の展開を見守ってくれ」

「パパはどう思うの？」

　ヴァランダーは食べ終わった皿をそばに押しやった。

「なにかがおかしい。心配だ。だが、おれの感じすぎかもしれん」

「なにが心配なの？」

「人には絶対に姿を消したりしないタイプがいる。そういう人間がいなくなったら、なにかが起きたということだ。これは経験からくる直感のようなものだ」

ヴァランダーは立ち上がり、コーヒーをセットした。

「十年ほど前に、不動産屋の女性が姿を消したことがあった。覚えているかな？　彼女は信心深かった。キリスト教の自由教会派に属していて、小さい子どもが二人いた。亭主がやってきて妻がいなくなったと言ったとき、おれはなにかが起きたと直感した。そのとおりだった。彼女は殺されていた」

「ビルギッタ・メドベリは一人暮らしで、小さい子どもはいないし教会にも所属していない。あのでっぷりした娘も宗教を信じているようには見えなかったわ」

「だれでも宗教を信じる人になり得るさ。おまえだってそうだ。だが、問題はそれじゃない。おれの言う意味は思いがけないことが起きたのではないかということなんだ。想像もつかなかったようなことが」

リンダはアンナのアパートにまた行ってみたことを父親に話した。詳細に渡って話した。ヴァランダーの顔に不愉快そうな表情が浮かんだ。

「おまえはこのことから手を引くべきだ」と彼は話し終わった娘に言った。「なにかが起きたとすれば、それは検事局と警察の仕事だ」

「わたしは警察官じゃないの？」

「おまえは実習生だ。しかもまだ働いていない。これからパトロール巡査として働こうとしているにすぎない。町や通りがある程度静かで、スコーネの村が平穏であるように見てまわる仕事にこれから就こうとしている、警察官予備軍だ」

「とにかくわたしはアンナがいなくなったのはおかしいと思っているのよ」

クルト・ヴァランダーは皿とコーヒーカップを流しに持っていった。

「もし本当に心配なら、警察に届けを出せばいい」

ヴァランダーはキッチンから居間へ行き、テレビをつけた。リンダはキッチンに残った。父親の皮肉な口調に傷ついた。言われるまでもなく、彼が正しいのだ。

彼女はそのままキッチンから動かずむくれていたが、ようやく立ち上がると居間に行った。父親は肘掛けいすに座り、居眠りをしていた。いびきをかきはじめた父親を、リンダは軽く揺すって目を覚まさせた。彼はパッと起きて、本能的に腕を上げて身を守る構えになった。わたしもきっとこうするわ、とリンダは思った。これもまたわたしたちの似ている点。ヴァランダーは洗面所へ行き、そのあと寝室に入った気配がした。リンダはそのままテレビを見ていたが、なにを見ているのか上の空だった。夜中の十二時、ようやく彼女もベッドに行った。昔のボーイフレンド、ヘルマン・ムボヤの夢を見た。ケニヤに帰国していまではナイロビでクリニックを開いている。

突然携帯電話の音で目を覚ました。ベッドランプのそばで揺れながら鳴っている。電話に手を伸ばしながら時計を見た。三時十五分。電話をかけてきた者はなにも言わず、ただ呼吸している。そして急に切れた。電話をしてきたのがだれであれ、アンナに関係がある。言葉はなくてもじゅうぶんなメッセージだった。呼吸する音だけ。だが、メッセージはしっかり伝わった。

そのあとリンダは寝つけなかった。父親が六時十五分に起き、シャワーを浴びて身支度するのが聞こえた。彼が台所で朝食の用意を始めたとき、リンダが現れた。すでに服を着ている。

「いっしょに警察署へ行くわ」

「なぜだ？」

「昨日パパが言ったことを考えたの。もし心配なら警察に届けを出せばいいってこと。そうしようと思うの。アンナ・ヴェスティンが行方不明になったと正式に届けを出すわ。なにか深刻なことが起きたにちがいないと思うから」

14

リンダは日頃から、いつ父親が怒りを爆発させるか、突然のとんでもない癇癪玉《かんしゃく》がいつ破裂するのか、まったく見当がつかなかった。子どものときに感じた恐怖を思い出した。自分と母親が震え上がったこと、しかし祖父は肩をすぼめて怒鳴り返していたことがまざまざとよみがえった。小さいときから自分は父親が突然怒りだすのが心配で、その予兆を見つけようとドキドキしながら父親を観察したものだ。

その朝、アンナの失踪を個人的な心配事のレベルから警察の捜査対象にしてもらうつもりだと言ったときも、リンダは父親の突然の怒りの爆発が予測できなかった。父親は紙ナプキンをわしづかみにして床に投げつけた。それはしかし少々コミカルなものになった。というのも、なにかを床に叩き付けて激しい衝撃音を出したかったにちがいないのに、実際には紙ナプキンはふんわりとキッチンの床に飛んだだけだったからだ。だが、リンダにとっては、子どものころの恐怖がよみがえるのにじゅうぶんだった。その瞬間、子ども時代に何度も、父親がやさしく笑っていたのに突然激怒する悪夢を見て、もがきながら目を覚ましたことを思い出した。また、両親が離婚してから、母親のモナが言っていたことも頭に浮かんだ。あの人はわかっていないのよ、なんでもないとき、いつ激怒が爆発するか、なんに腹を立てるのか検討もつかない人と暮らすのはどんなに怖いことか。でもあんなふうに彼が怒るのは家でだけだと思うの。他の人たちは彼のことを頼りがいがあって、やさしくて立派な、でもちょっと変わり者の警察官だと思っているでしょうよ。職場ではどんなに怒っても、それはきっと理由のあることでしょう。でも家ではあの人は乱暴なテロリストよ。そんなあの人が怖いし、わたしは嫌いよ。

リンダはモナの言った言葉を思い出しながら、仁王立ちになっている父親をながめた。まだ怒りが静まっていないらしく、あたり一面に紙ナプキンをまき散らしている。

「なぜおまえはおれの言うことを聞かないのだ？　おまえの友だちが電話に出ないくらいのことで、いちいち犯罪が起きたと大騒ぎしていたら、いい警察官になどなれるわけがない」

「話がちがうわ」

父親は残りの紙ナプキンをぜんぶ床に投げつけた。子どもみたい、とリンダは思った。まるで嫌いな食べ物を床に投げ捨てる子どもだ。

「口を出すな。おまえたちは警察学校でなにも習わなかったのか？」

「ものごとにまじめに対処すること、と習ったわ。他の人たちがなにを学んだかは知らないけど」

「おまえは物笑いになるぞ」

「そんなこと、かまわない。とにかくアンナはいなくなったの。それは事実よ」

怒りは起きたときと同じように急に冷めたらしい。父親の頬に汗のしずくが見える。激怒の瞬間は過ぎたらしい。めずらしく短かった。それに昔のように激しくない。わたしに対してはママに対するよりも手加減するのか、それとも年取って丸くなったのか。さあ、このあとはきっと謝る。見ていよう。

「悪かった」と父親が言った。

リンダは応えず、代わりに床から紙ナプキンを拾い上げた。ゴミ箱に捨てたとき初めて、激しい動悸に気がついた。父の怒りの発作に慣れることは、きっと一生ないだろうと思った。

父親はいすに腰を下ろし、悲しそうな顔をしていた。

「自分でもなぜこんなふうになるのか、わからない」

リンダは父親を見つめた。そして視線をつかまえて、自分の考えを言った。

「パパほど、いっしょに寝てくれる女の人が必要な人っていないんじゃないの?」

ヴァランダーは平手を喰らったようにがくっと体を動かした。顔が真っ赤になっている。リンダはそっと手を伸ばし、やさしくその頬を撫でた。

「わたしの言うとおりだとわかっているんでしょう。とにかく、パパが気まずい思いをしないように、警察署には歩いていくわ。パパは一人で車で行って」

「いや、今日は歩いていこうと思っていた」

「明日そうすれば? わたしはパパが怒るのを見るのがいやなの。一人にさせて」

父親はうなだれたまま出かけていった。リンダは汗ばんでしまったブラウスを着替えた。どうしよう、やっぱりアンナの届けを出すのはやめにするか? どうするか決めないまま、リンダは父親のアパートをあとにした。

太陽が輝いていた。風が強かった。リンダは決心がつかないまま、マリアガータンに立っていた。決断が早いということが自慢だったのに、父親がそばにいるとその決断力が鈍くなる。少しでも早く警察の寮にでも移らなければ、自分はおかしくなってしまうと思った。警察の寮はマリア教会の裏にある住宅街にあった。父親のアパートに居候するのはもう限界だと思った。決心がつき、警察署へ向かって歩きだした。万一アンナになにかが起きたら、自分が警察に届け出を出さなかったこと、不審に思っていたのに行動しなかったことが決して許せないだろうと思ったからだ。そんなことになったら、警察官としてのキャリアは始める前から終わってしまう。

市民公園のそばを通り過ぎた。子どものころ、ここに父親と来たことがある。初夏のある日曜日だった。そこに手品師がいて、集まっていた子どもたちの耳からコインを取り出してみせたのを覚えている。だが、それよりもずっとはっきりと覚えているのは、その前の晩のことだった。両親の怒鳴り声で目を覚ました。声は高くなったり低くなったりしたが、お金がなくなった、お金を無駄遣いしたということで両親が怒鳴り合っているのが聞こえたのだ。一瞬モナの金切り声が聞こえ、悲鳴が続いた。リンダはそっとベッドから起き上がり、居間のドアの隙間からのぞいた。母親が鼻血を流していて、父親は真っ赤な顔をして窓辺に立っていた。パパがママをぶったのだ、とわかった。お金がなくなったことを怒って、ママをぶったのだ。

通りに立ち止まって太陽を見上げた。喉が詰まった。ドアの隙間から両親を見ていた自分、そして自分だけが両親を助けることができると考えた自分を思い出した。母親が鼻血を流しているのを見ることに耐えられなかったのだ。子ども部屋に戻り、貯金箱をつかんだ。そして居間に入って、テーブルの上に貯金箱を置いた。部屋は静まり返っていた。リンダはたった一人で、貯金箱を手に持ってだれもいない砂漠を歩いたような気がした。

空を見上げた。頬に涙が流れた。その涙を拭いて、歩く方向を変えた。方向を変えることで気分を変えようとするかのように。インドゥストリガータンで曲がって、アンナのことを警察に届けるのは一日延ばそうと思った。そう思いながらアンナのアパートへ向かった。もう一度行ってみよう。もし何者かが部屋に入った痕跡があったら、わたしにはきっとわかる。ドアベルを鳴らした。応答なし。合鍵を使ってドアを開けて中に入り、そのまま立ち止まって耳を澄ました。あたりをゆっくりと見ていった。体中の神経を研ぎすます。なんの変化も感じられない。

そのまま居間に行った。郵便物は？　たとえアンナがめったに手紙もはがきも書かなくても、広告や町の広報などなにか郵便物が送られてくるにちがいない。だが、それらしきものはなにもなかった。

アパートの中をゆっくり見てまわった。ベッドは前日に彼女自身がカバーを伸ばしたままになっていた。居間に戻っていすに腰を下ろし、最初から考えた。アンナがいなくなってから今日で三日だ。いなくなった？　本当にいなくなったのだろうか？

リンダは腹立たしげに首を振って、ふたたびベッドルームへ入った。机の上のアンナの日記を手に取り、心の中で謝りながら三十日前まで遡《さかのぼ》って日記を読みはじめた。なにも目を引くものはなかった。唯一ふだんと変わったことと言えば、八月の七日と八日、歯が痛くて歯医者のシヴェルトソンに行ったと書いてあることくらいだ。リンダはそのころのことを思い出してみた。おかしい。八月八日はたしか、アンナはセブランと自分といっしょにコーセベリヤへドライブして、海岸を長い時間散歩した。アンナの車で行き、めずらしくセブランの子どもの機嫌がよかったので、男の子が疲れたときに三人でかわりばんこにだっこして歩いた。

歯の痛み？　そんなことアンナは言ったっけ？

やはりアンナの日記にはおかしなところがあるという気がしてならなかった。まるで暗号文のようだ。でもなぜ？　歯の痛みはなにかそれ以上の意味があるのだろうか？

そのまま読み続けて、文章のスタイルにちがいがあるかどうか、見つけようと目を凝らした。よく見ると、アンナはペンを頻繁《ひんぱん》に替えていた。ときには一つの文章の途中で替えることさえあった。書いている途中で電話が入ったりして、戻ったときにペンが見つからなくて代わりのペンを使ったのだろうかとリンダは思った。立ち上がって、キッチンへ行き、水を一杯飲んだ。それからまた寝室に戻り、日記を手に取って読み続けた。ページをめくり、思わず息をのんだ。最初はなにが書かれているのか、ピンとこなかった。が、すぐに文章がはっきり読め、理解できた。八月十三日、ビルギッタ・メドベリから手紙がきた、とあった。

リンダは文章をもう一度読んだ。窓辺に日記を持っていき、自然光を受けてページを読み返した。ビルギッタ・メドベリという名前はよくある名前ではない。日記を窓辺に置いて、電話帳を手に取った。スコーネ地方の電話番号を掲載している電話帳には、ビルギッタ・メドベリという名前は一人しかいなかった。電話局に電話をかけて、全国でビルギッタ・メドベリの名前で登録されている人が何人いるか、訊いてみた。同姓同名の女性はほんのわずかで、しかも文化地理学者はスコーネに一人だけだった。

リンダはいまや目を皿のようにして熱心に日記を最後のページまで読んだ。だが、ミンノルナ、ファーロルナというおまじないのような言葉で終わる最後の行まで来ても、ビルギッタ・メドベリという名前は二度と日記に現れなかった。

手紙か、とリンダは思った。アンナはいなくなった。でも、いなくなる二週間ほど前に、ビルギッタ・メドベリから手紙を受け取っている。そのビルギッタ・メドベリもいまや行方不明だ。そしてこの間に、アンナは二十四年間消息不明だった父親をマルメの街中で見かけている。

リンダはアパートの中を探しはじめた。どこかにその手紙があるにちがいない。アンナのタンスや箱の中をのぞいて見るのにもはや謝る気持ちはなかった。だが、どこを探しても手紙はなかった。アパート中を探すのに三時間かかった。ほかの手紙ならいくつも見つかったが、ビルギッタ・メドベリからのものはなかった。

アンナのアパートを出たとき、彼女の車の鍵を握っていた。海辺のカフェまで行って、サンドウィッチと紅茶を注文した。カフェを出ようとしたとき、同じくらいの年格好の男が彼女を見て笑顔を送ってきた。油しみのついたオーバーオールを着ている。まじまじと顔を見てから、中学校時代の同級生だと思い当った。足を止めてあいさつした。リンダは男の名前を思い出そうとしたが、できなかった。男は手をオーバーオールのズボンで拭いて、握手の手を差し伸べてきた。

「プレジャーボート遊びをするんだ。でもモーターの調子が悪くてね。だから全身オイルまみれさ」

「すぐわかったわ。久しぶりね。わたし、戻ってきたのよ」

「へえ、なんの仕事で？」

リンダはためらった。いつか父親が、職業を訊かれるとよく別の職業を言ったりすると話すのを聞いたことがあったからだ。警察官というものは必ず非常口をもっているものだ。ほかの職業を隠れ蓑に使ったりする。マーティンソンは不動産屋、死んだスヴェードベリは工事現場でクレーンを操縦すると言っていた。おれの隠れ蓑はエスルーヴのボーリング場の警備主任というものだ。

「警察官になる教育を受けたのよ」リンダは答えた。

そう言ったとき、その男の名前を思い出した。オイルまみれの男はトルビュルンという名前だった。男の顔に笑いが浮かんだ。

「そうなんだ。以前、家具の修理職人になるとか聞いたことがあったよ」

「わたしもそのつもりだったんだけど、気持ちが変わったの」

彼は立ち上がり、もう一度手を伸ばしてあいさつした。

「イースタは小さな町だから、きっとまた会うね」

リンダは以前市営劇場だった建物の裏の駐車場へ急いだ。昔の同級生たちはどう思っているのだろう？　リンダが警官になってこの町に戻ってくるんだって。なぜ？　と言い合っているのかもしれない。なぜ、と問われても、彼女自身答えられなかった。

スクールップへ向かい、広場に駐車すると、ビルギッタ・メドベリの住んでいた通りを急いで歩いた。階段付近に食事を支度する匂いが漂っていた。ドアベルを押したが、応えはなかった。耳を澄まし、郵便受けの隙間から声をかけた。だれもいないことがはっきりわかると、例のピッキングの道具を取り出した。自分は警察官のキャリアを鍵をこじ開けることから始めるんだと思った。汗が噴き出る。部屋の中に入り込んだ。動悸が激しい。耳を澄まし、アパートの中を静かに歩きだした。だれか人が入ってくるのではないかという恐れがあった。自分がここでなにをしようとしているのかはわからなかったが、なにかアンナとの関わり、アンナに手紙を書いた理由を見つけたかった。

ほとんどあきらめかけたとき、机に敷かれた緑色の下敷きの下に紙を一枚見つけた。それは手紙ではなく、一枚の地図だった。古い土地測量図のコピーで、書き込まれている言葉も地図の境界線もぼやけて見えた。

リンダは机の上のランプをつけ、読みにくい字をなんとか想像しながら読み解いた。〝ランネスホルム付近の所有地〟と読めた。それは城のようだった。が、どこにあるのだろう？　本棚にスコーネ地方の地図があった。地図を広げてみる。ランネスホルムはスクールップからわずか数十キロ北にあった。リンダは机の上のランネスホルム付近の地図に目を移した。コピーの状態は悪かったが、書き込まれた言葉と矢印がなんとか読めた。二つの地図をジャケットのポケットにしまい、明かりを消して、玄関でしばらく廊下の様子に耳を澄まし、ひとけがないのを確かめてから、そっとアパートを出た。

ランネスホルムとその付近にある二つの湖の近くの駐車場に車を停めたときは、すでに午後四時をまわっていた。自分はここでなにをしているのだろう。時間つぶしに、冒険、いや物語を創作しようとでも思っているのだろうか？　車に鍵をかけ、警察官ごっこをするのはもうやめにしようと思いながら湖の水辺に下りていった。白鳥のつがいが湖に浮かんでいた。西から雨雲が近づいてくる。リンダはジャケットのファスナーを閉めて、ぶるっと身震いした。まだ夏だが、秋がすぐそこまでやってきている。駐車場を見回した。車は自分が乗ってきたアンナの車一台だけで、あたりに人影もない。水辺まで行って、平たい石で水切りした。アンナとビルギッタ・メドベリの間にはなんらかの関係がある。でもそれがなんなのかがわからない。ふたたび石を投げた。もう一つ、彼女たちに共通することがある。二人ともいなくなったことだ。警察はビルギッタ・メドベリが行方不明になったことは捜査の対象にするだろうが、アンナのほうはどうだろうか。

雨雲は思ったよりも早く近づいてきた。リンダは駐車場の端の大きな樫《かし》の木の下に立った。

雨が降りだした。

この状況すべてがなんだかばかばかしくなってきた。雨の中、車のほうへ走って戻ろうとしたとき、生い茂った木々の中になにかきらりと光るものが見えた。金属製の缶かプラスティック製のなにかだ。枝を掻き分けて見た。黒いゴムタイヤだ。次の瞬間、自分がいま見ているものがなにか、わかった。茂みを両手で払いのけてゴムタイヤの全体を見た。動悸が激しくなった。車まで走って戻り、携帯電話を手に番号を押した。幸いなことに、父親はいつもとちがって携帯電話を携帯していて、しかも電源を切っていなかった。

「どこにいるんだ?」ヴァランダーが訊いた。

いつもより気弱な声だ。今朝の激怒とそれに対するリンダの反応が効果を発揮しているのにちがいない。

「ランネスホルム城の駐車場よ」

「そこでなにをしている?」

「すぐにこっちに来てほしいの」

「そんな時間はない。いまから会議が始まるところだ。本庁からまたなにか新しい指令が送られてきたんだ」

「そんなの出ないで、こっちに来て。見つけたものがあるから」

「なにを?」

「ビルギッタ・メドベリのベスパ」

父親の息づかいが荒くなった。

「たしかか?」

「ええ」

「どうやって見つけたんだ?」

「こっちに来てくれたら説明するわ」

電話が切れた。が、リンダはかけ直さなかった。父親がすぐにこっちに向かうと確信していた。

15

雨足が強くなった。リンダは車の中で父親を待った。カーラジオから中国のティーローズについて説明する声が聞こえる。リンダはいままで何度父親をこうやって待っただろう、と振返った。いろんな機会があったが、父は必ず遅れてきた。空港に迎えにきてくれたときも、マルメ中央駅に迎えにきてくれたときも。もっと悪いことに、まったく迎えにこないときさえあった。そのあと、くどくどと言い訳を並べたてるのだった。リンダは何度も父親に、娘よりもほかのことを優先させるということになにより傷つけられるのだと伝えはした。答えはいつも、よくわかった、これからは決して忘れたりしない、待たせたりもしないというものだった。が、数ヵ月もするとまた同じことを繰り返した。

一度だけ、父親に報復したことがある。当時彼女は二十一歳で、女優になろうという野望を抱いていた。その夢はすぐにしぼんでしまったが。とにかく当時彼女は思い切ったことをもくろんだ。まず、イースタで父親といっしょにクリスマスを過ごすと決め、父親にそれを伝えた。いつもいっしょにクリスマスを過ごす祖父は、ちょうどイェートルードと交際を始めたばかりのころだったので、招かなかった。電話でクリスマスの食卓には七面鳥を用意しようと話し合った。だれがなにを注文するかまで段取りを決めた。彼女はクリスマスイヴの当日にイースタへ行くということにした。父親は料理はまったくできない、いや興味がなくてできなかったから料理は彼女が引き受けるということにしたのだった。

クリスマスは三日間祝うことに決めた。クリスマスツリーを飾り、プレゼントを交換し、雪に覆われているであろう野原を散歩していっしょに過ごす予定だった。二十四日の朝は、父親がスツールップ空港に彼女を迎えに行くことまで決めた。だが、その前日、リンダは当時つきあっていたボーイフレンドのティミーとカナリア諸島へ出かけた。二十五日クリスマスの当日の朝、ラス・パルマスのビーチで、公衆電話から父親に電話をかけ、これでいままで自分がどんな気持ちになったかがわかったかと訊いた。父親は怒り狂っていた。まずは娘になにかあったか心配する思いからだったが、本心はこんな真似をするなんて理解できない、合点が行かないという怒りだった。リンダは急に泣きだした。父親にやり返してやると、報復の気持ちから計画したことだったのに、いま自分のやったことが逆に自分を襲ってきた。父親の真似をしてどうするというのだ？　なんの意味もないではないか。二人はそこで和解した。彼女は心から後悔して父親に謝り、父親はこれから決して待たせはしないと約束した。だが、ラス・パルマスから帰国したとき、ティミーと彼女はやはり二時間空港で待たされたのだった。

外でヘッドライトが点滅した。リンダはエンジンをかけ、ワイパーを作動させた。父親だった。車を彼女の乗っている車の前に停めると、雨の中を走ってきてドアを開け、運転席の隣に体を滑り込ませた。すぐにも答えが聞きたいと、苛立った様子だった。

「説明してくれ」

リンダは事実をそのまま話した。父親の苛立った様子、待てないという表情に気圧されながら。

「それで、その日記は持ってきたのか？」途中で彼は口を挟んだ。

「なぜ？　そこにビルギッタ・メドベリと書いてあったのはたしかなのに？」

彼はそれ以上訊かなかった。リンダは説明を続けた。話が終わっても、彼は外の雨を凝視したまましばらくなにも言わなかった。

「おかしな話だな」

「パパはいつも、なにか予想もつかないことが起きるまで待てと言うじゃない？」

ヴァランダーはうなずいた。それから娘に視線を移した。

「レインコートは持っているのか？」

「いいえ」

「車の中に予備の合羽《かっぱ》がある」

ヴァランダーは車のドアを開けると、勢いよく自分の車に向かって飛び出した。リンダはいつもながら、こんなに体の大きい父親が敏捷に動けることに驚いた。自分も飛び出すと、父親の車のトランクへ向かって走った。父親はすでに雨合羽をはおっていた。予備の合羽はぶかぶかで、彼女のくるぶしまで届いた。それから父親は自動車修理工場のロゴの入ったキャップを彼女の頭にぐいっとかぶせて、空を見上げた。その顔はたちまち雨で濡れた。

「これは贖罪《しょくざい》の雨にちがいないな。おれの子どものころは、こんな大雨が降ったことはなかった」

「そう？　わたしが子どものころは大雨がよく降ったわ」

ヴァランダーは先を歩けと促し、リンダは父親を案内して樫《かし》の木まで行き、茂みを両手で掻き分けた。父親は雨合羽のポケットから携帯電話を取り出すと、署に電話をかけたが、スヴァルトマンが速やかに電話に応答しないことに腹を立てて小声で罵倒した。ベスパの登録ナンバーを照会してもらうためにかけたのだ。ヴァランダーはナンバーを大声で伝え、リンダは傍らでその数字を確認した。電話が終わると、彼は携帯をポケットにしまった。

そのとき、雨がやんだ。それがあまりにもいきなりだったので、二人は最初、面食らった。まるで映画の撮影のときに、降らせた雨を水道の栓をひねって止めたような突然さだった。

「贖罪の雨が休憩に入ったようだ。おまえが見つけたのはたしかにビルギッタ・メドベリのベスパだ」

ヴァランダーはあたりを見回し、繰り返した。

「ビルギッタ・メドベリのベスパに間違いない。しかし肝心のビルギッタ・メドベリはいない」

リンダはためらったが、ポケットからビルギッタ・メドベリのアパートで見つけた地図のコピーを取り出した。その瞬間、後悔したが、父親は彼女がなにか手に持っていることに気づいた。

「なんだ、それは？」

「このあたりの地図」

「それをどこで見つけた？」

「ここに落ちていたの」ととっさに嘘をついた。

ヴァランダーはその紙を手にし、乾いているのを見て眉をひそめて彼女を見た。いま父親が発する質問に、わたしは答えることができない、とリンダは思った。

だが、地面がこんなに濡れているのに、なぜ紙が乾いているのかという当然の問いは父親の口から発せられなかった。彼は地図を見て、湖のほうに目をやり、それから駐車場を振り返り、そして森の中に入る小道へと目を走らせた。

「なるほど。ビルギッタ・メドベリの目的地はここだったというわけだ。だが、ここは広大だな」

彼は樫の木のすぐ下の地面に目を落とし、ベスパが隠されていた茂みに目をやった。リンダは父親を観察し、その考えを探ろうとした。

急に彼はリンダに向いた。

「最初に問うべき問いはなにか？」

「彼女はベスパを隠したのか、それとも盗まれないようなところに隠して置いたのか？」

ヴァランダーはうなずいた。

「そのとおり。だが、もう一つの問いもあり得る」

リンダは理解した。最初からそれに気づくべきだった。

「隠したのはほかの人間だということ」

ヴァランダーはもう一度うなずいた。


犬が突然小道から走り出てきた。白い犬で、黒い斑《ぶち》がある。なんという種類の犬か、リンダはわからなかった。後ろからもう一匹似たような犬が、さらにもう一匹が追いかけてきた。すぐあとからレインコートを着た女性が現れ、リンダたちを見て犬を首輪に繋いだ。女性は四十歳ほどだろうか、背が高く、金髪で、美しかった。リンダは父親がいつもながら、美しい女性に会ったときに見せる変化を黙って見ていた。背筋を伸ばし、頭を反らして首にできたしわが目立たないようにし、おなかを引っ込める。

「ちょっとよろしいですか？　イースタ警察署のヴァランダーという者ですが」

女性は疑わしそうに彼を見上げた。

「身分証明書、持ってらっしゃる？」

ヴァランダーは財布から警察官のＩＤカードを取り出し、女性の目の前に掲げた。女性はそれをしげしげと見てから言った。

「なにか起きたのですか？」

「いや。いつもここを犬と散歩するのですか？」

「ええ。一日に二度」

「ということは、あなたはこの辺の小道にくわしいのですね？」

「ええ、かなり。でもどうしてそんなことをお訊きなのかしら？」

ヴァランダーはその質問を無視した。

「散歩のとき、人を見かけることはありますか？」

「秋が近づくと、あまり見かけませんね。でも春と夏は別。いまごろになると、この辺を散歩するのは犬を飼っている人くらいね。でも、犬を放すことができるから、気持ちがいいんですよ」

「しかし、犬はつねに繋いでおくべきでしょう。案内板にそう書いてありますよ」

と言って、ヴァランダーは案内板を指差した。女性は眉を寄せて彼を見た。

「あなたがここにいるのはそのためなのですか？　犬を繋がないで一人歩きする女性に注意を与えるため？」

「いいや、そうではありません。見せたいものがあるのです」

犬たちは繋がれて窮屈そうにクンクン鳴いている。ヴァランダーはベスパを覆っている藪《やぶ》の枝を払った。

「いままでこれを見たことがありましたか？　これはビルギッタ・メドベリという六十歳ほどの女性のものですが」

犬たちはベスパに近づいてにおいを嗅ぎたがった。女性はそうはさせず、リードをしっかりと握りしめた。そしてまったくためらいのない声でこう言った。

「ええ、見たことがありますよ、何度も。このベスパも女性も」

「最後に見かけたのは？」

女性は考えた。

「きのうです」

ヴァランダーは少し離れたところで話を聞いているリンダへ視線を投げかけた。

「たしかですか？」

「いいえ。昨日だと思うけど、自信ないわ」

「なぜ自信ないなどと言うのですか？」

「それは、このごろ何度も彼女を見かけているからですよ」

「最初に見かけたのはいつ？」

女性はふたたび考えた。

「七月。いえ、もしかすると六月の最後の週かもしれない。そのとき初めてその女の人を見かけたと思います。彼女は湖の向こう側の小道を歩いていました。わたしが足を止めて話しかけると彼女は、ランネスホルム城の所有地にある、長い間人が足を踏み入れていない古い小道を地図に書き入れようとしているのだと言いました。それからはときどき森の中で見かけましたよ。とても興味深いことを知ってらしたわ。夫もわたしも、むかしランネスホルムの所有地を巡礼の小道が通っていたなんて知りませんでしたからね。わたしたちはこの森の所有者で、城に住んでいるのです。夫は株のブローカーをしています。わたしはアニタ・ターデマンといいます」

アニタ・ターデマンと名乗った女性は藪の中に隠されたベスパに目を向けた。そして急にあらたまった口調で訊いた。

「なにが起きたのですか?」

「わかりません。最後に一つ、重要な質問をさせてください。最後に彼女を見たのは、正確に言ってどこでしたか? どの辺でした?」

アニタ・ターデマンは後ろを振り返った。

「今日わたしが歩いてきた小道よ。雨が降っているときに歩くのにいちばん適しているので。森の中を五百メートルほど行ったところに、すっかり草に覆われてしまった小道を発見したらしいの。倒れたブナの木のすぐそばに。そこで彼女を見かけました」

「質問はこれで終わりです。お名前はアニタ・ターデマンさんでしたね?」

「ええ。いったいなにが起きたのかしら?」

「ビルギッタ・メドベリはもしかすると失踪したのかもしれません。まだわかりませんが」

「まあ、なんということ。とてもいい方のようだったのに」

「その人、いつも一人でしたか?」リンダが初めて口をきいた。

用意していたわけではなかったのに、いつの間にか質問が口をついて出てしまったのだ。父親は驚いて彼女のほうを見たが、その顔に怒りはなかった。

「だれかといっしょに見かけたということは、直接的にも間接的に人から話を聞いたこともありません」

「それはどういう意味ですか？」と、こんどは父親のほうが質問した。

「いまの時代、女が森の中を一人で歩くなんてこと、危険でできませんよ。わたしは犬がいっしょでなければ、決して一人でここを歩いたりしません。変な人がこそこそと隠れて歩きまわっていますからね。去年はこの森に浮浪者が住み着いていました。警察はその男を捕まえられなかったようですけどね。とにかく、ビルギッタ・メドベリの消息がわかったら、教えてくださいね」

アニタ・ターデマンは犬をふたたび放すと、城に向かう並木道に通じる小道を歩いていった。リンダと父親はその場に立って、女性と犬たちを見送った。

「美人だな」父親が言った。

「上流階級の、気取り屋の金持ち女よ」リンダが言った。「パパのタイプとはとうてい言えないわね」

「いや、そうとも言えないぞ。クリスティーナとモナにそうとう厳しくしつけられているからな、おれは」

そう言うとヴァランダーは時計を見、空を見上げた。

「五百メートルか。行ってみようか。なにか見つかるかもしれない」

ヴァランダーは急ぎ足で小道へ向かった。リンダははぐれないように小走りでそのあとに続いた。森の中に入ると、濡れた樹木の匂いが強く鼻を突いた。小道は巨石と倒木の間を縫って続いていた。山バトが飛び立ち、すぐにもう一羽あとに続いた。

その小道を発見したのはリンダだった。父親は急いでいて気づかずに通り過ぎたのだが、それが小道の分岐点だった。リンダは父親を呼んだ。呼び止められて戻ってきたヴァランダーは娘が正しいとすぐにわかった。

「わたし、数えていたの。ここまではおよそ四百五十メートルだったわ」

「アニタ・ターデマンは五百メートルと言っていた」

「正確に測ったのでなければ、四百五十メートルと五百メートルはそんなに大きなちがいじゃないわ」

父親の声に苛立ちがあった。

「これまでおれは自分の足のサイズで正確に測ってきた、経験から言ってるんだ」

二人はほとんど目につかない埋もれた小道に足を踏み入れた。すぐに長靴の足跡を見つけた。足跡は右と左の一対だけだった。ここに踏み入ったのは一人だわ、とリンダは思った。

その小道はみっしりと木々が生えている森の奥に続いていた。長い間人が足を踏み入れたことがないにちがいない。突然その小道は谷間のような深い割れ目に行き当たった。ここで森が二つに分断されている。ヴァランダーはかがみ込んでコケを指で触った。リンダは、この人は、太っているけど、まるで生まれたときから道を嗅ぎ分ける力をもつインディアンのようだと思った。そう思うとおかしくて笑いだしそうになった。

二人は用心しながら谷間を下りはじめた。次の瞬間リンダは枝の間に足が挟まれて転んでしまった。枝が折れる音が、まるで銃声のように森中に響き渡った。それまで見えなかった、枝にとまっていた鳥たちがいっせいに飛び立った。

「だいじょうぶか？」

リンダは立ち上がってズボンについた土を払った。

「うん、だいじょうぶ」

ヴァランダーは枝を掻き分けて進み、リンダはそのすぐ後ろにぴったりとついた。突然小屋が現れた。まるでおとぎ話に出てくる魔法使いの家のようだ。家の裏がぴったりと崖についている。戸口があり、壊れたバケツが半分土に埋もれているのが見える。ヴァランダーもリンダも耳を澄ました。静まり返っている。聞こえるのは葉っぱからぽとぽとと地面に落ちる雨のしずくの音だけだった。

「ここで待っていろ」と言って父親は戸口に向き直った。

リンダは言われたとおりにした。だが、ヴァランダーが戸の前に立ったとき、彼女はまだそのすぐ後ろにいた。戸を開けて、彼はのけぞった。そのとたんに足が滑って後ろに倒れた。リンダは脇に飛び退き、同時に戸の隙間から中が見えた。目がとらえたものがなんなのか、すぐにはわからなかった。

それから、それはビルギッタ・メドベリだとわかった。

少なくともその一部だった。

第二部　虚空

16

そのときリンダが戸の隙間から見たもの、父親をのけぞらせ、転ばせたもの。それは子どものときに見た絵とそっくりだった。頭にぱっと浮かんだ一枚の絵。それは母親のモナが、その母親、リンダが一度も会ったことのない祖母からもらったという本の中にあった。それは大きくて重い本で、聖書の中の話を一冊にまとめたものだった。薄い絹のような紙に描かれた絵。その絵の一つが、いま彼女の目の前にあるものと、一部をのぞけばまったく同じだった。それはピカピカの銀の盆にのせられた、目を閉じたひげ面の男の頭で、背景に女がいた。ベールをかぶったサロメ。子どものとき、リンダはその絵に強い衝撃を受けた。

その絵が本から、いや記憶からよみがえっていま目の前の女の頭に重なって、初めて子ども時代のショックが消えたという気がした。リンダは土間の上にあるビルギッタ・メドベリの頭を凝視した。すぐそばに指を組んだ両手があった。それがぜんぶで、ほかの体の部分はない。次の瞬間後ろから父親のうなり声が聞こえ、同時に体をぐいっと引っ張られた。

「見るんじゃない！　家に帰れ。これはおまえの見るものじゃない！」

父親は勢いよく戸を閉めた。リンダは恐怖で全身ががたがたと震えた。谷間の割れ目まで一気に駆けもどり、上に這い上がるとき木の枝でズボンが裂けた。父親もすぐ後ろに続き、二人は人の通った足跡が無数にある大きなほうの小道まで一息で走った。

「なにが起きたんだ？　いったいなにが起きたというんだ？」ヴァランダーが叫んでいる。

彼はイースタ署に電話をして、緊急出動を要請した。リンダの耳に緊急出動の暗号に使われる言葉が聞こえた。それはつねに警察の動きに目を光らせて盗聴している新聞記者たちをごまかすための暗号だった。そのあと、二人は駐車場へ戻って待った。十四分後、遠くからサイレンが聞こえたが、それまでの間、二人は一言も言葉を発しなかった。リンダは恐怖で震え、父親にぴったりとくっついていたかったが、父親は数歩彼女から離れたところに立っていた。リンダはまだなにが起きたのか、よく理解できていなかった。同時に、もう一つの不安が頭をもたげた。アンナの失踪に関する不安だった。なにか関係があるはずだ。きっとあるにちがいないのだ、と思った。いま行方不明の二人のうちの一人が惨殺された。そこまで考えて、彼女はしゃがみ込んだ。めまいがした。父親がそれを見て、近づこうとした。リンダは立ち上がり、父親に首を振って、だいじょうぶと合図した。

こんどはリンダのほうが父親と距離をとった。考えよう。できるかぎりはっきりと、急がず、迷わず、なによりも明確に。警察学校での教育で、つねに繰り返されたのは、この明確さということだった。あらゆる状況で、中には酔っぱらいのケンカをやめさせることや、自殺をしようとしている人間を説得することも含まれるわけだが、警官には迷いのない明確な判断が要求される。明確に考えることができない警察官はよくない警察官だと書いたメモ用紙をリンダは洗面所の鏡の脇とベッドの枕元に貼り付けていた。警察に入るときに要求される資質はまさにこれで、警察署内にはこの言葉が壁に貼り出されていた。つねに明確に。だが、なにより泣きだしたい気分のいま、どうして明確になど考えることができようか？　いま彼女の頭には明確さなどまったくなかった。あるのは斬り落とされた頭と指を組んだ両手だけ。そしてもう一つ、もっと恐ろしいことがあった。それは音もなく押し寄せ、黒い川の流れとなり、それもどんどん水かさを増して後ろから迫ってくる。その正体は、アンナになにが起きたのだろうかという恐怖だった。振り払っても次々に押し寄せてくる映像。それはアンナの頭とアンナの両手だった。洗礼者ヨハネの頭とアンナの両手、アンナの頭とビルギッタ・メドベリの両手。

雨がまた降りだした。リンダは父に駆け寄って、ジャケットをつかんだ。

「アンナになにか起きたのかもしれないということ、これでわかったでしょう？」

ヴァランダーはリンダの両肩をがっちりとつかんで、目をのぞき込んだ。

「落ち着くんだ。あれはビルギッタ・メドベリだ。アンナではないぞ」

「アンナは日記に書いていたわ。ビルギッタ・メドベリの名前を。そしていまアンナは姿を消してしまった。これがどういう意味かわからないの？」

「落ち着きなさい。しっかりするんだ」

リンダは静かになった。落ち着いたのではなく、呆然としたため静かになったのだ。そのあと、サイレンが近づき警察官を乗せた車が次々に駐車場に到着した。警察官は車を飛び降りるとそれぞれトランクから雨具を取り出して着替え、ヴァランダーのまわりに集まった。リンダは最初その円陣の外に立っていたが、円に加わってもだれも反対の声をあげなかった。マーティンソンが彼女にうなずいて合図を送ってきた。彼もリンダがその場にいることに抗議の声をあげはしなかった。雨の降りしきるランネスホルムの森の中で、リンダは初めて警察学校から離れ、実戦の場に出たのである。彼女は警察官が全員列をなして森の中に入っていくいちばん後ろについた。父親は駐車場に立ち入り禁止のテープを張り巡らして野次馬どもを閉め出せと命じたが、その表情は権威的であると同時に不愉快そうだった。彼はまさに野次馬どもという言葉を使った。まるでそういう種類の人間が存在するかのように。

リンダは長い列のいちばん後ろについた。鑑識課の警察官の一人が落とした懐中電灯を手に取り、自分の足元を照らした。

アンナのことが気がかりでならなかった。意識の中に恐怖が混じり心臓の動悸が激しくなった。その段階でもまだ明確に考えることはできなかった。それでもなんとか、このまま列の後ろにしがみついていくつもりだった。いつかきっとだれかが、父親かもしれないが、これはビルギッタ・メドベリだけの事件ではなく、リンダの友人アンナ・ヴェスティンの事件でもあると気づくにちがいないと考えながら。

リンダは現場の捜査が夕方を過ぎて夜になっても終わらないのを辛抱強く待った。この間雨雲が厚くなったり、晴れ間が見えたりした。地面はぬかるみで、臨時に掲げられた投光機の明かりが谷間に光と影を作っていた。鑑識課が谷間から小屋までの小道の周囲を一掃していた。リンダは邪魔にならないように気をつけ、歩くときは必ずだれかの足跡の上に足を置くようにした。ときどき父親と視線が合ったが、父は彼女の存在を完全に無視していた。アン＝ブリット・フーグルンドがいつも父のそばにいた。リンダはイースタに戻ってからときどきアン＝ブリットを見かけていた。だが、あまり好きになれなかった。父が彼女に気をつけるといいと思っていた。アン＝ブリットはこの現場に来てからも一度も自分のほうを見ないしあいさつもしない。彼女と同じ部署で働くのはむずかしいだろうなとリンダは思った。万一、同じ部署で働くようになったらの話だが。アン＝ブリットは犯罪捜査官で、自分はパトロール巡査、それも実習生だ。希望の部署に配属されるには十年早すぎる。

リンダはあたりの捜査を見守った。整理と規律、ルーチンと正確さが森の中のカオスの下では実行不可能に近いように見受けられた。ときどき声を荒立てる者がいた。ニーベリもその一人で、彼は不注意に小道を踏む人間にはだれかれかまわず怒鳴り散らしていた。現場検証が始まってから三時間経って初めてビルギッタの頭と両手がビニール袋に入れられて運び出された。そのとき、作業の手がいっせいに止まった。ビニール袋は厚かったが、リンダの目にビルギッタの頭の形と両手が透けて見えた。

作業が再開した。ニーベリと鑑識課の係官たちは地面を這うようにして足跡を捜し、枝を切り払っては、ぬかるみの中、証拠品を捜しまわった。照明器具を設置する者、調子が悪くなった発電機を直す者など、人の動きや電話の着信音、人声で、現場がごった返す中、ヴァランダーだけはまるで見えないロープで両手を後ろで縛られているかのように動かずに立っていた。リンダは父親を可哀想に思った。たった一人で次々に質問に答えなければならないこと、そして現場検証がスムーズにおこなわれるように、あらゆる手順を考え決断を下さなければならないのだ。まるで足元が不安定な綱渡り師のようなものだ。そうなのだ、わたしの父は、これから体重を落とし、だれかつきあう女の人を見つけて孤独を解決しなければならない、不安な綱渡り師なのだ。

夜もだいぶ更けたころ、やっとヴァランダーは娘に気を遣う余裕ができた。話していた電話連絡が一段落したとき、ニーベリが手になにかをぶら下げてヴァランダーの前に立った。明かりに引きつけられて飛んでくる小さな虫がランプに当たって焼け落ちていく。リンダは一歩前に出て、ニーベリが持っているものを見ようとした。ニーベリはヴァランダーにゴム手袋を与え、ヴァランダーはその中に窮屈そうに手を入れた。

「なんだ、それは?」ヴァランダーが訊いた。

「あんた、目が悪いのか。これは聖書だとわからないか?」

ヴァランダーは目の前に苛立って立っている頭髪の薄い男にはまったく関心がなさそうだ。

「聖書だよ」ニーベリが繰り返した。「床の上にあった。両手のそばにだ。血のにじんだ指紋がついている。犠牲者のものとはかぎらないが」

「犯人の、という意味か？」

「ああ。だが、なんだって考えられるんだ。小屋の中は血の海だ。凄惨《せいさん》な殺しだったにちがいない。犯人がだれであれ、頭のてっぺんからつま先まで返り血を浴びたろう」

「凶器は？」

「ない。なにも残されていない。だが、この聖書は、血痕がついていることのほかにも、妙なところがある」

リンダが一歩前に出たのと、ヴァランダーが老眼鏡をかけたのが同時だった。

「ヨハネの黙示録だ」ニーベリが言った。

「おれは聖書のことはわからん。なにがおかしいのか、言ってくれ」

ニーベリは顔をしかめたが、怒鳴ることだけはやめたようだ。

「聖書がわかる人間などいはしない。だがヨハネの黙示録は重要な章だろう、聖書の中でも」

彼はリンダを見て言った。

「いや、聖書では章とは言わないのかな？」

リンダは首を振った。

「まったく知りません」

「ほら見ろ。若い者さえ知らないんだ。とにかくなんと言うんであれ、ヨハネの黙示録の行間に何者かが文字を書き込んでいるんだ。ほら、見えるか？」

ニーベリが指差した。ヴァランダーは本を眼鏡に近づけて見た。

「行間に灰色の羊の毛のようなものが見える。これは字か？　なんと書いてあるんだ？」

ニーベリは「ロセーン！」と大声で呼んだ。すると腹まで泥にまみれた男が拡大鏡を持ってきた。ヴァランダーはもう一度文字をのぞき込んだ。

「たしかに文字が書き込んであるな。なんと書いてあるんだ？」

「おれは二行読んでみた。これを書いたやつは聖書に書かれていることが気に喰わんらしい。そいつは神の言葉をもっといいものにしようと試みた、というところじゃないか？」

ヴァランダーは老眼鏡を外した。

「〝神の言葉〟？　もっとわかりやすく説明してくれないか？」

「おいおい、聖書は神の言葉じゃないのか？　ほかにどう言えばいいんだ？　とにかく、聖書の言葉を書き直す人間がいるとは、面白いじゃないか。ふつうの人間がそんなことをするか？　男であれ女であれ、ふつうのセンスの持ち主なら、聖書の言葉を書き直すなんてことはしないだろうよ」

「つまり、ふつうの人間じゃないということか？　この小屋はいったいなんなんだ？　住居かそれとも隠れ家か？」

ニーベリは首を振った。

「それはまだわからない。だが隠れたい者にとっては隠れ家も住居も同じじゃないか？」

それからニーベリは投光機の後ろの真っ暗な森を指して言った。

「犬が数匹、森の中を捜しまわっている。警察犬だ。係の警官は、木が密生していてほとんど人間は入り込めないと言っている。この地方に隠れるつもりなら、この森よりも適切な場所はないだろうよ」

「犯人の見当はつくか?」

ニーベリは首を振った。

「小屋に服はなかった。個人的なものはなにもない。あそこを使っていたのは男か女かさえわからない」

犬の吠える声がした。雨がまた降りはじめた。アン＝ブリット、マーティンソン、そしてスヴァルトマンがそれぞれ別の方向からヴァランダーのほうにやってきて、彼を囲んで立った。リンダは父親の後ろに立った。円陣の中か外か、微妙な位置だ。

「現場を想像してみよう。ここでなにが起きたか? 凄惨な殺人がおこなわれた。理由は? だれのしわざだ? ビルギッタ・メドベリはなぜここに来たのか? だれかと会うことになっていたのか? ここで殺されたのか? 頭と手以外の体の部分はどこにある? さあ、どんどん言ってくれ」

雨が降り注ぐ。ニーベリがくしゃみをした。一つの投光機の明かりが消えた。ニーベリが投光機の脚を蹴り倒し、拾い上げてまた立て直した。

「さあ、どんどん意見を言ってくれ」ヴァランダーが促した。

マーティンソンが口を開いた。

「自分はずいぶんひどい現場を見てきた。だがこれほどのものは見たことがない。完全に頭のおかしな人間のしわざにちがいない。だが、体のほかの部分はどこにあるんだ？　この小屋を使っていたのはだれだ？　われわれはまだなにもわかっていない」

「ニーベリが聖書を見つけた」ヴァランダーが言った。「指紋がないか、小屋をぜんぶ調べるんだ。聖書を開くと、書き込みがあった。何者かが行間に書き込みをしている。これはなにを意味するのだろう？　ターデマン家の人間がこの小屋に来たことがあるかどうか訊いてみよう。いまからすぐ、人海戦術でこの辺の聞き込み調査をやるんだ。徹底的にだ」

だれもなにも言わない。

「殺人者を捕まえなければ。それもできるだけ早く。この犯行がなにを意味するものか、われわれはわからない。だがいやな予感がする」

リンダが円陣の中に入った。それはまるで出番でない俳優が舞台の中央に登場したような動きだった。

「わたしもいやな予感がするのです」

雨に濡れた顔がいっせいに彼女のほうを向いた。父親だけは緊張しているのがわかった。きっと怒りが爆発するわ、とリンダは思った。だが、この一歩はどうしても踏み出さなければならなかった。

「わたしもいやな予感がするのです」と彼女は繰り返した。そしてアンナのことを話した。その間ずっと、父親のほうを見ないように気をつけた。細かいところまでできるかぎり思い出し、直感的に自分が感じる恐れには言及せず、知っている事実だけを話し、自然に結論が出るような話しかたをした。

「もちろん、それについても調べてみよう」と彼女が話し終わるのを待って父親が言った。その声は取りつく島もないほど冷淡だった。

その瞬間、リンダはいま話したことを後悔した。話したくなんかなかった。でもアンナのために話さなければならなかった。パパを挑発するためではなかったのよ。

「そうしてくれると思っています。わたしは帰ります。ここにいる用事はないので」

「しかし、ベスパを見つけたのはきみだろう？」マーティンソンが訊いた。「そうじゃなかったのか？」

父親がうなずいた。それからニーベリに話しかけた。

「リンダと車までいっしょに行ってくれる、手の空いている者はあんたのところにいないか？」

「おれが行くよ」ニーベリが言った。「ちょうどトイレに行きたかったから。森の中じゃ犬がいるし、できないからな」

リンダは谷間の上までよじ上った。そこまで来て初めて疲れと空腹を感じた。ニーベリが彼女の前を歩き足元を照らしてくれた。途中警察犬と犬係の警官に出会った。犬は尻尾を下げて歩いていた。木々の間に投光機が取りつけられ、あたりを照らしていた。まるで夜のオリエンテーリングのようだ、とリンダは思った。ニーベリは駐車場に着くとなにやらぼそぼそとつぶやいて姿を消した。写真のフラッシュが暗闇で光り、駐車場を警護するパトロール巡査の姿が見えた。車に乗り込むと、駐車場にめぐらせた立ち入り禁止のテープを外してくれた。外には野次馬がいた。車内からなにが起きたのかと興味津々で森の中に目を凝らしている人たちが。またもや彼女は目に見えない警官の制服を着て身構えている自分に気づいた。退《ど》きなさい。ここで重大な犯行があったのです。仕事の邪魔をしないで下さい！

夢の中にいるような気がした。そのまま車を走らせて、立ち去った。

警察学校では、映画でよく見るような理想的警察官とはなにか、ありたい姿をあれこれ話し合ったものだ。夜遅くまでビールとワインを手に、未来の警察官の姿を言いたい放題言ったものだ。仕事は主に酔っぱらいをなだめることとかっぱらいをした少年たちに説教すること。そんな平和な世の中になればいい。どの職業にも夢というものがある。また、そうあるべきだ。重傷を負った人の命を救うために懸命に働く医者。白衣が血に染まった絶対的英雄。わたしたち警察官だってそうだ。まもなく世の中に出て制服を着る若者たち。機敏でタフで、強くてくじけない警察官。

彼女は首を振った。でもまだわたしは警察官じゃない。

スピードを出しすぎていることに気づき、アクセルを緩めた。そのとき野ウサギが道路に飛び出した。一瞬野ウサギの目にヘッドライトの明かりが当たって光った。リンダは急ブレーキを踏み、野ウサギは茂みに飛び込んだ。リンダはそのまま車を走らせたが、激しく動悸がした。深く息を吸い込んだ。国道を通る車のライトが前方に見えてきた。彼女はパーキングエリアに車を入れ、ライトを消し、エンジンを切った。あたりは真っ暗だった。携帯をポケットから出した。が、彼女が数字を押す前に、呼び出し音が鳴った。父親だった。激怒していた。

「おれの仕事に口を出す気か？」

「口を出しているわけじゃないわ。ただ、アンナになにか起きたのじゃないかと、不安でしかたがないのよ」

「二度とこんな真似はするな。絶対にだ。もしこんなことがもう一度あったら、イースタ署から追い出してやる」

言いたいことを言うと、父親は電話を切った。父は正しい、とリンダは思った。よく考えてから言うべきだった。父親の携帯番号を押して、謝ろうと、いや、少なくとも説明しようとしたが、気持ちが変わった。父の怒りはまだ消えていないだろうと思った。あと数時間経たないと、なにを言っても聞かないだろう。

だれかと話したくなって、セブランに電話をかけた。通話中だった。五十まで数えてから、また電話した。まだ話し中だった。するとリンダはつい習慣から、アンナの電話番号を押してしまった。通話中。リンダはハッとした。もう一度電話した。やはり通話中の音が聞こえた。ぱあっと気分が明るくなった。アンナは戻ってきたんだ！　エンジンをかけ、ライトをつけてまた道路に出た。よかった。早速アンナに、約束の時間にいなかったときからいままでの間になにがあったか話してもらわなくちゃという思いで、胸がいっぱいになった。

17

車を降りると、リンダはアンナの部屋の窓を見上げた。明かりがついていない。また不安になった。電話はたしかに通話中だった。リンダはセブランに電話をかけた。こんどはすぐに電話口に出た。まるで電話のすぐそばにいたように。リンダは急き込んで訊いた。

「わたしだけど、アンナといままで話していたの？」

「ううん？」

「本当に？」

「どうしてそんなことを訊くの？　だれと話していたか、自分でわからないはずがないじゃないの。それ、通話中だったから？　あたし、弟と話していたのよ。お金を貸してくれとしつこいの。もちろん貸すつもりなんてないわ。あの子、お金にだらしないから。あたしは銀行に四千クローナの貯金があるんだけど、それが全財産なのよ。それを貸してくれというのよ。それでトラックを買って、ブルガリアまで行って……」

「ごめん、いまそんな時間ないの。アンナが行方不明なのよ。約束の時間に家にいなかったの。そんなこと、いままで一度もなかったわ」

「なにごとにも初めてというのがあるものよね」

「父もそう言うわ。でも、なにかが起きたとしか考えられないの。いなくなってからもう三日も経つのよ」

「ルンドにいるんじゃないの？」

「いないわ。とにかくどこにいるかを話し合っている段階じゃないのよ。姿を消すなんてことは、彼女らしくないの。いままでアンナが、会う約束や電話する約束を破ったことある？」

セブランは考えた。

「ないわね」

「ほら、そうでしょう」

「リンダはどうしてそんなに焦ってるの？」

リンダはこの間に起きたことをすべて話したいという衝動に駆られた。斬り落とされた首、指を組んだ形で手首で切断された両手。だが、それは外部の人間に話してはならないことだ。

「きっとセブランが正しいんだと思う。心配しすぎよね、わたし」

「うちにいらっしゃいよ」

「時間ないわ」

「仕事始まりを待っているのがもう限界なんじゃないの？　うちに来て、あたしの問題を一つ解決してよ」

「問題？　なに？」

「ドアがきつくて開かないのよ」

「本当にいま時間ないの。家の管理人に言えば？」
「ストレスが多すぎるんじゃない？　もう少しゆっくり休んだら？」
「うん、わかった。じゃあまたね」

ドアベルを押した。窓に明かりがないのはアンナが眠っているためだと思いたかった。だがアパートは空っぽで、ベッドには寝た形跡もなかった。リンダは電話のそばに立った。受話器はあるべきところにあり、留守番電話機に赤いランプはついていない。腰を下ろし、この間に起きたことをすべて思い出してみた。切られた首のことを思い出すたびに気分が悪くなった。いや、指を組んだ両手のほうがもっと気持ちが悪かったかもしれない。だれが人の体から両手を切り離すことを思いつくだろう？　首を斬り落とせば、人は死ぬ。だが、手は？　あの両手は彼女が生きているうちに斬り落とされたのか、それとも死んでからか。それに、ほかの部分はどこにあるのか？　突然吐き気に襲われて、バスルームに走った。吐いてから、しばらくそのまま床に横たわった。バスタブの下にプラスティック製の黄色いアヒルがあった。リンダはそれを覚えていた。昔アンナがそれを手に入れたときのことも覚えていた。

まだ十二歳か十三歳のころ。どっちが言いだしたのかは覚えていないが、とにかくコペンハーゲンに遊びにいこうということになった。春のことで、アンナもリンダも学校に馴染めず不安な時期を過ごしていた。学校をサボることもあり、そのたびに二人はいろいろな約束をして互いを守ってきた。母親のモナはコペンハーゲン行きに許可を与えたが、父親はすぐにだめと言った。リンダはいまでも父親の言葉を覚えている。コペンハーゲンは世間知らずの女の子二人にとってはあまりにも危険な、誘惑の多い町だと言った。だが、けっきょく二人は学校をサボってコペンハーゲンに渡った。家に帰ったら、ものすごく怒られるとわかっていた。それでどうせ怒られるのならと、父親の財布から百クローナ札を抜いて出かけた。まずはイースタからマルメまで列車で、そして対岸のコペンハーゲンまではホーバークラフトで渡った。リンダはその旅行を自分にとってもアンナにとっても初めての大人の世界をのぞいた経験として記憶していた。

それは少女二人のくすくす笑いに満ちた小旅行になった。風は強かったがよい天気で、冬から春になろうとしている季節だった。チボリ公園でアンナはルーレットの景品としてプラスティックの黄色いアヒルをもらった。

最初はすべてが明るく楽しかった。自由、冒険、どこまでも限界はなかった。だがしだいに暗くなった。なにかが起き、二人は初めてのケンカをした。あの日はなんとかそれでも仲直りができた。だが、あとになって、二人が同じ少年を好きになったときには、もはや前のような仲良しには戻れなかった。友情に目に見えないひびが入り、それがあっという間に大きな割れ目になったのだった。

コペンハーゲンでわたしたちは緑色のベンチに座っていた。アンナはお金を持っていないと言って、わたしから次つぎと何度もお金を借りた。そしてトイレに行く間、バッグを見ていて、と言って姿を消した。チボリ公園にはトランペットの音が響いていた。へたくそな、調子はずれの音だった。

アンナのバスルームの床に体を伸ばしながら、リンダはこれらすべてのことを一気に思い出した。床暖房で背中が温かかった。あの緑色のベンチとアンナのバッグ。あれからずいぶん時間が経っているのに、いまでも彼女は自分がなぜあのときアンナのバッグを開けたのかわからない。とにかくバッグの中の財布に二百クローナものお金が入っていたのだ。お金は小さく畳まれて隠されていたわけではなく、堂々と折り目もなく財布の中にあった。そのお金を見て、リンダはだまされていたんだという思いで胸がいっぱいになった。財布をバッグの中に戻し、なにも言わないことに決めた。だがアンナがトイレから戻ってきて、なにか飲み物を買ってよと言ったとき、リンダの怒りが爆発した。彼女たちはその場で大げんかした。アンナの言い分がなんだったのかは覚えていない。だが、二人はそこで別れて、別々に帰った。帰りの船でも別々のところに席をとり、マルメの駅でイースタ行きの列車を待っていたときも、二人は知らん顔をした。口をきくようになったのは、それからずいぶん経ってからのことだった。コペンハーゲン旅行のことは二人の間ではタブーだった。だがしばらくして彼女たちは傷ついた友情を癒すことに成功した。

リンダはバスルームの床に起き上がった。すべてにどこか嘘がある、と思った。ヘンリエッタはわたしが会いに行ったときアンナのことで嘘をついた。それは絶対にたしかだ。そしてアンナが嘘つきであることは、あのコペンハーゲン旅行でわたしは骨身に沁みて知っている。そのあとも彼女には嘘をつかれたことがある。でもわたしは彼女のことをよく知っているので、逆に彼女が本当のことを言うときもまたわかる。父親をマルメで見かけたと言ったとき、少なくとも父親だと思うと言ったとき、彼女は本気だった。でも、それだけではなかったのだ。わたしになにか隠していることがあるのだ。それはなにか？　彼女がわたしに隠していることが、きっと最大の嘘なのだ。

携帯電話がポケットの中で鳴りはじめた。すぐに父親だと思った。まだ怒っているのかもしれない。父の怒りに対峙するために、電話に出た。だが父の声はただ疲労のにじんだ、緊張した声だった。父にはいろんな声があるのだ、とリンダはあらためて思った。ほかのだれよりも声の表情が変わる人だ。

「いまどこにいる？」

「アンナのアパートよ」

彼はしばらく無言だった。まだ森の中にいるのだとわかる。背景から人声が高くなったり低くなったりして聞こえる。無線電話で交信する声、遠くから犬の鳴き声が伝わってくる。

「おまえはそこでなにをしているんだ？」

「わたし、前よりもっと怖くなった」

彼の反応にリンダは驚いた。

「わかるよ。だから電話しているんだ。そっちへ行く」

「どこへ？」

「おまえのいるところだよ。アンナのアパートか？　おまえの話をくわしく聞こう。おまえが心配するようなことはなにもないにちがいないが、ちゃんと話を聞こう」

「どうして心配するようなことはないと言えるの？　アンナがいなくなったことは不自然なことよ。初めからそう言ってたでしょ。わたしの心配がわからないのなら、わたしが怖くなったというのがわかるはずがないわ。それに、おかしなことがもう一つ。ここの電話がちょっと前に通話中だったの。でも、彼女はここにいない。だれかがここにいたにちがいないの。それは絶対にたしか」

「そっちに行って、話をぜんぶ聞こう。住所を教えてくれ」

リンダはアンナの住所を言った。

「そっちは？」こんどはリンダが訊いた。

「おれはこんな事件にいままで一度も出くわしたことがない」

「体のほかの部分は見つかったの？」

「いや。なんの発見もない。なにより、ここでなにがあったかを説明するものが一つも見つからないんだ。それじゃ、そっちに着いたらクラクションを鳴らすよ」

リンダは口をすすいだ。口中の臭いを消すために、アンナの歯ブラシを借りて歯を磨き、廊下に出ようとしたとき、バスルームの壁にかけてある棚が目に入った。誘惑に勝てず、棚の扉を開けてみると、意外なものが目に入った。こんなものがあるなんて、日記帳に劣らずおかしいわ、とリンダは思った。

アンナはいつも喉元に広がる湿疹《しっしん》に悩まされていた。ついこの間も、セブランと三人で他愛もない夢の旅行の話をしていたとき、アンナは旅行に携帯するものとして、まず湿疹に唯一効き目のある軟膏《なんこう》を洗面道具入れに入れると言ったばかりだった。リンダはそのときのアンナの言葉を思い出した。いつも一個だけ買うのよ。できるだけ新しいものを使いたいから。

なくてはならないその軟膏がいま薬や歯ブラシなどといっしょに目の前の棚の中にある。アンナは歯ブラシにうるさい。目の前の棚には十九本の歯ブラシがあって、そのうち十一本が未使用のものだ。そしてそれらといっしょに軟膏のチューブがあった。これなしにアンナが三日も留守にするわけがない。少なくとも自由意志では。この軟膏も日記帳も、彼女が忘れるはずのないものだ。鏡張りの棚の扉を閉めると、バスルームを出た。いったいなにが起きたのだろう？　アンナが無理やりに連れて行かれた痕跡はない。少なくともこのアパートには。もちろん、路上とか、別の場所から連れ去られたという可能性はある。あるいは車に轢《ひ》かれたとか、車に無理やり連れ込まれたとか？

リンダは窓辺に立って、父親が来るのを待った。全身に疲れを感じた。目に見えない制服が肌に食い込むような気がした。なんだかだまされたような気がする。警察学校でこのようなケースにどう対処したらいいか教わっただろうか？　現実世界へのドアが開かれる際に、警察官の卵に対してそもそもどんな準備をしたらいいかなど、教えられるものだろうか？　一瞬、まだ身につけてもいない制服を脱ぎ捨てたくなった。警察官になる決心をしたことをいま自分は後悔するべきなのかもしれない。すぐにもなにか別の目標をもつべきではないか？　自分はこれに適していない。自分には力がない。

警察官になるということは、ドアを開けたらそこに白髪頭の女の首と指を絡めた両手が置いてある状況にいつでも対峙する用意があるということだとは、だれも言ってくれなかった。腹の中のものを吐ききってしまったいま、あの光景を思い出してももはや吐き気は催さなかった。

そう、両手は指を組まれていた。祈るような形に。そのままの形で両手が手首から断ち切られていたのだ。その前の瞬間になにがあったのだろう？　見えない斧が打ち下ろされた瞬間に。ビルギッタ・メドベリは最後の瞬間になにを見たのだろう？　いや、それとも彼女はありがたくも、なにが起きるかを見る前に殺されたのだろうか？　リンダは風に揺れる街灯を見つめながら考えた。あの小屋の中の惨劇が想像できるような気がした。祈るように指を組んだ両手。だがその祈りは斧を持った無慈悲な軍人さながらの、聖書を読むと思われる人間によって断たれてしまった。ビルギッタ・メドベリはなにが起きようとしているか知っていたにちがいない。それで許しを請うたにちがいない。

暗い路地にヘッドライトが差し込んできた。父親がやってきた。車を降りると、あたりを見回し、まもなく手を振っているリンダの姿を見つけた。リンダは鍵束を下に放り投げた。建物の入り口のドアを開けて、父親の重い足音が階段を上がってきた。ほかの住人を起こしてしまう、と彼女は思った。父は怒れる歩兵小隊のように人生を軍靴の音を響かせて進んできた人間だ。部屋に入ってきたクルト・ヴァランダーは汗をにじませ、疲れきっていた。目がしょぼしょぼしている。服はぐっしょりと濡れていた。

「なにか食うものはあるか？」玄関に入り、長靴を脱ぎながら訊いた。

「ええ」

「タオルもあるかな？」

「バスルームはあそこよ。棚の下のほうにタオルがあるわ」

　バスルームから出てきたヴァランダーは、下着のシャツとブリーフ姿で、そのままキッチンテーブルについた。濡れた服と靴下は、バスルームの暖房の上にかけてきた。リンダはアンナの冷蔵庫の中にあったものをテーブルに出した。父はいつも黙って食事をする。小さいころ、家では朝の食卓でしゃべったりうるさくすることは、ほとんど罪深いことと見なされた。モナは食事のとき口をきかない夫に耐えられないようで、いっしょには食べずに、夫が出かけてから、食事をとるほどだった。だが、リンダはいつも黙って父親といっしょに朝食を食べた。ときどき父親は読んでいた新聞——それはたいていイースタ・アレハンダ紙だったが——を下げて、彼女に目配せしてきたものだ。朝の静寂は神聖なものだった。

　ヴァランダーはサンドウィッチを一口食べ、そのまま話しだした。

「おれはもちろんおまえを現場に連れて行くべきではなかった。まったく無責任と言われてもしかたがないことだ。おまえはあの小屋の中にあったものを見る必要などまったくなかったのだ」

「捜査の進み具合はどう?」

「足跡もないし、なにが起きたかを示す手がかりも見つからない」

「頭と両手以外の部分は見つかったの?」

「いや、それもまだだ。警察犬もなにも見つけていない。ビルギッタ・メドベリがあのあたりの小道の地図を作っていたということはわかっている。きっとあの小屋を偶然に見つけたのだろう。あの中にだれかいたのだろうか? なぜ首と手だけが切り落とされ、他の部分はあそこにないのだ?」

サンドウィッチを食べ終わると、もう一枚のパンにバターを塗り、半分食べた。

「さて、アンナ・ヴェスティンの話をしてもらおうか。おまえの友だちだな。なにをしているんだ? 学生か? どの科目の?」

「医学よ。前に話したでしょう?」

「おれは記憶に自信がなくなってきたんだ。とにかく、おまえは彼女と会う約束をしていたわけだ。ここでか?」

「ええ」

「しかし彼女は家にいなかった?」

「ええ」

「会う場所や時間に間違いはないんだな?」

「ええ」

「彼女はいつも時間厳守か?」

「ええ、例外なく」

「アンナの父親の話をもう一度してくれ。二十四年前から姿を消したまま、まったく連絡がなかった? だが、アンナはマルメの町で窓ガラス越しに父親を見たというんだな?」

リンダはできるかぎりくわしく知っていることを話した。話が終わると、ヴァランダーはしばらく黙っていた。

「行方不明だった人間が突然現れたかと思うと、こんどはそいつを見つけた人間が行方不明になる。一人現れ、一人いなくなったというわけだ」

ヴァランダーは首を振った。リンダは日記と湿疹用の薬の話をした。そして最後に、アンナの母親ヘンリエッタを訪ねていったときのことを話した。父が真剣に耳を傾けているのがわかった。

「なぜおまえは母親が嘘をついていると思うんだ?」

「もし本当にアンナがたびたび父親を見かけていたのなら、必ずわたしに話したはずだから」

「なぜそう言える?」

「わたし、彼女をよく知っていたから」

「人は変わるものさ。それに、人は相手のぜんぶを知るなんてことはできない。知っているのは部分にすぎない」

「この場合もそうだって言うの?」

「ああ、おまえもそうだし、おれだってそうだ。おまえの母親だってそう、アンナだってそうだ。それだけじゃない。まったくわからない、ほかの人間には理解できない相手だっているものだ。おやじはそういう人間のいい例だよ」

「わたしはおじいさんのこと、知っていたわ」

「いいや、そんなことはない」

「パパとおじいさんがそうだったからといって、わたしもそうだったとはかぎらないでしょ。それにいま話しているのはアンナのことよ」

「おまえは行方不明の届けを出さなかったらしいな」

「ええ、パパの言うとおりにしたわ」

「今回ばかりは、ってところだな」

「やめてよ」

「その日記帳というのを見せてもらおうか」

リンダは日記帳を持ってきて、アンナがビルギッタ・メドベリについて書いているページを開いた。

「おまえはアンナからビルギッタ・メドベリという名前を聞いたことがあるのか?」

「いいえ、一度も」

「ヘンリエッタには、アンナからビルギッタ・メドベリという名前を聞いたことがあるかどうか、訊いたか?」

「わたしがヘンリエッタに会ったのは、ビルギッタ・メドベリという名前をアンナの日記に見つける前だったわ」

ヴァランダーは立ち上がるとジャケットのポケットからメモ帳を出して書き込んだ。

「明日、だれかにヘンリエッタのところへ行って訊いてもらう」

「わたしが行ってもいいわ」

ヴァランダーはまた腰を下ろした。

「いや、だめだ」と彼はぴしゃりと言った。「おまえはだめだ。おまえはまだ警察官ではない。スヴァルトマンかほかの者に行ってもらう。おまえは勝手に動くんじゃない」

「どうしてそんなに怒った口をきくの？」

「おれは怒っているわけではない。疲れているだけだ。それに不安でしかたがないのもある。あの小屋でいったいなにが起こったのか、皆目見当がつかない。ただとんでもないことが起きたということしかわからない。また、これがことの始まりなのか、それとも終わりなのかもわからない」

ヴァランダーは時計を見て立ち上がった。

「また現場に戻らなければ」

彼は迷いがあるらしく床に立ったまま動かない。

「これが偶然だとは思いたくないのだ。ビルギッタ・メドベリは偶然にもお菓子の家で魔法使いのおばあさんに会ったのだとは思いたくない。間違ったドアを叩いてしまったからこんな結果になったのだとも思いたくない。スウェーデンの森には化け物は住んでいない。森の小人《トロル》だって想像上の作りものだ。ビルギッタ・メドベリはチョウの蒐集だけしてればよかったんだ」

ヴァランダーはバスルームに行って服を着た。リンダはその後ろからついていった。いま父はなんと言った？　バスルームのドアが斜に開いていた。

「いまなんと言ったの？」

「スウェーデンの森に化け物はいないということか？」

「そのあと」

「べつになにも言ってないが」

「化け物とかトロルのことを言ったあとよ。最後にビルギッタ・メドベリがなんとか、と言ったでしょ」

「チョウの蒐集だけしてればよかったんだってことかい？　昔の巡礼の歩いた小道など探さずに」

「どうしてチョウって言ったの？」

「アン＝ブリットがビルギッタ・メドベリの娘のヴァンニャと話をしたんだ。母親が死んだことを教えるために。そのとき、ヴァンニャは母親が膨大なチョウの蒐集をしていた話をしたそうだ。それをメドベリはヴァンニャと孫娘二人のアパートを購入する資金を作るためにぜんぶ売ったんだそうだ。ヴァンニャは母親が死んだと聞いて、良心の呵責《かしやく》を感じているらしい。母親にチョウを売らせたのは自分で、母親にはそのためにずいぶん寂しい思いをさせたというんだ。突然身内が死んだりすると、人は思いがけない行動をとるものだ。おれ自身、おやじが死んだとき、そうだった。おやじがよく右と左ちがう色のソックスを履いていたことを思うだけで涙が出てくる始末だった」

リンダの顔色が変わっていた。ヴァランダーはすぐにそれに気づいた。

「なんだ?」

「来て」

二人はアンナの居間へ行った。リンダは明かりをつけて、なにもない壁を指差した。

「なにか彼女のいたときと変わっているものがないか、見てまわったの。それは話したわね。でも、このことを忘れていたわ」

「なんだ?」

「ここに小さな絵がかけてあったの。ううん、絵じゃない、ガラスの額縁の小さな箱。中にチョウがピンで留めてあった。それはたしかよ。アンナがいなくなった翌々日、それがこの壁から消えていたのよ」

ヴァランダーは眉を寄せた。

「たしかか?」

「ええ」とリンダはうなずいた。「そのチョウが青い色だったことまではっきり覚えているわ」

18

その晩リンダは、青いチョウこそ、父を振り向かせるのに必要なことだったのだと考えた。自分が子どもではなく、未経験な警察官実習生でもなく、一人の判断力と観察力のある大人であることがやっと父にわかったのだ。ようやく単に自分の娘にすぎないという彼の思い込みに穴をあけることができたのだ。

それからはすべてが迅速に進んだ。ヴァランダーは青いチョウの入った額がなくなったのとアンナが消えた時期が同じかとあらためて訊いた。リンダにためらいはなかった。リンダは警察学校の寮で寮生たちと毎晩記憶力コンペをして遊んだことを思い出した。リリアンはフィンランドの自動車工業の町アルヴィズヤウル出身で、スノースクーターがないという理由でストックホルムが大嫌いになった娘。ルンド出身のユリアがもう一人の相手だった。互いの記憶力と観察力を競い合うゲームをした。盆の上に二十個のさまざまな物を置いて十五秒観察時間を与える。そのあとその中から一個を取って隠し、なくなった物を当てさせる。リンダはいつもこのゲームに勝った。中でも、十九個の物が並べられた盆を十秒間だけ観察時間が与えられてふたたび盆を見せられたときになくなっていたのが書類止めのピンだと言い当てたときは、相手二人は盛大な拍手を送ってくれたものだ。このとき以来、彼女は仲間内で観察力の女王と呼ばれていた。

リンダには確信があった。額縁入りの青いチョウはアンナがいなくなった日か翌日になくなったのはたしかだった。それを聞いて父親は動きだした。事件現場の森へ電話してアン＝ブリットを呼び出し、こっちに来るように言った。現場でなにか新事実が見つかったかと訊いた。電話からニーベリがみがみと怒っている声、マーティンソンがくしゃみをするのが聞こえた。電話機を通してバイ菌がこっちまで伝わってきそうだ。そしてその後からイースタ署長のリーサ・ホルゲソン自らが現場で指揮を執っている声が伝わってきた。ヴァランダーは携帯電話をテーブルの上に置いた。

「アン＝ブリットにこっちに来てもらう。おれはもう疲労困憊状態だ。自分の判断に自信がない。おまえは重要なことはもうすべて話したか？」

「ええ、そう思う」

ヴァランダーは首を振りながら言った。

「おれはまだ、あんなことが起きたとは信じられない。これは万に一つも起きることではないだろう。あり得ないことが起きたという思いだ」

「でも、パパはついこの間、予期せぬことが起き得るのだ、いつでも対処できるように準備しておけと言ってたわ」

「おれはときどきわけのわからないことを言う」とヴァランダーは考え込んだ。「コーヒーはないかな、この家には？」

コーヒーができたころ、アン＝ブリット・フーグルンドが通りからクラクションを鳴らす音が聞こえた。

「アン＝ブリットは運転が乱暴なんだ。子どもが二人いるのに。鍵を下に放り投げてくれ」

アン＝ブリット・フーグルンドは片手で鍵を受け止めると、まもなく上がってきた。リンダはその時点でもまだ、アン＝ブリットが自分のほうを見ないようにしていると感じた。彼女の片方のソックスに穴があいている。でも化粧はばっちり。それもかなり濃い。そんな時間、どこにあるのかしら？　それとも化粧を落とさないで寝るのか？

「コーヒー飲みますか？」

「ええ、ありがとう」

リンダは父親が説明すると思ったのだが、リンダがコーヒーをいれたカップを持ってアン＝ブリット・フーグルンドの前に座ると、父親が話を促すようにうなずいた。

「直接本人が話すほうがいい。細部まですべて話してくれ。時系列に従って説明しろ」

リンダは思い出せることをすべて話した。アン＝ブリットはよい聞き手だ。アンナの日記帳を持ってきて、ビルギッタ・メドベリの名前が書かれているページを開いてみせた。父親はリンダが青いチョウのことを話したとき初めて口を出した。リンダがいま説明したことをもって、犯罪捜査を始めてもよいと認めたようにも見えた。彼はソファから立ち上がると、居間へ行き、額縁がなくなっている壁の部分を叩いた。

「ここで二つの、いや三つのことがつながる。まずアンナの日記にビルギッタ・メドベリの名前が登場する。少なくとも手紙を一通、アンナはメドベリから受けとっている。それからアンナとメドベリにはチョウという共通の関心がある。それがどんな意味をもつのか、われわれにはまだわからないが。そして三番目がもっとも重要なのだが、二人とも姿を消していることだ」

部屋の中が静まり返った。外の通りで酔っぱらいが大声を出していた。ポーランド語かロシア語で話している。

「この話、すべてがおかしいわ。アンナをいちばんよく知っているのはだれ？」アン＝ブリットが言った。

「わかりません」

「ボーイフレンドはいないの？」

「ええ、いまはいないと言っていました」

「ということは、前はいた？」

「いたっておかしくないでしょう。アンナの母親のヘンリエッタの話からそうじゃないかと推測できます」

アン＝ブリットは髪の毛の中に手を入れて掻き上げ、あくびをした。

「アンナが見たと言っている父親のことは、どれだけ信憑性があるの？　それにそもそもなぜ彼はいなくなったの？　なにかしでかしたから？」

「ヘンリエッタは、彼は逃げたのだと言ってました」

「なにから?」

「責任から」

「でも、いま彼は戻ってきた? そしてこんどはアンナがいなくなった? そしてビルギッタ・メドベリは殺されたってわけ?」

「いや、ちがう」ヴァランダーが口を出した。「殺されたというだけじゃ足りない。起きたことを言い表せていない。メドベリは残酷に始末されたんだ。祈るように指が組み合わされた両手は切断され、頭は切り落とされ、ほかの体の部分は煙のように消えている。あの小屋はまるで子どものおとぎ話に出てくるお菓子の家のようだ。ランネスホルムの深い森の奥の谷間に隠れるようにその小屋はあった。マーティンソンはターデマン夫妻を叩き起こした。株のブローカーだというターデマン氏は、ぐでんぐでんに酔っぱらって寝ていたそうだ。興味深いことだな。アニタ・ターデマンはリンダとおれが昼間会っているのだが、夫に比べれば、ずっと話しやすかったそうだ。これはすべてマーティンソン情報だ。城のまわり、その周囲の道や小道で見慣れない人物に会ったことはない、小屋の存在などだれも知らなかったとターデマン氏は言っているそうだ。ターデマン夫人は夜中にもかかわらず、よく森に狩猟に来る男に電話をかけて訊いたそうだ。男は小屋のことを知らなかった。それだけじゃない。谷間というか地面の割れ目のこともまったくどこかわからないと言っているそうだ。つまり、あの小屋にいたのがだれであれ、身を隠す術《すべ》に精通していたということだ。しかもそれほど人里から離れていないところでだ。これは注目に値するとおれは思う。隠れてはいるのだが、近くにいるということだ」

「なにの近くに？」リンダが訊いた。

「わからない」

「アンナの母親から始めましょう」アン＝ブリットが言った。「いますぐ行って、起こしますか？」

「いや、明日の朝でいい」少し迷ってからヴァランダーが答えた。「いまわれわれは森の中の小屋のことで手一杯だからな」

リンダは頬が真っ赤になるのがわかった。怒りが声に出た。

「わたしたちが動かない間にアンナになにかあったらどうするの？」

「真夜中におれたちが行って起こしたために、母親が大事なことを言い忘れたりしたらどうする？　夜中に叩き起こされたらだれでも驚いて正常に反応できなくなるからな」

そう言ってヴァランダーは立ち上がった。

「いま話したとおりだ。家に帰って、いったん眠ろう。だが、明日の朝、おまえもアンナの母親のところにいっしょに行くんだ」

ヴァランダーとアン＝ブリットは、雨合羽《がっぱ》をはおり雨靴を履いてアンナのアパートを出て行った。リンダは窓から二人を見下ろした。風が強くなっている。東からも南からも吹いている。リンダはコーヒーカップを洗いながら、自分も眠るべきだと思った。だが、どうして眠れるというのだ？　アンナはいなくなったままだ。ヘンリエッタは嘘をついている。そして日記帳には殺されたビルギッタ・メドベリの名前がある。リンダはふたたびアパートの中を探しはじめた。ビルギッタからの手紙。なぜ見つけることができないのか？

今回は徹底的に探すことにした。絵の額縁を壁から外し、裏側を見た。本棚を壁際から離して、壁に、本棚の裏になにか貼られていないかチェックしようとしたとき、ドアベルが鳴った。すでに夜中の一時過ぎだ。こんな時間にだれが？　ドアを開けるとそこにぶ厚い眼鏡をかけた男が立っていた。茶色のナイトガウンに足にはピンクのよれよれのスリッパを履いている。アウグスト・ブローグレンと名乗った。

「真夜中にこんなに大きな音を出して、どうしたんですか？」怒った声で言った。「ヴェスティンさん、説明してください」

「すみません。もうやめます」

アウグスト・ブローグレンと名乗った男は一歩前に足を踏み出した。

「あんたはヴェスティンさんじゃないね。ヴェスティンさんの声じゃない。あんた、だれだ？」

「友だちです」

「目が悪いと人の声に敏感になる。ヴェスティンさんの声は柔らかい。あんたの声は硬くて、しかもしゃがれている。柔らかいパンと乾パンほどのちがいだ。わかるかね？」

男は手すりに手を伸ばして、廊下を伝って帰っていった。リンダはアンナの声を思い出し、内心男の言うとおりだと思った。ドアを閉めると帰る用意を始めた。急に胸がいっぱいになった。泣きたい気分だった。アンナはもういないのだ。しかしすぐにそれを打ち消した。そんなふうに考えてはいけない、これからずっとアンナがいないなんて。車のキーをテーブルの上に置くと、ドアを閉め、ひとけのない町を歩いて帰った。自分のベッドに横たわると、毛布にくるまり、眠りに落ちた。

ぎくっとして目が覚めた。目覚まし時計の針が暗闇で光っている。三時十五分前。まだ一時間ほどしか眠っていない。なんで目が覚めたのだろう？　起き上がって父親の寝室へ行った。ベッドは空っぽだった。彼女は居間へ行って腰を下ろした。なぜ目を覚ましたのか？　なにか夢を見ていた。迫りくる危険、真っ暗い中、なにかが近づいてきた。上からだ。目に見えない鳥、音もなく彼女の頭に向かってくちばしから急降下してくる鳥。剃刀の刃のように鋭いくちばし。そうだ。それで目が覚めたのだ。

少ししか眠っていなかったのだが、頭が冴えていた。あの森でなにが起きたのだろう。目の前に投光機の光がまぶしく光った。谷間を行ったり来たりする警察官たちの影、電灯に集まる虫、ジーっという音を出して焼け死ぬ小虫。わたしが目を覚ましたのは、きっと眠っている時間などないという焦りからだ。アンナがわたしの名を呼んだのか？　彼女は耳を澄ました。声は聞こえない。鳥の夢を見ていたときに呼ばれたような気がする。もしかして、鳥が猛スピードでくちばしから急降下した先はわたしの頭ではなくアンナの頭だったのか？　リンダは時計を見た。三時三分前。アンナはたしかに叫んだのだ。そう思った瞬間、彼女は決心した。靴を履き、ジャケットをはおって階段を走り下りた。

車のキーはさっき置いたとおり、アンナのアパートのテーブルの上にあった。部屋の合鍵を持ち、車を発進させて町をあとにした。すでに時間は三時二十分になっていた。北に向かって走り、ヘンリエッタの家の窓からは見えない、少し下がった湿地に車を停めた。車を降りて、耳を澄まし、それから静かに車のドアを閉めた。夜気が冷たかった。ジャケットでぴったりと体をくるみ、懐中電灯を持ってこなかったことを後悔しながら歩きだした。車から数歩離れてからあたりを見回した。真っ暗だった。遠くにイースタの町の明かりが見える。夜空には星もなく、風があいかわらず冷たく吹いていた。

ぬかるみを静かに、転ばないように歩きだした。なぜここに来たのか、自分でもわからなかった。しかしいまは、アンナに名前を呼ばれたと確信していた。名前を呼んでいる友だちを見捨てることはできない。リンダはまた立ち止まり、耳を澄ました。遠くで夜鳥が啼いているのが聞こえる。そのまま歩き続けて、道がヘンリエッタの家の裏側に出るところまで来た。三つの窓に明かりがともっている。あれは居間だ。ヘンリエッタは起きているのかもしれない。いや、電気をつけたまま眠っているのかもしれない。

リンダは暗闇恐怖症である自分のことを思い、顔をしかめた。両親は別れる前の数年間、よくケンカをした。そのころからリンダは明かりがついていないと眠れなくなった。電気が一つついていれば、安心だった。暗闇恐怖症から抜け出すのに何年もかかった。それが、なにか怖いことがあると、いまでもときどき戻ってくるのだ。

ヘンリエッタの家に向かって歩きだした。錆びた庭道具のまわりを大きくまわって、裏庭に近づいた。足を止めて耳を澄ました。ヘンリエッタはこんな時間まで起きていて、作曲しているのだろうか? 垣根まで行き、飛び越えた。犬がいるはず。ヘンリエッタが犬を飼っていることを思い出した。もし犬が吠えたらどうする? なぜわたしはこんな時間こんなところにいるのだ? あと数時間で父親とアン＝ブリットといっしょにわたしもここに来ることになっているというのに? わたし一人でなにを見つけようというのだ? だが、なにかを見つけるためにわたしはここに来ているわけではない。アンナが夢の中でわたしの名前を呼んだ。それでわたしはここに来ているのだ。

リンダはそっと家の壁に近づいたが、突然足を止めた。人声が聞こえたのだ。どこから聞こえるのか、最初はわからなかったが、すぐに窓の一つが少し開いていることに気がついた。アンナの声は柔らかい、とアパートの下の階の男が言っていたっけ。だが聞こえてくる声はアンナのではなく、ヘンリエッタの声だった。ヘンリエッタと男の声。リンダは耳を澄ました。斜《はす》に開いている窓に近づくと、中が少し見えた。ヘンリエッタはいすに腰掛けていて、顔半分をソファに座っている男のほうに向けている。ソファは窓に背を向けておいてある。リンダはもっと近づいた。男の話は聞き取れない。ヘンリエッタは作曲について話している。十二のヴァイオリンと一つのチェロ、最後の洗礼、使徒の音楽。リンダにはヘンリエッタの言葉の意味がわからなかった。とにかく音を立てないように気をつけた。家の中のどこかに犬がいるはず。ヘンリエッタが話をしている相手はだれだろう？　なぜ、夜中に？

突然、ヘンリエッタが顔を動かし、リンダが覗き見していた窓のほうに目を移した。リンダはのけぞった。ヘンリエッタの視線が彼女を射た。わたしのことが見えたのか？　見えるはずがない。だが、ヘンリエッタの視線のなにかがリンダを恐れさせた。リンダは後ろを向き、走りだしたが、庭の井戸の石台につまずいてしまった。犬が吠えだした。

リンダはもと来た道を駆けだした。つまずいて倒れた。顔を木の枝で引っ掻かれてまた転んだ。かなり離れた後ろで玄関ドアが開く音がした瞬間、彼女は垣根を越えて森の中に飛び込んだ。自分の車に向かって走りだしたのだが、どこかで小道を間違って曲がってしまったらしく、突然あたりに見覚えがないことに気がついた。足を止め、荒い呼吸をしながら、耳を澄ました。ヘンリエッタは犬を放しはしなかった。もし放していたら、とっくに見つけられているはずだ。暗闇に耳を澄ました。だれもいない。それでも恐怖が募り、体ががくがく震えた。ゆっくりともと来た道を戻り、車を停めた湿地の中の小道に入るところまで来た。だがそこでもまた彼女は道を間違えてしまった。暗闇を恐れるあまり、影が木になり、木が影となって彼女を惑わせたのだ。またなにかにつまずき、転んでしまった。

立ち上がろうとしたとき、左足に強烈な痛みが走った。まるでナイフで引き裂かれたような痛みだった。悲鳴をあげ、痛みから逃げ出そうとしたが、足が動かなかった。まるで動物に噛みつかれたように、足がまったく動かないのだ。だがその動物は息をしていない。まったく動きがない。音も立てない。リンダは痛む足のほうへ手をそろそろと動かした。冷たいものが手に触った。金属製のものだ。そして鎖も。わかった。動物の仕掛け罠にはまってしまったのだ。手が血で濡れた。リンダは悲鳴を上げ続けた。だが、その悲鳴はだれの耳にも届かず、だれも来てはくれなかった。

19

以前、リンダは自分が死ぬ夢を見たことがあった。寒い冬の夜、一人きりで。だれもいない森の中にある湖で、月の光に照らされてスケートで滑っていた。突然転んで足の骨を折った。声をかぎりに人を呼んだが、だれも来なかった。氷の上で死ぬことになる、そして心臓が止まった瞬間、目を覚ました。

罠にはまった足を外そうとしながら彼女の頭に浮かんだのはこのことだった。

できれば父親には電話をかけたくなかった。だが鉄の爪はどうしても動かすことができなかった。電話を取り出して父親の番号を押した。そしていまいる場所と、助けがほしいということを伝えた。

「なにが起きたのだ?」

「動物の仕掛け罠に足がはまってしまったの」

「なに?　もう一度言ってくれ」

「いま足に金属製の爪のようなものが食い込んでいるのよ!」

「わかった。すぐに行く」

リンダは待った。体が冷えてきて、ずいぶん時間がかかるものだと思いはじめたとき、車のライトが見えた。車はヘンリエッタの家の前で停まった。リンダが声をあげて呼んだ。ドアの音、犬の吠える声が聞こえた。人影が暗闇の中をこっちに向かってくる。懐中電灯の明かりが道を照らしている。父親、ヘンリエッタ、そして犬。もう一人いるようだが、影になっていて見えなかった。

「これは古いキツネ捕りの罠じゃないか。だれがこんなものを仕掛けたんだ？」

「わたしじゃないわ」ヘンリエッタが言った。「ここの地主じゃないの？」

「そいつと話さなくちゃならん」と言って、ヴァランダーはキツネ捕りの罠を壊した。

「よし、すぐに病院に行こう」

リンダはゆっくり体を起こし、足を地面につけて立ってみた。痛みはあったが、体重をかけることはできた。そのとき父親の陰にいた人間が出てきた。

「おまえがまだ会っていない、新しい同僚だ。ステファン・リンドマン、二週間ほど前にイースタ署に転勤してきたのだ」

リンダはその男を見た。懐中電灯で照らされた顔を見るなり、リンダはひとめで気に入った。

「リンダ、こんなところでなにをしていたの？」ヘンリエッタが訊いた。

「それは私が説明しましょう」ステファン・リンドマンがヴァランダー親子を促して立ち去らせながら言った。

リンダの耳に方言を話す彼の声が残った。どこから来た人だろう？　ヴァルムランドかしら？　イースタへ向かう車の中で、彼女は父親に訊いた。

「ヴェストユーテ地方から来た男だ。ああいう発音なんだ。おかしな方言だな。こっちの人間には馴染みがないから、あいつもあまり溶け込めないかもしれない。ヴェストユーテ、ウストユーテ、そしてゴットランド出身者は、方言のために苦労する。好意的に受け止められるのはノルボッテンの方言を話す者たちだそうだ。なぜかはわからないが」

「あの人、わたしがあの暗がりでなにをしていたか、どうやって説明するつもりかしら?」

「それはなんとでも説明がつくだろうよ。だが、おれはおまえがあんなところでなにをしていたのか、訊かなければならん」

「アンナの夢を見たの」

「アンナの? どんな夢だ?」

「アンナがわたしを呼んだのよ。それで目が覚めた。だからヘンリエッタの家へ行ったの。どうしていいかわからなかったから。窓からヘンリエッタが見えたわ。そしてもう一人、男の人がいた。そのときヘンリエッタの目がわたしをまっすぐに見たの。わたしはびっくりして森へ逃げ、そこで罠に足がはまってしまったというわけ」

「まあ、これで、おまえが夜中に一人で捜査を始めたわけではないことはわかった」

「アンナのこと、本当にとんでもないことが起きたのだとまだわからないの? アンナは本当にいなくなっているのよ!」

「ああ、わかるよ。おまえの言うことも、アンナがいなくなったことも、おまえのやり方もおれのやり方も、すべて真剣に受け止めている。チョウのことではっきりわかった」

「それで、これから警察はどう動くの？」

「やるべきことはすべてやる。一つの抜かりもなく調べ上げ、情報を集める。最初は単に観察対象だったものが、しだいにもう少し積極的な捜査の対象になり、いまではそれは大きな狩りになっている。全力投入する。だがいまはおまえの足を診てもらうのが最優先だ」

足の診察と手当てに一時間かかった。病院を出ようとしたとき、ステファン・リンドマンがやってきた。髪は短く、目は青いとわかった。

「きみは暗いところではあまりよく見えないのだと説明しておいたよ」と笑顔で言った。「暗闇をうろついていたことの説明としてはそれで足りるはずだからね。向こうもなにも言わなかった」

「家の中に男の人が一人いたわ」

「ヘンリエッタ・ヴェスティンは、芝居につける音楽を作曲してくれと男が訪ねてきたと言っている。本当のことを言っているようだった」

リンダはジャケットをはおった。父親にさっき怒鳴ったことが気になった。自分の弱みを見せてしまったと思った。これからは絶対に怒鳴らないこと、いつでも自分をコントロールすること、と心に誓った。自分が愚かだったのだ。これからはほかの人間の愚かな点に注意力を向けるほうがいい。とにかく、いまアンナがいなくなったことを父親がようやく真剣に受け止めたのだと思うと、ほっとした。自分の勝手な想像や思い込みではないのだ。青いチョウのことで父親が自分の言葉を信じてくれた。代償は罠にはまった足の痛みだが、そんなことはこの際どうでもいい。

「ステファンがおまえを家まで車で送ってくれる。おれは現場に戻らなければならん」

リンダはトイレに行き、身なりを整えた。ステファン・リンドマンは廊下で待っていた。黒い革のジャケット姿で、片頬にひげの剃り残しがあった。リンダはそれがいやだった。ひげの剃り残しは好きではない。ちゃんと剃ってあるほうの側を歩くことにした。

「どう、足は？」

「どうって？」

「痛いだろうね。ぼくはよく知っている」

「え？」

「痛みのこと」

「クマを捕獲する罠に足を踏み入れたことがあるとでも？」

「いや、さっきのはキツネ用の罠だったよ。いや、ぼくは罠に足を踏み入れたことはないけど」

「ふん。それじゃ、痛みがどんなものかなんて、わかるはずないじゃない」

彼はドアを開けて、リンダを先に通した。彼女はまだ腹を立てていた。剃っていないほうの頬までいまいましかった。会話は途切れた。ステファン・リンドマンは口数の少ない男らしかった。警察学校にもおしゃべりなタイプと口数の少ないタイプがいた。なんでも笑い飛ばすタイプと、黙ってすべてを吸収するタイプもいた。でもたいていは、黙っていることができない、おしゃべりなタイプに属していたものだ。

二人は病院の裏口から外に出た。ステファンは錆びたフォードを指差して自分の車だと言った。車に乗り込もうとしたとき、救急車の運転士がやってきて、救急搬送用の入り口に車を停めて救急車の乗り入れを妨げるとは、どういう了見だと文句を言った。

「怪我をした警察官を迎えにきただけだ」と言って、ステファンは彼女を指した。

救急車運転士はうなずいて立ち去った。リンダはまた目に見えない制服を身につけているような気がした。車に乗り、助手席に座った。

「マリアガータン、ときみのお父さんは言っていたけど、どこかな?」

リンダは道を説明した。車の中が強く臭った。

「塗料だ。クニップアルプにある家をいま改修中なんだ」

マリアガータンに入った。リンダがアパートの建物を指差すと、ステファンは車を停め、反対側にまわって車のドアを開けた。

「それじゃまた。ぼくはガンを患《わずら》ったことがあるんだ。だから痛みというものをよく知っている。腫瘍であれ、キツネの罠であれ」

リンダは車が見えなくなるまで見送った。ステファンの苗字が思い出せなかった。

部屋に入り、疲れがどっと出た。ソファに体を横たえようとしたとき、電話が鳴った。父親からだった。

「おまえを家まで送ったと報告があった」

「彼、なんという名前?」

「ステファン」

「苗字は？」

「リンドマン。ボロース出身だと聞いている。いや、シュヴデだったかな。とにかくおまえはもう休みなさい」

「ヘンリエッタがなんと言ったのか、知りたいわ。話したのでしょう？」

「いま、時間がない」

「時間つくってよ。大事な部分だけでも話して」

「ちょっと待て」

声が消えた。父親はイースタ署をいま出るところなのだろうとリンダは思った。ドアが閉まる音、電話の通信音、車のエンジンをかける音などが続いたあと、父親の声がした。急いでいるようだった。

「リンダ、まだそこにいるか？」

「ええ」

「短く言うぞ。おれは話し言葉が文章になるような機械がないものかとときどき思うことがある。ヘンリエッタはアンナがどこにいるか、本当にわからないと言っている。連絡はないし、彼女が鬱《うつ》状態だったとも思わないと。父親のことはなにも聞いていないが、町で父親のことを見かけたというのが口癖と言ってもいいほど、アンナはしょっちゅう父のことを話していたと言う。これはおまえの言葉と真っ向から対立するな。警察の手がかりになるようなことはなにも知らないと言っている。ビルギッタ・メドベリに関しては、名前さえ聞いたことがないそうだ。つまりなにも新しい情報はないということだ」

「彼女が嘘をついているってわかった?」

「なぜそう言う?」

「だってパパはいつも、話をすれば、その人間が嘘をついているかどうかすぐにわかると言っているじゃない?」

「おれは彼女が真実でないことを言っているようには思わなかった」

「彼女、嘘ついてるわ」

「もう時間がない。だが、おまえを送ったステファンが、ビルギッタ・メドベリとアンナの関係を集中的に調べることになっている。アンナについては全国に捜索手配をした。それ以上はいまのところできない」

「森の中のほうはどうなっているの?」

「もたついている。切るぞ、もう時間がない」

通話が切れた。リンダは一人でいたくなかったので、セブランに電話をかけた。運よく、セブランは息子をいとこの家に預けていて、退屈していた。すぐに行くと言ってくれた。

「食べ物を買ってきてくれる? わたし、すごくおなかが空いているの。広場にある中華の店でテイクアウトをお願い。回り道でしょうけど、あなたがいつか動物の罠にはまったときには、きっとわたしが食べ物を届けてあげるって約束するから」

食べ終わると、リンダはこれまでに起きたことをセブランに説明した。セブランはすでにラジオで体の一部発見の不気味なニュースを聞いていた。それでも、アンナがいなくなったとリンダがこんなに心配するのは大げさだと言った。

「もしあたしが嫌らしい男で、女の子を襲おうとしているとしたら、アンナだけは避けるよ。アンナが東洋の武術のクラスに通ってたってこと、知ってるでしょ？　なんて名前だったか忘れたけど、どんな技を使ってもいいんだってよ。殺す以外はね。アンナを襲ったら、どんなことになるか、ああ、こわっ」

リンダはアンナのことをセブランに話したことを後悔した。セブランはそれから一時間もリンダの家でしゃべって、ようやく息子を迎えに行った。

リンダはふたたび一人になった。痛みがかなり引いたので、足を引きずって寝室に行った。窓が少し開けてあった。カーテンがかすかに揺れている。いままで起きたことをすべて考えようと思った。とくになぜ自分が夜中にヘンリエッタの家に飛び出していったのか。だが、どうしても落ち着いて考えることができない。疲れのほうが大きかった。

ドアベルが鳴って、彼女は飛び起きた。初めは無視して寝ていようと思ったが、気持ちを変えて、足を引きずりながら玄関に出た。ステファン・リンドマンが立っていた。

「悪かったね。起こしたかな？」

「いいえ、眠っていなかったから」

そのとき玄関にかけてあった鏡が目に入った。髪の毛がぐしゃぐしゃだった。

「嘘。眠っていたわ。どうして寝てなかったなんて言ったのかしら。足も痛いのに」

「アンナ・ヴェスティンのアパートの鍵がほしいんだ。きみが持っているとお父さんから聞いた」

「いっしょに行くわ」

ステファンは驚いたようだった。

「きみは足が痛いんじゃないのか?」

「ええ、そうだけど。でも、あそこでなにをするつもり?」

「ちゃんと状況を把握したいんだ」

「アンナのことを知りたいのなら、わたしに訊いて」

「ぼくはまず自分の目で見たいんだ。それからきみと話そう」

リンダは玄関の棚にあった鍵を渡した。キーホルダーにエジプトのファラオの絵が描かれている。

「どこの出身?」

「シンナ」

「父はシュヴデかボロースって言ってたけど」

「ボロース署で働いていた。でもそろそろ勤務先を変える時期だと思った」

リンダはためらった。

「さっきガンのことを言ったでしょう？　あれ、どういうこと？」

「ぼくはガンに罹《かか》ってたんだ。それも舌ガン。診断によればかなり悪性のものだった。でも、ぼくはこうして生き延びて、もうすっかり元気になった」

ステファンはここで初めてリンダを正面から見た。

「わかると思うけど、ぼくは舌を切り取られなかった。取られていたら、こうして話せない。でも、髪の毛のほうはそうはいかなかった」

と言って、彼は襟足を手で叩いた。

「ここの髪の毛がすっかりなくなったよ」

ステファンは階段を下りていった。リンダはベッドに戻った。

舌ガン。彼女は肩をすくめた。死の恐怖がチラチラした。いまわたしは生命力のほうが強い。だが、高架橋の上に立って飛び降りようとしたときのことを忘れたことはない。生きることはなんの努力もなしにできることではない。落ちるかもしれない真っ黒い穴があちこちにあいているのだ。穴の底には尖った棒が無数に立っていて、怪物が罠に突き刺さるように、穴に落ちる人間は串刺しになるのだ。

体を横向きにして眠ろうとした。いまは真っ黒い穴のことを考える気力はない。そう思ったとき、突然彼女はがばっと起き上がった。ステファンの言葉でなにか引っかかることがあった。わかった。なにが彼女のアンテナに引っかかったか。携帯電話を手に番号を押した。通話中。

三度目にかけ直したとき、父親が応えた。

「わたしだけど」

「気分はどうだ?」

「少しよくなったわ。一つだけ訊きたいことがあるの。夜中にヘンリエッタの家にいた男の人のことだけど。彼女に作曲を頼んだとかいう人。ヘンリエッタはその人の外見についてなにか言ってた?」

「男の外見? そんなこと、訊く必要があったとでもいうのか? ヘンリエッタは男の名前を言っただけだ。住所は控えてある。それがどうした?」

「お願いがあるの。ヘンリエッタに電話をかけて、その男の髪の毛の色を訊いてちょうだい」

「なぜ?」

「なぜって、わたしはその男の髪の毛を窓から見てるの」

「わかった。だが、いまは時間がない。雨でなにもかもが流れてしまう前に、やらなければならないことが山ほどあるんだ」

「わかったら電話してくれる?」

「ああ。ヘンリエッタが電話に出てくれればな」

十九分後、ヴァランダーが電話してきた。

「男の名前はペーテル・スティグストルム。ヘンリエッタにスウェーデンの四季をテーマにした曲を書いてほしいと注文したらしい。肩までの長い髪、毛の色は黒っぽく、ところどころに白髪が交じっているそうだ。これで満足か？」

「うん、ありがとう。すごく満足よ」

「なぜそんなことが知りたかったのか、いま説明してくれるか？　それとも帰ってからか？」

「それはパパの帰宅時間しだいよ」

「すぐに帰る。濡れた服を着替えたいからな」

「食事は？」

「森の中に食べ物屋が来るんだ。事件現場とか火事の現場に屋台を出すコソボ・アルバニア人がいる。事件現場のことをどうやって知るのか、わからないが。おおかた警察内部の人間がリークするんだろう。そしてマージンをとっているにちがいない。一時間以内に帰るよ」

　通話が終わり、リンダは携帯を手にしたまま立っていた。窓から見えた男は、彼女からは後ろ首しか見えなかったが、白髪交じりの黒っぽい長髪などではなかった。彼女の見た後ろ首の男は短く刈り上げていた。

20

クルト・ヴァランダーは家に戻った。服はぐっしょり濡れ、長靴は泥だらけだったが、グッドニュースをもってきた。ニーベリがスツールップ空港の管制塔に電話をかけ、これから四十八時間は雨が降らないという朗報を得たのである。ヴァランダーは服を着替えて、リンダの手伝いを断って、自分でオムレツを作った。

リンダは男の髪の毛の色がちがうことについて話すのは適当なときまで待つことにした。自分でも釈然としないまま。なぜ待つのだ？　父親が急に怒りだすことに対する恐怖がまだ残っているのか？　わからなかったが、とにかく父親が食べ終わるのを待った。父親が食事を終え、リンダがテーブルの向かい側にどしんと腰を下ろしていよいよ話をしようとしたとき、父親が話しだした。

「今日おやじのことを考えた」と、思いがけない話を始めた。

「考えたって？」

「おやじがどんな人間だったか。またどんな人間でなかったか。おれが思うに、おまえとおれはおやじをまったくちがう面から見ていた。それは当然のことだ。おれはおやじの中に自分を探した。なにが見つかるか、ほとんど恐怖だったが。また、年齢とともに、おれはどんどんおやじに似てきたとも思う。おやじと同じくらい長生きをしたら、おれもどこか部屋の片隅に座り込んでキバシオオライチョウと日没を描きはじめるかもしれん」

「それは絶対にないわよ」

「いや、わからんぞ。おれはあの血に染まった森の小屋にいるときに考えはじめた。おやじのことを、そしておやじが繰り返し話した若いときのある理不尽な扱いを。おれは何度もおやじに言った。ずっと前に、それこそ五十年も前に起きた些細なできごとをずっと胸に抱いて、怒り続けているなんて、愚の骨頂だ、理に合わないと。だが、おやじは絶対に耳を貸さなかった。これ、なんの話か知っているか？」

「ううん」

「グラスの酒をこぼされたことなんだ。それが一生涯、おやじにとって許せない理不尽な事件となった。この話、本当に聞いたことがないか？」

「ええ」

ヴァランダーはコップに一杯水を汲んできた。その水から話す力を得るかのように。

「おやじにも若いときがあったんだ。信じられないかもしれんが。若く、まだ独身で、世界を見たいと思っていた。生まれはノルシュッピングのヴィクボーランデット。じいさんにいつもぶたれて育ったそうだ。じいさんはシーゲンスタムという貴族の家の小作人で、信心深かったらしい。それで、悪魔を追い出すと言って息子であるおやじを馬の革ひもでめった打ちにしたというんだ。ばあさんという人におれは会ったことがないんだが、いつもびくびくしていたらしい。いつも両手で顔を覆っていたと聞く。おまえは棚の上にある昔の写真でおれのじいさんとばあさんを見たことがあるだろう。ばあさんを見てごらん。いまにも消え入りそうな格好をしている。写真が色あせたわけじゃないんだ。ばあさんが写真からいなくなりたいんだ。おやじは十四歳で家出して、船乗りになったらしい。最初は小舟、後にもう少し大きな船に乗ったという。二十歳のとき、イギリスの西海岸の町ブリストルに上陸した。

おやじは当時酒飲みだった。それを自慢してもいた。そうなんだ。ただビールを飲むというんじゃなくて、強い酒《スナップス》が飲めるのが自慢だったらしい。まるで強い酒を飲む人間のほうが少し上等だとでも言わんばかりに。ビールで酔っぱらって町をふらつき歩いて、挙げ句の果てにケンカ騒ぎを起こしたりなどしない。船乗りの中でも強い酒を飲む男たちは礼儀を知っていて、でたらめなことはしない、と。まるで船乗りの中の貴族のように自分もそう思い、人からもそう見られていたらしい。ちゃんと説明してくれたことはなかったが。おれといっしょにスナップスを飲むときは、ほかの酔っぱらいとなんの変わりもなかったがね。顔が赤くなって、ろれつが回らなくなり、怒るかセンチメンタルになるか。ま、たいていはそのぜんぶがごちゃ混ぜの状態だったな。いまなら言えるよ。おれはあのころが懐かしい。おやじの家の台所でスナップスを飲んで酔っぱらったのが。おやじは酔っぱらうと必ず大好きなイタリアの歌を歌いだすんだ。おやじが〝ボーラーレ！〟と歌うのを聞いた人間は、一生忘れないだろうよ。それは保証する。もし天国があるのなら、おやじは雲に座ってサン・ピエトロ大聖堂に向かってリンゴを投げつけているだろうよ。大声で〝ボーラーレ！〟と歌いながら。

こういうことなんだ。おやじは二十歳のときブリストルのパブで飲んでいた。そのときカウンターでおやじのグラスに男の手が当たったらしい。グラスが倒れ、酒がこぼれた。だがその男は謝らなかった。こぼれた酒をながめると、新しいのを注文しろ、自分が払うからと言ったらしい。おやじはそれで頭にきた。おやじはその倒れたグラスと男に謝られなかった話を、それからの生涯、あらゆる機会に披露した。いっしょに税務署に書類を提出しに行ったとき、税務署の係官にまでおやじはこの話を始めたんだ。係官はもちろん、おやじの頭がどうかなってしまったのかという顔をしていた。スーパーマーケットでも同じだった。レジの若い娘にこの理不尽のことを話したくなったら、後ろにどんなに長い列ができようと、話しまくるんだ。まるで、そのグラス以前と以後でおやじの人生がはっきり線引きされてしまったかのようだった。実際、二つのまったくちがう時代になってしまったのだ。その見知らぬ男がグラスを倒して謝らなかったとき、おやじは人間の善なるものを信じなくなった。まるで謝られなかったことが、馬の鞭で父親に何度となく血だらけになるまで叩かれたことよりも、ずっとひどい悪であるかのように。おれはときどきおやじに訊いた。おれのためというよりもおやじ自身のためにはっきりさせたかった。なぜ倒されたグラスと詫びの言葉がなかったことがおやじの一生でそれほどの位置を占めてしまったのか、と。

おやじの答えはこうだった。夜、冷や汗をかいて目を覚ますことがある。夢の中でおやじはあのバーのカウンターのそばに立っている。詫びの言葉を待っているのだ。それはすべてを繋ぐ聖なるネジなのだ、世界の要《かなめ》なのだ。ある意味で、そのできごとはおやじという人間をおやじという人間にしたと言えると思う。外の小屋にこもって、来る日も来る日も同じ絵を描いた男。おやじはグラスを倒して酒をこぼしても謝らない人間の世界とはできるだけ関わりたくなかったのだと思う。

しまいにはイタリア旅行の最中にまで、この話をしていた。ヴィラ・ボルゲーゼの近くのレストランでじつに楽しい食事をしたときのことだ。食べ物はうまく、ワインは最高、おやじはちょっと感激してセンチメンタルになっていた。近くのテーブルにきれいなご婦人たちがいたこともあって、おやじは上機嫌だった。葉巻がほしいと言った。だが、その楽しいときのまっただ中で、おやじは急に一人落ち込んで、倒れたグラスのことを話しだしたんだ。ブリストルで足元から敷物が引っ張り取られた思いがした話。おれはおやじにやめさせようとした。グラッパをもっと注文した。だが、おやじはやめなかった。倒されたグラスと決して言われなかった詫びの言葉。おれは今晩、その話を思い出したんだ。まるでおれがこんどはおやじの代わりにこの話を披露する人間になったみたいだ。おやじがそれをおれにくれたみたいだ。おれはこんな話、ほしくなかったのに」

ヴァランダーは黙ってまた水を飲んだ。

「おやじはそういう人間だった。おまえにとってはきっと別の人間だろうが」

「人はだれでも相手によってちがう自分を見せるんじゃない？」

ヴァランダーはグラスを脇に押しやると、娘を真っ正面から見た。目から疲れが消えていた。倒されたグラスの話が新たなエネルギーを与えたようだ。そういうこともあるんだ、とリンダは思った。理不尽は人を苦しめる。だが理不尽さは人を強くもするのだ。

リンダは男の髪の毛がちがうと父親に話した。父親は話を注意深く聞いた。話が終わったとき、おまえは確信があるのかとは訊かなかった。話の最初から、彼女が確信をもって話していることがわかったからだ。電話に手を伸ばすと、なにも見ずに番号を押した。最初は間違ったが、次は正しかったらしく、ステファン・リンドマンに通じた。ヴァランダーは手短にリンダの話を伝えた。そしてもう一度ヘンリエッタ・ヴェスティンに会いに行こうという結論を言った。

「嘘など聞いてる暇はない。嘘も半分嘘も、記憶にないというしらばっくれも聞きたくない」

電話を切ると、リンダに言った。

「本当は正しくないことだが、また、必要でもないことだが、いっしょに来るか?」

リンダは喜んだ。

「はい、行きます」

「足のほうはどうなんだ?」

「だいじょうぶ」

父親は娘の言葉をあまり信じていないようだった。

「ヘンリエッタはなぜわたしが夜中にあんなところにいたのか、知っているの? ステファンが言ってくれた言い訳で納得したとは思えないけど」

「いや、今回はあのときヘンリエッタが会っていたのはだれなのかだけを訊くことに集中しよう。こっちには目撃者がいると言うこともできる。その目撃者がおまえだと言う必要はない」

二人はマリアガータンの通りに下りてステファンを待った。管制塔からの情報は正しかった。雨が止み、代わりに南から乾いた風が吹いていた。

「雪はいつごろ降りはじめるんだっけ？」リンダが訊いた。

ヴァランダーの顔に笑いが浮かんだ。

「明日じゃないよ。なぜそんなことを訊く？」

「覚えていないから。この町で生まれて、子ども時代からの大部分をここで過ごしてきているのに、雪のこと、覚えていないわ」

「気まぐれに降る。いつと決まっているわけじゃない」

ステファンがやってきて二人は車に乗り込んだ。リンダが後ろの席に座った。ヴァランダーはシートベルトをつけるのに手間取った。

車はマルメ方向へ走った。リンダは左窓の外の海にときどき目をやった。わたしはここで死にたくない、という思いがなんの関連もなく突然頭に浮かんだ。わたしはこの土地に住むだけでは終わりたくない。セブランのように、ほかの何万という女たちのようにシングルマザーで、食べていくためのお金を稼ぐだけの人生、働く間子どもを見てくれる人を探すことに奔走する人生はいやだ。父さんのようにいつか飼いたい犬、いつか住みたい家、いつかいっしょに暮らしたい相手を探して待っている人生もいや。

「なにか言ったか？」ヴァランダーが訊いた。

「え、わたしなにか言った？」

「なにかむにゃむにゃと。腹を立てているような声だった」

「気がつかなかったわ」

「おれには変わった娘がいる」彼はステファンに言った。「自分の吐く言葉に気がつかないらしい」

ヘンリエッタの家の近くに来た。キツネの仕掛け罠を思い出したとたん、リンダは足に痛みを感じた。罠を仕掛けた人間はどうなったのか、と父親に訊いた。

「罠にかかったのが警察官実習生だと聞いて、彼は真っ青になった。かなり高額の罰金を払わなければならないだろう」

「ウステルスンドに親しい友人がいる」ステファンが口を挟んだ。「ジョゼッペ・ラーソンという警察官で」

「ジョゼッペ？　どこから来た男だ？」

「ウステルスンド。だが、夢の中の父親は、イタリアの愛の歌を歌う歌手らしい」

「それ、どういう意味？」後部座席のリンダが二人の間に身を乗り出した。そして急になぜか、手を伸ばしてステファンの頬を撫でたくなった。

「母親は、夫がジョゼッペの父親ではなく市民公園でのイベントにやってきた有名なイタリアの歌手だと思いたかったらしい。夢と憧れ。それで、生まれてきた息子にジョゼッペというイタリアの名前をつけたというわけだ。女はプリンスを求めるって話があるが、女ばかりじゃなく男も理想のプリンセスを求めるのかな?」

「ふーん。モナもそんな夢をもっていたのかな」ヴァランダーが言った。「もしそうだったら、彼女の夢の相手はきっと黒人だっただろうよ。なにしろ彼女はホッシュ・ホワイトのファンだったからね」

「ホッシュじゃなくて、ジョッシュでしょう」ステファンが訂正した。

リンダは後ろの席で、父親が黒人だったら、どうだっただろうかとぼんやりと想像した。

「とにかく、そのジョゼッペ・ラーソンは壁にクマの仕掛け罠を飾っていた。それはまるで中世の拷問に使われたような不気味な鉄の大きな爪だった。もしこれに足を踏み入れたら、爪ががっちり肉と骨に食い込んでしまうと彼はいつも説明した。クマであれキツネであれ、罠にかかった動物はあまりの痛さに自分の足を食いちぎってしまうとか」

彼らは車を降りた。風が冷たい。ヘンリエッタの家の窓に明かりが見える。リンダは左足を地面に下ろすとき、痛みを感じた。庭に入って、三人とも、なぜ犬が吠えださないのかと不審に思った。ステファンがドアをノックしたが、返事はなかった。犬の声も聞こえない。ヴァランダーは窓から中をのぞこうとした。ステファンがドアノブをひねってみると、鍵はかかっておらず、難なく開いた。

「〝どうぞ〟という声が聞こえたと思った、ということにでもしましょうか」ステファンが言った。

三人はドアを開け、中に入った。リンダは狭い玄関で、肩幅の広い二人の男の後ろに立ち、自分が子どものように小さくなったように感じた。爪先立をしようとしたが、足が痛くてできなかった。

「だれかいますか？」ヴァランダーが大声で中に問いかけた。

「だれもいませんね」ステファンが応えた。

三人は家の中に入った。家の中はリンダが来たときのままだった。譜面、紙類、新聞、コーヒーカップなどがテーブルの上に散在している。犬の餌皿も床の上に。だらしなく散らかっているという最初の印象をのぞけば、そこはヘンリエッタが特別注文で改装した家に間違いなかった。

「ドアに鍵がかかっていないし」ステファンが言った。「犬もいない。ということはきっと夕方の散歩に出かけているんだ。十五分待ちましょう。ドアを斜《はす》に開けておけば、だれかが家に入っているとわかる」

「泥棒と勘違いして、警察に電話したりしないかしら？」リンダが言った。

「泥棒はドアを斜に開けておいたりしない」ヴァランダーがぴしゃりと言った。

ヴァランダーは部屋でいちばん座り心地の良さそうないすに腰を下ろし、胸の上で手を組んで、目をつぶった。ステファンは玄関へ行ってドアに長靴を挟み込んだ。リンダはヘンリエッタがピアノの上に置いた写真のアルバムを手に取り、めくった。ヴァランダーはいびきをかきはじめ、ステファンは玄関のほうで低く歌を口ずさんでいる。リンダはアルバムをめくり続けた。最初のほうは七〇年代のものだった。写真の色があせはじめているものもある。アンナが庭の土の上に座り、そのまわりを鶏が駆けまわり、猫があくびしている写真があった。リンダはアンナから聞いた話を思い出した。生まれてからの数年間、彼女は両親とともにスコーネの田舎のマーカリドにあった自然農業の共同体《コレクティヴ》で暮らしたという。ヘンリエッタがアンナを抱いている写真も同じ背景だった。木靴を履いて、だぼだぼズボンにパレスティナのバンダナを首のまわりに巻いている。だれが撮った写真だろう？　おそらくエリック・ヴェスティンだろう。その後まもなく消えたアンナの父親だ。

ステファン・リンドマンはドアを少し開けたままにして、家の中に入ってきた。リンダは写真を指差しながら、七〇年代に流行った、緑の田舎で共同生活をしようという緑の革命《グリーン・ウェーヴ》の話と、そのうちに姿を消してしまうサンダル作りのアンナの父親のエリックのことを話した。

「まるでおとぎ話のようだね。千一夜物語の中に〝消えたサンダル作りの男〟なんていう話があったりして」

二人はそのままアルバムをめくっていった。

「その父親の写真はあるの？」ステファンが訊いた。

「父親の写真はアンナのアパートで見かけただけだけど、それもなくなっていたわ」

ステファンは眉を寄せた。

「たしかにおかしいね。父親の写真を持って、自分の日記帳は置いていったということかな？」

「ええ、そういうこと。おかしいでしょう?」

さらにアルバムのページをめくった。田舎での共同生活のあとは、イースタのアパートだった。灰色のコンクリート、凍りついた児童公園。アンナは赤ん坊から子どもになっていた。

「この写真が撮られたのは、父親がいなくなってから数年経ったころ。この写真はかなり近くから撮られている。これより前の写真では、離れたところから撮っているのに」

「最初のころの写真は父親が、そしてこの写真は母親のヘンリエッタが撮ったという意味かい?」

「ええ」

二人はアルバムの最後まで目を通した。アンナの父親の写真は一枚もなかった。アルバムの最後はアンナの高校卒業の記念写真だった。セブランが端のほうに写っている。リンダも同じときに卒業したが、写真には入っていなかった。

アルバムを閉じようとしたとき、明かりがちかちかと点滅しはじめ、すぐに真っ暗になった。家中の電気が消え、ヴァランダーがいすで起き上がった。

家の中はまっくらだった。外から犬の吠える声が聞こえた。外の暗闇の中にも人がいる。その人間は姿を見せない。光を避けて、闇の中に身を潜めているのだ。

21

彼がもっとも落ち着くのは漆黒《しっこく》の闇の中だ。牧師や神の使者が恩寵《おんちょう》、永遠、神の御姿の話をするときなぜいつも光の話をするのか、彼には理解できなかった。奇跡は闇の中では起き得ないのか？　悪魔やその手下のデモンたちは、明るい野原よりも、闇の世界にずっと多くいるのではないか？　彼にとって神はつねに、広大で深淵たる暗闇の中にいる存在である。

いまもまさにそうだ。いま彼は明かりのついた窓の外の暗がりに立っていた。家の中で動いている人間たちの姿が見える。すべてが静まり最後のドアが閉まってあたりが暗くなったら、それは神が彼に送る合図だ。暗闇の中に彼の王国があった。それは光の国として説教される存在よりもずっと大きなものだ。自分は暗闇での神の僕《しもべ》だと思っていた。この暗闇から光は発せられない。

あるのは人間の心の空洞に向けて私が送り出す聖なる影だけだ。聖なる影は見えないものを慕い求める。私は人々の目を開けさせて、真実は暗闇の世界に隠れていると教えてやるのだ。

ここで彼は使徒ヨハネの第二の手紙に書かれている言葉を思った。「裏切り者が大勢世の中に出てきた。神の御心がイエス・キリストという人間のかたちをして現れたということを信じない者たちだ。その者たちこそ反キリスト者、裏切り者である」

この言葉こそ、彼にとって理解に至るためのもっとも神聖な鍵なのだ。

ジム・ジョーンズとの出会いとガイアナのジャングルでの恐ろしい事件のあと、彼は裏切り者とはなにかを知った。裏切り者は頭の毛をぴったりと梳かしつけた偽の預言者、真っ白いきれいな歯並びの口元でほほ笑み、いつも明るい光の中にいる。そう、ジム・ジョーンズは暗闇を恐れた。

彼は偽の預言者を初期の段階で見破ることができなかったことが悔しくてならなかった。のち、みんなをジャングルの中におびき寄せ——あれを導きと言うことはとうていできない——、全員を死なせたあの偽の預言者を。全員を死なせたのだ。自分一人だけが例外だ。これこそ神が彼に与えた最初の使命だ。それは、あの偽の預言者のことを世の中に伝えるのだ。暗闇の教え——それはまさに第五の福音の始まりなのだ——を説教し、聖書の言葉を補って完成させるのだ。それもまた、ヨハネの第二の手紙の中に書かれていることだ。書簡の最後の文章にはこうある。「私にはあなたがたに伝えたいことがたくさんある。だが、それをペンと紙で伝えたくはない。直接にあなたがたに会い、一人ひとりと話をしたいのだ。喜びが完璧になるために」

暗闇の中で、神はつねに彼の近くに存在する。日中の太陽の下では、神を見失うことがあった。だが、暗闇の中ではつねにすぐ身近にいる。神の息づかいを肌に感じるほどに。それは毎晩ちがうかたちで感じられた。風となって、あるいは犬の激しい息づかいとなることもあったが、たいていは知らないハーブの香りとなって彼を包み込む。神は暗闇の中で身近な存在だった。それは、静けさが光で乱されないときに、つねに強く、はっきりと認識できた。

その晩、彼はそこに立って、自分が留守をしていた年月のことを思った。二十四年。それは彼の人生の大きな部分を占めていた。ここを出たとき、彼はまだ若かった。いま彼はすでに老いを感じはじめていた。さまざまな小さな障害が始まっていた。健康には注意していた。食べ物や飲み物に気をつけ、いつも体を動かすようにしていた。だが、それでも老いは始まっていた。何人《なにびと》もそれを避けることはできない。神の御心なのだ。神はわれわれが完全に彼の手中にあるとわからせるために老いさせるのだ。神はわれわれにこの不思議な生命を授けられた。だが神はそれを悲劇のかたちに造られたのだ。それを救うのは神しかいないということをわれわれにわからせるために。

彼はそこに立ったまま考え続けた。ジム・ジョーンズと出会い、彼に従ってガイアナのジャングルへ行くまで、彼の人生は順風満帆と言ってよかった。見捨ててきた者たちを思い、胸を痛めることもあったが、ジムがすべては神の御心だと言って慰めてくれた。彼がジムの従者となることは神の御心で、それは妻と子どものそばにいるよりも大事な使命と見なされたのだと。彼はジムの言葉を信じ、ときには何週間も妻と子どものことを思い出さないことさえあった。妻と子のことをふたたび思うようになったのは、全員が地面に伏せて死んでいたあの大惨事以後のことだった。そのときはもう遅すぎた。彼の頭は大きく混乱し、ジムが約束した神が消滅したあとの空洞に耐えられず、自分の命よりほかのことを考える余裕はとてもなかった。

カラカスからの逃亡に思いをはせた。彼は以前からカラカスにパスポートや金を隠しておいてあった。長い逃亡の旅となった。ときには暗い中、ときには太陽に照らされて乾ききった大地を行く旅。何度もバスを乗り継ぎエンジンやタイヤが壊れたときは荒れ地で何時間もストップしながらの果てしない旅だった。通り過ぎた国境や飛行場の名前などをぼんやり覚えている。カラカスからはバスでコロンビアの町バランキヤまで行った。途中ベネズエラとコロンビアの国境のプエトロ・パエズのバス停留所で銃を持って乗客に目を光らせる男たちに威嚇されながら長い夜を過ごした。銃に脅かされながらも、自分はパスポートにあるとおりジョン・クリフトンという人間で、金は一文も持っていないとだましきったあと、彼は隣に座っていた土地の女——膝に二羽の鶏の入ったかごを抱えた——の肩を借りて深く眠ることができた。一言も交わさないまま。目だけで、彼女は彼の疲れと憔悴《しょうすい》を見てとり、黙って肩を貸したのだった。そのとき、彼は国に残してきた者たちの夢を見た。目が覚めたとき、全身に汗をかいていた。年老いた現地の女は起きていた。彼をじっと見つめ、彼はその視線の中でまた眠りに落ちた。朝になって目を覚ましたとき、女はすでにいなかった。すぐに彼は靴下の中を探った。ドル札の厚い束はそこにあった。肩を貸してくれた女が恋しかった。また彼女の肩を借りて頭をのせ、残りの人生をそうやって過ごしたいとさえ思った。

バランキヤからはメキシコシティまで飛行機で行った。最低料金で飛ぶことに決め、最低料金席の空きが出るまでその汚い飛行場で長い時間待った。飛行場のトイレで汚れきった体を洗い、売店で新しいシャツと小さな聖書を買った。ジム・ジョーンズのところでの静かな暮らしとは大違いの、人の行き来と喧噪に、彼はすっかり驚いていた。売店の新聞売り場で彼の経験が世界ニュースになっているのを知った。全員死亡、と報じられていた。生存者は皆無とあった。ということは、自分も死んだということになっているわけだ、と思った。自分は実際には生きているのに、死んだことにされている。ガイアナのジャングルで死んで腐りかけているあの何百という死体の一つとなったということだ。

五日目の朝、メキシコシティへの安い切符が手に入った。その時点でもまだ彼にはなんの計画もなかった。航空券を買ったあと、手元に三千ドル残っていた。気をつけて暮らせばこの金でしばらくは生きられる。だが、どこへ行ったらいいのだ？　神への道に戻るために、どこから出発したらいいのだ？　神に見つけてもらえるには、どこにいたらいいのだ？　いま彼のいる空洞から出るにはどうすればいいのだ？　まったくわからなかった。彼はメキシコシティに留まった。安い宿に泊まり、毎日各所の教会を見てまわった。大きな聖堂は避けて歩いた。そこには彼の求める神はいなかった。またネオンの輝く派手な教会にも近づかなかった。そこでは権力好きで欲深い牧師が分割払いで神の救済を売り、ときには神の言葉を大売り出しや特売日で売りさばいていたからだ。彼が通ったのは小さな〝目覚めの家〟で、そこに来る人々は愛情と情熱をもっていて、そこにいる牧師は聴衆とほとんど区別がつかなかった。自分が行く道はこういうものだ、と彼は悟った。

ジム・ジョーンズは神秘的で傲慢《ごうまん》な指導者だった。ほかの人々とまったくちがう暮らしをしていた。自分を見せないことによって人に自分を信じさせる卑怯者だった。光の中に隠れていたのだ、と彼は思った。自分は聖なる暗闇に導いてくれる神を見つけたい。彼はいくつもの小さな目覚めの家を訪ねて歩き、祈りと歌に加わったが、自分の中にある空洞は広がるばかりだった。毎朝、出発しなければならないという差し迫った危機感をもって目を覚ました。メキシコシティには神の足跡は見当たらず、たどるべき正しい道が見つからなかった。

メキシコシティを出て、北へ向かった。旅費を安くするためにバスを乗り換えたり、ときには長距離トラックに乗せてもらったりした。ラレドまで行き、そこからアメリカ合衆国のテキサス州に入った。木賃宿の中でももっとも安いところに泊まり、町の図書館にほぼ一週間通い詰めて大惨事について書かれている記事を片っ端から読んだ。そして、驚いたことに、初期の人民寺院《ピープルズ・テンプル》の信者の中に、この大規模な集団自殺の陰には、アメリカのCIAかFBIまたはアメリカ政府がジム・ジョーンズとその崇拝者たちを追い込んだシナリオがあると非難の声をあげている者がいることを知った。全身から汗が噴き出した。なぜジム・ジョーンズのような裏切り者を擁護するようなことを言うのだろう？　自分たち自身の生き方が嘘だったと認めたくないからか？　眠れない長い夜な夜な、自分の目で見た、実際に起きたことを書いて発表することを考えた。自分はたった一人の生き証人なのだ。ピープルズ・テンプルの全貌を、裏切り者のジム・ジョーンズが最後に本性をむき出しにし、仮面を剝いで死神の顔をあらわにした真実を書こう。ノートを買い、メモを書きはじめた。しかし同時にためらいも生まれた。

真実を書くのなら、自分の真実も書かなければいけなくなる。名前はジョン・クリフトンではなく、国籍もまったくちがうと。本当にそうしたいか？　彼は迷い続けた。

テキサスを通過したころ、彼は真剣に自殺を考えた。心の空洞が神によって満たされないのなら、自分の血によって満たすしかない。精神は器なのだ。それ以外のものではない。鉄道に飛び込むことを考え、その場所まで決めた。実行の前日、最後にガイアナのピープルズ・テンプルに関するニュースを読むべく、彼は図書館に寄った。

その図書館でいちばん人に読まれていたのが、ヒューストン・クロニクル紙だった。その紙面にスー＝メアリー・レグランドという女性のインタビュー記事が写真付きで載っていた。四十歳ほどで、黒っぽい髪の毛、尖っていると言ってもいいほど細い顔をしていた。ジム・ジョーンズのことを語り、彼の秘密を知っていると話した。彼とは精神的な家族関係だという。ジム・ジョーンズが神の啓示を受けたころによく会っていたが、しばらくして彼はピープルズ・テンプルを創立したという。

わたしはジムの秘密を知っている、とスー＝メアリー・レグランドは語っていた。秘密とはいったいなんだろう？　新聞にはそれについては書かれていなかった。彼は新聞の写真を凝視した。スー＝メアリー・レグランドの目が彼を射るように見返していた。離婚して成人した息子がいる、とあった。クリーヴランドで通信販売業を営んでいる。それも『自己実現のためのマニュアル』を売っているという。彼は昔学校の教科書で、クリーヴランドという土地はオハイオ州にあって、大陸横断鉄道が敷かれた時代に繁栄した町だと読んだことがある。その町が鉄道の乗り継ぎ駅だっただけでなく、そこでアメリカ全土に敷かれる鉄道のためのレールが製造されていた。枕木とレールの両方ともがクリーヴランドで作られていたゆえの繁栄だった。

そしてその町にいま、ジム・ジョーンズの秘密を知っているという女性が住んでいるのだ。

彼は新聞を畳んでもとの場所に戻し、親切そうな図書館司書にうなずいてあいさつして外に出た。その日はクリスマス直前にしてはめったにないほどいい天気だった。彼は木陰に座って考えた。クリーヴランドに住んでいるこのスー＝メアリー・レグランドという女性がジム・ジョーンズの秘密を知っていると言うのなら、話を聞けばきっと自分はなぜ彼にだまされたのかわかるにちがいない。二度と同じ過ちを犯さないためにも、彼女の話を聞かなければならない。

クリーヴランドにはクリスマスイヴの夜に列車で到着した。三十時間以上もかかった。駅の周辺のみすぼらしいホテルに部屋をとると、近くのこれまたみすぼらしい中華料理店で腹一杯食べてホテルに戻った。プラスティック製のクリスマスツリーが受付のカウンターにあった。テレビからクリスマスソングが流れ、コマーシャルが映っていた。急に無性に腹が立った。ジムは神を奪ってしまっただけではない。神を奪ったあと、魂に大きな穴をあけてしまったのだ。それだけではない。ジムは彼の人生のほかの部分も奪ってしまった。ジムはいつも、真の信仰は人を無欲にさせると言っていた。だが、子どもと妻とのつきあいまで禁じる神などいるだろうか？ ジムの信仰に帰依したのは、捨ててきた妻と子どものもとへ戻る道を探すためだったではないか。だが、彼はジムに裏切られた。彼はかつてないほど打ちひしがれていた。

暗いホテルの部屋でベッドに横たわり、自分はこのホテルにいるだけの存在だと思った。もしいま自分が死ねば、あるいはいま自分がいなくなったら、だれもおれを探しはしない。靴下の中にホテル代と葬式代を払うだけの金がある。それも金を盗まれなければの話で、もしそうなったら、無名の者の墓に骨が投げ捨てられるだけだ。ジョン・クリフトンなどという人間は存在しないことがわかるだろう。少なくとも、おれではないと。それで、パスポートは捨てられて、だれもあえてジョン・クリフトンなどという人間を探しはしないだろう。それで終わりだ。いまおれはただこのホテルのベッドに横たわっているだけの人間だ。自分の名前さえもうろ覚えの。

クリスマスの日、クリーヴランドに雪が降った。温かいヌードルと野菜とライスを中華料理店で食べ、部屋に戻ってベッドから天井を見上げていた。翌日、十二月二十六日、雪は止んでいた。道路と歩道にうっすらと雪が積もり、気温は三度で風はなかった。エリー湖の水は凍っていた。すでに電話帳と地図でスー＝メアリー・レグランドの住所はクリーヴランドの東側の郊外にあることを調べてあった。その日に彼女に会いに行くのは、神の思し召しだと思った。体を洗い、ひげを剃り、クリーヴランドに着く前にテキサスの古着屋で買った服に着替えた。鏡を見ながら、おれがドアの外に立っているのを見たら、人はなんと思うだろうか、と考えた。おれは深い苦しみに耐えた男、生きることをあきらめなかった男だ。彼は頭に浮かんだことと鏡に映った自分の顔の両方に首を振った。人をおびえさせはしないだろう、と思った。もしかすると同情を感じさせるかもしれないが、危険な存在には見えないだろう。

ホテルを出て、エリー湖に沿って走るバスに乗った。スー＝メアリー・レグランドの住所はマディソン通り一〇二四番地だった。三十分もかからないうちに目的地に着いた。高い木の下に、隠れたようにひっそりとたたずむ石造りの家だった。木々の間を通って家の前まで行き、少しためらったあとドアベルを押した。スー＝メアリー・レグランドは新聞に載った写真どおりの顔をしていた。写真よりも痩せて見えた。警戒心をあらわにして彼を見た。すぐにもドアを閉めそうだった。

「私は生き残った者です。ガイアナのジャングルで、全員が死んだわけではない。私一人が生き残った。ここに来たのは、あなたが知っているというジムの秘密とはなにか、知りたいからです。彼がなぜわれわれを裏切ったのか、それが知りたい」

スー＝メアリーはしばらく彼を見つめていた。驚いた様子はなかった。いや、なんの感情も表さなかった。

「わかってました」としまいに彼女は言った。「きっとだれかが訪ねてくると思っていました」

彼女はドアの隙間をもう少し開けて、彼を家の中に通した。その家に足を踏み入れ、結果、彼はその後二十年間、そこに留まることになった。彼女を通して、やっと彼はジム・ジョーンズという人間を知ることができた。

スー＝メアリーはその静かで穏やかな口調でジムの暗い秘密を語った。彼は神の使者ではなく、神の使者のふりをしただけだったと。ジム・ジョーンズは心の奥でその嘘はいつか暴露されると知っていたのだが、一度始めたことをやり直す力がなかったのだ、と。

「ジム・ジョーンズは狂っていたのですか？」

スー＝メアリーの答えははっきりしていた。いや、ジム・ジョーンズはまったく狂ってなどいなかった。彼の意図は善なるものだった。世界にキリスト教を広めたかったのだ。そうできなかったのは彼の傲慢さ、彼の憎しみを愛する心のせいだった。決して狂ってなどいなかった。ゆえに、だれかが彼のあとを追い、彼の信仰を引き継がなければならない。それは傲慢さをもたない人間でなければならない。しかし、必要なら断固とした態度がとれる強さをもっている人間でなければならない。キリストの復活は血をもって支え続けられなければならないのだ、と語った。

彼は彼女のもとに留まり、通信販売業を手伝った。スー＝メアリーはその仕事を〝神の鍵〟と呼んだ。彼女は人が自己実現を求めて注文してくるマニュアルをぜんぶ一人で作っていた。彼はその仕事を手伝ううちに、彼女がジム・ジョーンズを理解したのは、彼女自身が欺瞞《ぎまん》に満ちていたからであるとわかった。発送する自己実現マニュアルを読んでみた。そして自己実現のためという名目で書かれていることはすべて暗示的な言葉ばかり、それもたいていは聖書からのでたらめな、あるいは勝手にねじ曲げられた引用であることがわかった。それでも彼はそこに留まった。彼女が彼を受け入れたからだった。彼は空洞になった魂をなんとかしなければならなかった。生きるための目標をもう一度定めるために、時間が必要だった。ジム・ジョーンズが失敗したことを成功させなければならなかった。傲慢さは避けなければならないが、キリストの復活は犠牲と血を求めるものであることを忘れてはならなかった。

時が流れ、ガイアナのジャングルで起きたことの恐ろしい記憶はしだいに薄れていった。スー＝メアリーとの間には愛があった。それは長いこと求めてきた、心の空洞を埋める神の恩寵、神の愛だと彼は思った。神はスー＝メアリーの中にいると思った。ついに自分は目的地にたどり着いたのだ、と。ジムと過ごした時間について書き記すことをあきらめたわけではなかった。だれかが裏切り者、反キリスト者について書かなければならない。だが、いまはそのときではない。そう思った。

スー＝メアリーの通信販売業はうまくいった。いつも忙しかった。とくに〝痛痒点パッケージ〟と彼女が呼んだマニュアルを通信費込みで四十九ドルで売り出してからは、仕事は大成功だった。金持ちになり、マディソン通りの家を売り払って、ミドルバーグ・ハイツの大きな邸宅に引っ越した。スー＝メアリーの息子のリチャードが勉学を終えて実家に戻ってきて、隣の家に住むようになった。変わり者だったが、彼に対してはいつも親切だった。彼のおかげで一人暮らしの母親の世話をしなくて済むのを喜んでいるようにも見えた。

終わりは突然、予期しないときにやってきた。ある日スー＝メアリーはクリーヴランドの町へ出かけていった。なにか用事があるのだろう、と彼は思った。帰ってくると、彼女は彼と向き合って、自分は死ぬと宣言した。その言葉を不思議な安らぎをもって彼女は口にした。それをそのまま口にするのがあたかも救いであるかのように。

「ガンを患《わずら》っているの。わたしはもうじき死にます。体中に転移していて、治癒するには手遅れだそうです。およそ三ヵ月の命と言われました」
医者にそう宣告されてから、八十七日目に彼女は死んだ。一九九九年の春の日のことだった。彼らは結婚していなかったので、息子のリチャードが全財産を相続した。彼女を埋葬した日、二人はエリー湖の湖畔を長い時間散歩した。リチャードは通信販売会社と遺産を二等分するからここに留まってくれと言ったが、彼はすでに決心していた。心の空洞がなくなったと思ったのは、スー＝メアリーといっしょに暮らした間だけだった。彼には達成しなければならない任務があった。いままで考えてきたことと偉大な計画がついに実行の時期を迎えたのだ。まるで神が彼に任務を与えたように感じられた。剣を掲げて大きな虚空にこれから切り掛かっていくような高揚感があった。虚空とは、ますます見つけることがむずかしくなってきた神と神の不在を意味した。だが、それをリチャードに話しはしなかった。少しだけ金をもらえればいいと言った。会社が存続するにじゅうぶんな金を取り分けたあとの、残りの一部をもらえればいいと。そのあと、出発するつもりだ、果たさなければならない任務があると。リチャードはなにも問わず、黙って彼の申し出を受け入れた。

クリーヴランドを二〇〇一年五月十九日に出発し、ニューヨークからコペンハーゲンへ飛んだ。五月二十一日の夜、彼はスウェーデンのヘルシングボリに到着した。長い不在のあと、感慨深くスウェーデンの土を踏んだ。そこまで来てやっと、あのジム・ジョーンズの最後の記憶の断片が頭から消えたように感じた。

22

家の中に電気がついたのは、クルト・ヴァランダーがまさに電力会社に電話をかけようとしていたときだった。明かりがつくのとヘンリエッタと犬が家の中に飛び込んできたのとが同時だった。犬は泥だらけの足でヴァランダーの服に飛びかかって汚した。ヘンリエッタが犬を叱り、犬はすぐに寝床に引き下がった。ヘンリエッタは腹立たしそうに犬のリードを床に投げつけ、リンダを睨みつけた。

「どういうつもり？　家の主がいないのに勝手に入り込むなんて！　こそこそと嗅ぎまわる人は大嫌いよ」

「停電にならなかったら、もちろんすぐに家の外に出ましたよ」ヴァランダーが言った。

リンダは父がいまにも怒りを爆発させるのではないかとはらはらした。

「それは答えになっていませんよ。わたしがいないのに家の中に入るとは、どういうことか、と訊いているんです」

リンダはもうだめ、父はいま爆発する、と思った。

「わたしたちはアンナがどこにいるのか、調べようとしているだけなの」リンダが口を挟んだ。

ヘンリエッタはその言葉が耳に入らないようだった。居間をぐるりと見てまわった。

「なににも触らなかったでしょうね」

「なににも触っていない」クルト・ヴァランダーが言った。「調べなければならないことがいくつかあるが、それが終わったら引き揚げますよ」

ヘンリエッタがピタリと足を止めて睨みつけた。

「調べなければならないことですって？　さあ、調べてよ。質問をどうぞ！」

「腰を下ろしてもいいですか？」

「いいえ」

もうだめ。ここで父は爆発する、とリンダは目をつぶった。だが彼はこらえた。リンダの心配がわかったのかもしれない。

「アンナと連絡をとりたい。彼女は家にはいない。どこにいるか、知ってますか？」

「いいえ」

「彼女の居所を知っている人はいますか？」

「リンダは娘の友だちの一人ですよ。リンダに訊いたらどう？　それとも彼女はわたしをスパイするのに忙しくて、時間がないとか？」

クルト・ヴァランダーは腹を立てた、とリンダは目をつぶった。ヘンリエッタ・ヴェスティンは知らないうちに父親の怒りの境界線を越えてしまった。ヴァランダーの怒鳴り声が響いた。寝そべっていた犬が足をそろえて座った。あの怒鳴り声、わたしはいやになるほど知っている。わたしの人生ではいやになるほど聞いてきた声だ。もしかすると、生まれて初めて聞いた音があの怒鳴り声だったかもしれない。

「いいか。これから訊くことにはっきりと答えるのだ。ここでそれができないのなら、イースタ署に連行するまでのことだ。われわれはアンナに会わなければならない。アンナはビルギッタ・メドベリに関する情報をもっているかもしれないからだ」

少し間をおいてから、また話し続けた。

「また、彼女になにも起きていないことも確認しなければならない」

「なにが起きるって言うんです？　アンナはルンドで勉強してます。それはリンダも知っていることよ。なぜアンナの住んでいる寮に行って、訊かないんですか？」

「もちろんそうする。ほかに心当たりのある場所は？」

「ありませんよ」

「次は、夜中にあんたを訪ねてきた男に関することだ」

「ペーテル・スティグストルムのこと？」

「彼の頭髪について話してもらいたい」

「それはもうしましたよ」

「ペーテル・スティグストルムに直接会うこともできる。だが、いまはあんたに質問したい」

「長髪よ。肩までの。色は黒っぽい茶色。少し白髪が交じっている。これでいいかしら？」

「後ろ首、毛の生え際のことも話してもらいたい」

「どういうつもり！　肩までの長髪だったら、後ろ首は隠れているでしょ！」

「それはたしかか?」

「もちろんよ」

「それじゃ、今日はここまでにしよう」

ヴァランダーは音を立ててドアを閉めて家を出て行った。ステファン・リンドマンはそのあとに続いた。リンダはどうしていいかわからなかった。なぜ父親はその男の頭髪は短かったという情報があると言って、問い質さなかったのだろう? あとに続こうとしたリンダの前に、ヘンリエッタが立ちはだかった。

「留守のときに、家の中に入ってもらいたくないわ。犬の散歩のたびに鍵をかけるようなこと、したくないからよ。わかった?」

「はい」

ヘンリエッタは後ろを向いた。

「足の具合はどうなの?」

「よくなってきてます」

「なぜあんなところにいたのか、話してもらいたいわ、いつか」

リンダも外に出た。ヘンリエッタが凄惨《せいさん》な殺人事件のあとなのに娘の不在を心配しない理由がいまわかった。娘がどこにいるか、知っているのだ。

ステファンと父親が車のそばで待っていた。

「あの人、仕事はなんなんです？　あんなにたくさんの譜面。流行歌でも作ってるんですか？」

ステファンが訊いた。

「だれも演奏したくないような曲を作っているらしい」ヴァランダーが言い、リンダのほうを向いた。

「そうじゃないのか？」

「ええ、たぶん」

電話のベルが鳴った。三人とも自分の携帯に手を伸ばしたが、鳴っているのはヴァランダーの携帯だった。話を聞き、彼は腕時計を見た。

「わかった。すぐ行く」

携帯をポケットに戻して、二人に言った。

「ランネスホルムに行かなければ。あの森で最近人影が目撃されていたらしい。先におまえを家まで送ろう」

リンダはヘンリエッタにペーテル・スティグストルムの頭髪のことを追及しなかったのはなぜかと父親に訊いた。

「それは少し待つことにした。ときには、畳みかけるように訊くのは得策でないことがあるからだ」

それから三人はヘンリエッタが娘の居所不明のことを心配していない理由について話し合った。

「あの母親は娘の居所を知っている。それ以外に説明がつかない。だが、なぜそれを言わないのか、それが問題だ。われわれががんばれば、遅かれ早かれ、その理由がわかるだろう。だが、いまはそれが最優先事項ではない」

イースタまで三人はそれぞれの思いに沈んだ。リンダはランネスホルムでいままで明らかになったことを教えてほしかったが、いまは訊くべきときではないと思った。車はマリアガータンに着いた。

「ちょっとエンジンを切ってくれ」ヴァランダーが言い、後席のリンダに振り向いた。「いいか。さっき言ったことを繰り返す。おれはアンナの身になにかが起きたとは思わない。母親はアンナがどこにいるか知っているとおれは思う。なぜ姿をくらましているのかその理由もだ。だがいまわれわれは彼女を捜すために人員を当てることはできない。だが、おまえがルンドへ行って、同じ寮に住む者たちと話をするのを妨げはしない。ただし、警察官としてではなく友だちとして行くことだ。それだけは覚えておけ」

リンダは車を降り、手を振って見送った。建物の中に入ったとき、ふとなにか心に引っかかったことがあって立ち止まった。アンナの言った言葉のなにかだ。最後に会ったときのこと。なにかあるのに、思い出せなかった。

リンダは翌朝早く起きた。アパートの中は静まり返っていた。父親は一晩帰ってこなかった。八時過ぎ、彼女は家を出た。空は晴れあがっていて風もなく日差しが暖かい。急いでいなかったので、アンナの車でトレレボリに向かう海岸通りを走り、アンデシュルーヴで初めて北に方向を定め、ルンドに向かった。ラジオでニュースを聞きながら運転した。ビルギッタ・メドベリについてはなんのニュースもなかった。デンマークのラジオ局にまわし、ポップ・ミュージックのチャンネルにしてボリュームを上げ、車のアクセルを踏み込んだ。スタファンストルプまで来たとき、後から来たパトカーに道路脇に寄るように導かれた。ああ、なんということ！と彼女は胸の内で罵《ののし》り、音楽を静かにしてサイドウィンドーを下げた。

「十三キロオーバーだね」と警官がうれしそうに言った。まるで花束を差し出すように顔が輝いている。

「まさか。せいぜい十キロでしょ」リンダが抗議した。

「レーダーでわかってるんだ。ここでうるさいこと言ったら、こっちもうるさくなるぞ。そしてこっちが勝つに決まっている」

そう言うと警官はドアを開けて助手席に腰を滑り込ませ、リンダの免許証を調べた。

「なぜそんなに急いでいたんだ？」

「わたし、警察官実習生なのよ」と言ったとたん、リンダは後悔した。

警察官は彼女を正面から見据えた。

「きみの仕事はなにかとは訊いていない。なぜそんなに急いでいたのかと訊いたんだ。答えたくなければ答えなくてもいい。どっちにしても罰金は徴収するからね」

メモをとり終わると、警察官は車を降りてリンダに手を振った。バカじゃないの、とつぶやいたが、それよりも運悪く捕まったことにもっと腹が立った。

ルンドの中心部に駐車してから、アイスクリームスタンドでアイスクリームを買った。スピード違反で捕まったことにまだむかっ腹を立てていた。日当たりのいいベンチに座って、気を取り直そうと思った。あと九日。もしかすると、仕事を始める前にスピード違反を起こしてよかったのかもしれない。どっちみち捕まるのなら。

ポケットの中で携帯が鳴った。父親だった。

「どこにいる?」

「ルンドよ」

「アンナを見つけたのか?」

「いま着いたばかり。ここに来る途中、捕まっちゃった」

「なに?」

「スピード違反で」

電話の向こうで、父親がクスッと笑うのが聞こえた。

「それで、どういう気分だ?」

「どういう気分だと思う?」

「ばかなことをしたと思っただろう?」

リンダはぷいっとして話題を変えた。

「なぜ電話してきたの?」

「まだ寝ていたら、起こそうと思った」

「わたし人から起こされるまで寝ている人間じゃないわ。知ってるでしょう？　パパは昨夜帰らなかったわね」

「警察はターデマン夫妻の城の部屋をいくつか借りた。昨夜はそこで仮眠した」

「捜査のほうは？」

「いま話している暇がない。それじゃ」

リンダは携帯をポケットに戻した。父親はなぜ電話したのだろう？　わたしを見張っているんだ。そう思い、首を振ってベンチから立ち上がった。


その家は木造の二階建てで小さな庭の中にあった。鉄製の門扉は錆びてぼろぼろで、片方の留め金が支柱から外れていた。ドアベルを押したが応答がない。もう一度ベルを強く押して耳を澄ました。ベルの音が聞こえなかった。こんどはドアをノックした。強く、長くノックしたあと、ガラス窓に影が浮かんだ。ドアを開けたのは二十歳ほどの若い男だった。顔中ニキビだらけで、ジーンズに下着のシャツ、その上から穴のあいた大きなバスローブをはおっていた。汗のにおいが鼻を突いた。

「アンナ・ヴェスティンを探してるんだけど」

「いないよ」

「でも、彼女、ここに住んでいるんでしょ？」

若者は一歩横に退《ど》いて彼女を中に入れた。そのそばを通ったとき、リンダは彼の視線を襟足に感じた。

「キッチンの裏側にアンナの部屋がある」

リンダは嫌々ながらも手を差し出して名乗った。だらりとした、汗のにじんだ手のひらに触れてぞっとした。

「ぼくはサッカリアス」と若者は名乗った。「彼女、ドアに鍵をかけているかもしれない」

共同のキッチンは汚れていた。流しには汚れた皿やフォークやナイフ、それに鍋などが堆《うずたか》く積まれていた。きれい好きのアンナがここに住んでいるなんて。リンダはアンナの部屋のドアに触ってみた。鍵はかかっていなかった。サッカリアスと名乗った若者はキッチンの入り口に立ってこっちの動きをうかがっている。いやな感じだった。目がねっとり光っている。リンダは思い切ってドアを開けた。サッカリアスは一歩キッチンに入ってきた。彼女の動きをよく見るために眼鏡まで取り出している。

「アンナは他人に部屋に入られるのが嫌いだと思う」

「わたしは親しい友だちなの。もし、入られるのがいやだったら、鍵をかけると思うわ」

「あんたが親しい友だちだと、どうしてわかる？」

リンダはこの臭い若者を殴ってキッチンから追い出したくなった。だが、なんとか気持ちを抑え、アンナの部屋のドアから離れた。

「最後にアンナを見かけたのはいつ？」

若者は一歩後ろに下がった。

「これ、尋問かなんか？」

「とんでもない。アンナに電話したんだけど、通じないの。連絡がつかないのよ」

若者はリンダから目を離さない。

「リビングで話を聞こうかな」

リンダは彼の後ろについていった。リビングルームには寄せ集めの擦り切れた古いすが数脚あった。壁に破れたチェ・ゲバラのポスターがぶら下がっていた。別の壁には〈平和と安らぎの我が家〉という言葉が刺繍《ししゅう》された古い布がぶら下がっていた。サッカリアスはチェスボードの前に腰を下ろし、リンダはその向かい側にできるだけ離れて腰を下ろした。

「なにを勉強しているの？」

「ぼくは学生じゃない。チェスプレーヤーなんだ」

「へえ。それで食べていけるの？」

「それはどうだかな。ただぼくはチェスなしでは生きていけないことはたしかだ」

「わたしはチェスの駒の動かしかたさえ知らないわ」

「習いたかったら教えてあげる」

いいえ、けっこう。わたしは少しでも早くここから出て行きたいの。しかしそう答える代わりにリンダは訊いた。

「ここには何人住んでいるの？」

「ときによる。いまは四人だけど。マルガレータ・オルソンは経済学を勉強してる。ぼくはチェス。ペーター・エングボンは物理を勉強してるはずなんだけど、いまは宗教史にはまってる。そしてアンナ」

「医学を勉強してる」リンダが付け加えた。

ほとんど目につかないほどだったが、サッカリアスがかすかに動いた。顔に驚きが浮かんだ。その瞬間、リンダは昨日心に浮かんだもやもやした不安の原因がなにか、突然わかった。

「アンナを最後に見かけたのはいつ?」

「ぼく、記憶に自信がないんだ。昨日だったか、一週間前だったかな。いまぼくはチェスの名手といわれたカパブランカの有名な一手を勉強しているんだ。ときどき思うんだけど、チェスの指し手を音楽の楽譜のように書き記すことができるんじゃないかな。それができたら、カパブランカの指し手はフーガとかメサイアとかいうことになるんじゃないか」

ここにも一人、演奏不可能な楽譜を作ろうとしている人間がいる、とリンダは思った。

「ふーん、面白そうね」と言って、立ち上がった。「他の人たちはいま出かけてるの?」

「うん。ぼく一人」

リンダはキッチンに戻りはじめた。サッカリアスは後ろからついてくる。足を止めて、リンダはきつく相手を睨んだ。

「なにを言われても、わたしはこれからアンナの部屋に入るわ」

「彼女、いやがると思うけどな」

「止められるものなら止めなさいよ」

若者はリンダがアンナの部屋のドアを開けるのを睨んで見ていた。アンナの部屋はかつて屋敷時代のメイド部屋で、小さくて狭かった。ベッドと小さな机、それに本箱しかなかった。リンダはベッドの上に腰を下ろして部屋の中を見回した。サッカリアスが戸口にぬっと現れた。リンダは彼が襲ってくるような気がして、ぱっと立ち上がった。彼は一歩後ろに引いたが、それでも目だけはリンダから動かさなかった。リンダは服の中に気持ちの悪い小動物が潜り込んだような気分だった。アンナの机の引き出しの中を見たかった。だが、この男がここに立って見ているかぎり、それはできない。もうお手上げだった。

「他の人たちはいつ帰ってくるの？」

「知らない」

リンダは部屋を出てドアを閉めた。彼もまた彼女から目を離さないまま後ずさりした。にやりと笑っている。黄色い歯が見えた。リンダは気分が悪くなった。すぐにも外に出なければ。いますぐに。

「チェスの指しかたを教えてあげようか？」サッカリアスが言った。

リンダは玄関のドアを開けて、一歩外に出ると、しっかりした声で言ってやった。

「わたしがあなただったら、シャワーを浴びるわね」そう言うと、きびすを返して門のほうへ歩きだした。

ドアが閉まるものすごい音が後ろから聞こえた。ああ、今日の遠出《とおで》は大失敗だ。自分の弱さをあらためて認識させられた。そう思って門を蹴った。そのとたんに塀にかけてあった郵便箱に鉄の門扉が当たった。リンダは後ろを見た。だれもいない。ドアは閉まっているし、窓ガラスに人影も見えない。郵便箱を開けてみた。底に手紙が二通あった。一通は旅行会社からマルガレータ・オルソン宛の手紙だった。もう一つは手書きの封筒で、宛名はアンナだった。リンダは一瞬ためらったが、それを手に取って車に戻った。わたしはすでにアンナの日記を読んでいる。そしていまアンナ宛の手紙を読もうとしている。理由は彼女のことが心配だからだ。それだけだ、と心の中で自分に言い聞かせた。封筒の中に二つ折りの紙が入っていた。開いて、リンダは体をこわばらせた。中にからからにひからびたクモが一匹入っていた。
手紙は途中で終わっていた。手書きで、書き手の名前はなかった。

いまわれわれは新たに手に入れたレスタルプの家にいる。教会の裏、最初の角を左に曲がったところ、古い樫《かし》の木の幹に赤い印がある、その後ろだ。悪魔《サタン》が絶大な力をもっていることを忘れてはならない。だが、われわれには巨大な天使が雲の間から降りてくるのが見え……。

リンダは手紙を車の座席に置いた。頭の中に探していた考えが浮かんだ。皮肉にもそれはあの臭いチェスプレーヤーのおかげだった。それはさっき突然ひらめいたこと。あの若者はここに住んでいる者たちの説明をしたとき、それぞれがなにを勉強しているか、専攻を言った。が、アンナのことはただアンナとだけしか言わなかった。医学を勉強していると説明を加えたのはリンダだった。だが、ここで腑に落ちないことがあった。アンナは父親を見かけたという話をしたとき、その前にマルメの町でなにかを見かけたと言っていた。だれかが通りで倒れた、その人は助けを必要としていた。だが、彼女は人が倒れたり病気になったりするのを見るのは苦手なのでその場を離れたと言わなかったか。それがおかしいのだ。医者になろうとする人間が怪我や血が苦手だから近づかなかったとは？　リンダは車の座席に置いた手紙に目を落とした。これ、どういう意味かしら？　われわれには巨大な天使が雲の間から降りてくるのが見え……。？

九月に入ったというのに日差しが強かった。車のグローブボックスからスコーネの地図を取り出した。レスタルプという場所はルンドとシューボーの間にあった。運転席の日よけを下ろしながら、考えた。子どもっぽすぎる。ランプシェードを掃除しているときにからからに乾いた小さなクモを見つけることがあるが、そんなひからびたクモが入っている手紙なんて、どういうことだろう。だが、アンナがいなくなったのは現実だ。幼稚な行為としか思えないクモを入れた手紙が、現実に姿を消したアンナのところに届いているのだ。現実の中のお菓子の家。家の中には指を組んだ両手と斬り落とされた首がある、とか。おお、いやだ。

あの小屋の中にあったものがなんだったのか、いま初めてわかったような気がした。そしてアンナ。アンナは自分がいままで思っていたような人物ではないのかもしれない。もしかすると医学の勉強などしていないのかもしれない。夏も終わりの暑い日の今日、初めてアンナのことを自分はなにも知らないことに気がついた。そう、まるでアンナは不気味な霧のようだ。いや、雲の間から降りてきたのはもしかするとアンナ自身なのかもしれない。

それ以上は考えず、リンダはレスタルプへ向かった。その日、スコーネの気温は三十度まで上がった。

23

リンダはレスタルプまで来て教会の前に車を停めた。

古い教会の外装がきれいになっているのが目についた。新しく塗られたばかりの門が光っていた。門の上に金の額縁に飾られた黒い板が掲げられていて、この教会はオスカル一世王の治世の一八五一年に建てられたと説明がある。リンダはかつて祖父が話してくれた、祖父の祖父が一八五一年に海で溺れたことを思い出した。そのことを考えながら、教会の内玄関に入り込み、トイレを探した。祖父の祖父は嵐に遭った船が難破してスカーゲンの沖で沈んだときに船といっしょに死んだという。全員が溺死し、遺体は数日後嵐がおさまったときに海岸に打ち上げられた。祖父の祖父は無名のまま葬られた。リンダは教会の地下へ続く階段を下りた。足音が響き、空気がひんやりと感じられた。トイレのドアを開けた瞬間、なぜかそこにアンナがいるような気がした。もちろん、だれもいなかった。祖父の言葉を思い出した。わしは本当に重要な年しか覚えていない。たとえば祖父が溺れた年とかおまえが生まれた年だ。

トイレから出ると、リンダは念入りに手を洗った。チェスプレーヤーのべたべたした感触を洗い落としたかった。それから鏡を見上げ、髪の毛を搔き上げて、自分の姿を見た。ま、いいでしょ。口はいつものようにきつすぎるほどきつく引きむすばれている、鼻はちょっと曲がっているけれども、目は鋭く、歯は人がうらやむほど真っ白だ。ふたたびチェスプレーヤーの手のべたべたした感触を思い出してぶるっと身震いし、急いで地上に上がった。年配の男が一人、ロウソクの入った箱を抱えて聖堂に入ってきた。テーブルの上に箱を置くと、背中を伸ばす。

「神は背中の痛みを引き起こす勤勉な働き手でもあるんだよ。おかげでいつも背中が痛む」

老人は低い声で話した。リンダはその理由がわかった。聖堂にはほかにも人がいたからだ。ベンチに一人、頭を深く垂れている。男かと思ったが、すぐにそうではないとわかった。

「あそこに座っているギュードルンは亡くなった子どもたちのことを悼んでいるのだ」老人が囁《ささや》いた。「一年を通して毎日やってくる。理事会で一年中教会のドアを開けておくことに決めたのだ。彼女が毎日教会に入れるようにと。十九年間、毎日来て祈っている」

「子どもたちになにが起きたの？」

「息子が二人、列車に轢《ひ》かれたのだよ。恐ろしい悲劇だった。ずいぶん経ってからわしが聞いた話では、そのとき、轢かれて粉砕された体の部分を拾い集めた救急隊員の一人は、頭がおかしくなってしまったそうだ。隊員は仕事で出動していた途中、急に相棒に車を停めてくれと言い、森の中に入っていき、それきり姿を消してしまった。遺体が見つかったのは三年後のことだったとか。ギュードルンは死ぬまでここに通うだろうよ。毎日座っているあの場所で、息を引き取るにちがいない」

男はロウソクの入った箱を持ち上げると真ん中の通路を祭壇に向かって歩いていった。リンダは日差しの暖かな外に出た。どこに行ってもわたしたちは死に囲まれている。死はわたしを引きつける。だが、死はわたしをだまそうともする。わたしは教会が嫌いだ。教会に来て泣いている女の人にも閉口する。そういうことと、わたしが警察官になろうとしていることは矛盾しないか？　それはアンナが血が嫌いで、町で怪我や病気で倒れる人を極力避けるけれども、医者になろうとしているというのと同じようなものか？　もしかすると医者も警察官も同じ理由でその職に就こうとしているのだろうか？　その職に就いてもやっていけるかどうか、自分の限界を見届けるために？

自分はやっていけるだろうか？　そう思いながらリンダは教会の墓地を歩きだした。墓石の間を歩くのは図書館で本棚の前を歩くのと同じようなものだ。墓石の一つ一つは本と同じなのだ。ここに農夫のヨーアン・ルッデが九十七年前から眠っている。妻のリネアといっしょに。だがリネアは四十一歳で死に、ヨーアンは七十六歳で死んだ。長い間放置されていて墓石の下に枯れた花がたまっている墓にも物語があるのだ。本と同じようにタイトルと表紙があるのだ。リンダは自分の墓、父親の墓、友人たちの墓を想像してみた。だが、ビルギッタ・メドベリの墓は想像できなかった。

墓石が一つ、伸び放題の草の中に埋もれていた。リンダはしゃがみ込んで石の上の土や枯れ葉を払った。ソフィア一八五四年—一八六九年と掘られていた。十五歳で死んだわけだ。この子も高架橋の上に立ったのだろうか？　でも止めてくれる人がだれもいなかったのか？

リンダは墓地の中を歩き続けた。父親が案内してくれた森の中の開けた場所のことを思った。そこには墓石ではなく樹木があった。自分の墓地はどういうものになるだろう？　ストックホルムの海に浮かぶ群島のようなものになるのだろうか？　その群島の一つ、ムイヤ島の向こうにある小島や珊瑚礁《さんごしょう》や、海に浮かぶ崖のようなもの？　そう、まさに群島のようなもの。石の一つ一つ、珊瑚礁の一つ一つが父親の墓地での木に相当するのだ。石一個、小島一つが死んだ人間になる。航路と灯台がそれらへ渡る道しるべになるだろう。

リンダは急に足を止め、それから走りだした。死から逃げ出したかった。死は呼べば来るもの。教会の門が開いた。だが現れたのは死ではなく、ジャケットにハンチング帽に着替えた、教会で働くさっきの老人だった。

「ソフィアってだれですか？」リンダが訊いた。

「ソフィアという名前はこの墓地には四人いる。二人はかなり高齢で亡くなり、三人目は三十代、最後に一人十代でなくなった少女がいる」

「そのいちばん若い人の墓を見たわ」

「昔、その娘の話を聞いたが、いまでは忘れてしまったな。たしか結核で死んだとか。親は貧しく、父親は体に障害があったと聞いている。だが、墓石はレスタルプで商いをしていた男が建てたと言われている。まあ、それについてはいろいろと噂もあったが」

「噂？　どんな噂ですか？」

「その男はソフィアという娘を妊娠させたとか。それで良心の呵責《かしやく》を鎮めるために墓石を建てたとかいう。むろん、なんの裏付けもない話だがね」

リンダは老人と車まで歩いた。

「この墓地に眠っている人たちぜんぶのことを知っているんですか?」

「いいや、ぜんぶではない。だが、かなり知っている。ところで、墓石の下には何世代もの人間が埋められているということは知っているかね? いま死んだ人間の下にはそれより前の人間の骨が埋められているのだ。死んだ人々の間にも古いものと新しいものがあって、それが幾層も重なっているのだよ。そして死者の声が聞こえることもある」

「死者の声?」

「わしは幽霊など信じない。だが、墓石の間に囁き声が聞こえるのは本当だよ。あんたもだれの墓の隣にするか、選ぶほうがいい。長い間そこに眠ることになるのだからね。万引き女の隣になどいたくないだろう? いつもぶつぶつひとりごとを言うじいさんや、話もろくにできないような男のそばの墓もいやだろう? とにかく死んだ人たちはみんなひそひそと囁くものなんだ。ある者たちはほかの者たちよりも愉快そうであることは間違いない」

車まで来ると、老人は日差しを遮るように目の上に手を上げてリンダを見た。

「あんたはだれかね?」

「友だちを探している者です」

「それはいい。今日はいい天気で、そんな日に友だちを探すというのはじつにいい。見つかるといいね」

そう言って老人はほほ笑んだ。

「とにかく、わしは幽霊を信じてはおらんよ」

リンダは老人が車で去るのを見送った。

わたしは幽霊を信じる。でもだからこそ、幽霊はいないと思う。

リンダは車をそこに停めたまま、教会の裏手と墓地へつながる道を歩きだした。すぐに手紙にあった赤い印のついている木を見つけた。次の曲がり道で坂道に続く道へ入った。その道を下ったところにある屋敷はかなり古く、傷んでいた。一角だけは赤い塗装の木材で造られていたが、そのほかの部分は真っ白い漆喰《しっくい》壁だった。屋根はさまざまな色のスレート葺《ぶ》きだ。リンダは立ち止まってあたりを見回した。静まり返っている。錆び付いたトラクターが数本のリンゴの木のそばの草むらに半分埋もれて放置されていた。そのとき家の表玄関の扉が開いて、白い服の女性がまっすぐリンダのほうに向かってきた。なぜわたしがここにいるのがわかったのだろう？　不思議だ。ここに来る途中だれにも会わなかったし、いまは樹木の間に体が隠れていて、どこからも見えないはず。だがその女性はまっすぐリンダめがけて進んできた。顔に笑いを浮かべている。リンダと同じくらいの年格好だ。

「なにかお困りですか？」リンダの前まで来て足を止めると、女性は言った。デンマーク語と英語が交じったような発音だった。

「友だちを探しているんです。アンナ・ヴェスティンという名前の」

女性はほほ笑んだ。

「ここでは名前を使わないのよ。どうぞ、いっしょにいらして。向こうにお友だちがいるかもしれないわ」

その穏やかな口調がリンダを不安にさせた。気が進まなかったが、迷いながらもその後ろについていった。女性は建物のドアを開けた。中は薄暗く涼しかった。改造されていて、壁はぜんぶ取り払われてがらんとした大きな部屋になっていた。真っ白い壁、なんの飾りもなく、床板は厚く幅の広いもので、敷物はない。家具もいっさいない。だが、短いほうの壁の一つに上部が丸みを帯びている重々しい鉄製の窓が二つはめられていて、その真ん中に黒い木製の十字架がかけられていた。三方の壁の床にはいすはなく、直接に床に座り込んでいる人々がいた。暗闇に目が慣れるまで少し時間がかかった。警察学校で学んでいたときに発見した自分の肉体的短所の一つに、明るさの差に目が慣れるのに時間がかかるということがあった。暗いところから明るいところに出たとき、ほかの者たちよりも長い時間がかかる。医者にそのことを話し、検査してもらったが、とくに異状は認められなかった。暗所から明所に、あるいはその逆のときに目が慣れるのに人と比べて少し長い時間がかかるだけのことと言われた。

壁際の床に膝を抱えて座っていたのは、年齢もばらばらの者たちだった。一見すると彼らは、同じ部屋にいて全員が黙りこくっていること以外には、なんの関係もないように見えた。服装はさまざまだった。ダークスーツにネクタイ姿の短髪の男、その隣の中年の女性は質素な格好だった。リンダは部屋中をゆっくり見回した。アンナはいなかった。さっきの白い服の女性がもの問いたげな視線を送ってきた。リンダは首を振ってそれに応えた。

「もう一部屋あるわ」と女性が言った。

リンダはその後ろについていった。その部屋は、壁は白かったが、窓は真四角で鉄の枠ではなかった。ここでも壁際の床に人が座っていた。リンダは一人ひとりを目で追っていった。アンナはここにもいなかった。でも、いったいこの人たちはここでなにをしているのだろう？　盗み読みしたあの手紙になんと書いてあったか？　天使が雲の間から降りてくる？　いったいここでなにが起きているのだろう？

心の中にはまださっき感じた——どうして見つけられたのだろう？——という疑問があった。ここの建物のまわりには見張り小屋でもあるのだろうか？

「外に出ましょう」と白い服の女性が言った。

庭に出た。ぐるりと建物のまわりをまわってブナの木陰にある石のテーブルといすのところまで行った。リンダはいぶかしさと興味の両方を感じた。この人たちはある意味でアンナと関係があるのだ。事実をそのまま話してみようと思った。

「アンナ・ヴェスティンという名前の友人を探しているんです。行方がわからないの。彼女の郵便受けにあった手紙から、ここまでたどり着いたのです。ここにいる人たちは、名前を名乗らないということね？　でもとにかく、わたしの友だちの名前はアンナ・ヴェスティンといいます」

「どういう外見か、話せますか？」

なんだか変。いやな感じ、とリンダは思った。この女の人の笑顔。この変な落ち着きかた。ぜんぶ作りものだわ。気持ち悪い。あのチェスプレーヤーの手を握ったときの感じに似ている。

リンダはアンナの外見を説明した。女性はほほ笑みを絶やさない。

「見たことがないと思うわ。その手紙、いま持っています？」

「車に置いてきたわ」

「車はどこに停めたの？」

「教会の裏に。赤いゴルフよ。手紙は座席の上。車に鍵をかけるのを忘れてしまった」

相手は黙っている。リンダはますます不愉快になった。

「ここでみんな、なにをしているのですか？」

「あなたの友だちから聞いているのでしょう？　ここにいる人はみんな、友だちや知り合いをこの寺院《テンプル》に連れてくることになっているのよ」

「ここはテンプルなの？」

「なにか、ほかのものだとでも思ったの？」

なるほど、たしかにほかのものではあり得ないかもしれない。もちろんここはテンプルなのだ。かつて小作人や農家の使用人がわずかな収入を得るために農作業をした、そして、いまではだれも住んでいない、古い農家ではあり得ない。

「それで、このグループの名前は？」

「わたしたち、名前は使わないのよ。わたしたちの繋がりは内から湧いてくるの。みんなが呼吸し、分かち合っているこの空気で繋がっているのよ」

「なんだかへんね」

「もっとも当たり前のことがもっとも謎に満ちているものよ。サウンドボックスにひびが入っているると音響が変わるでしょう？　もし底が落っこちたら、音楽にはならないわ。人間にも同じことが言えるのよ。より高い意義がなければ、人は存在することができないのよ」

リンダは自分の質問に対して返ってきた答えが理解できなかった。理解できないことが不愉快だった。それで、それ以上は訊かないことにした。

「もう帰ります」と言って、立ち上がった。

急ぎ足で車まで戻った。だが、車は出さずに運転席に座ったまま考え込んだ。太陽が木の枝の間から車の中まで差し込んでくる。車を出そうとしたとき、砂利の敷かれた前庭に男が一人入ってきた。

最初はその男の輪郭しか見えなかった。だが教会の塀のそばの高くそびえる木々の間にその男が入ってきたとき、リンダは思わず息を止めた。その男の後ろ首に見覚えがあった。だが、それればかりではなかった。その男が太陽の下に出て行くまでのほんのわずかな時間、リンダはアンナの声を聞いた。それは彼女がマルメのホテルの窓から見たという男の話をするアンナのはっきりとした迷いのない声だった。わたしはいまホテルの窓ではなく、車の窓から外を見ている。そして、いま車の窓を通して見たのはアンナの父親だと直感した。なんの根拠もない突拍子もない考えだが、なぜかそう思えてならなかった。

24

男は太陽のまぶしさの中に消えた。後ろ首。そもそもそれはなにを物語るというのか？　自分がはっきり知ってもいないことを、一瞬とは言え、なぜそんなに確信がもてたのか？　一度も会ったことがない人間に見覚えがあろうはずがない。第一アンナの父親という男は写真でしか見たことがないし、話としてもアンナがマルメの町でガラス越しに見かけたというイメージしか聞いていないではないか。

リンダは頭を振って考えを追い払い、バックミラーを見上げた。教会前の広場には人影がなかった。しばらくだれを待つというわけでもなくそのまま車の中に座っていた。その後、ルンドへ引き返した。すでに午後になっていた。日差しは強く、気温もまだ下がっていない。午前中に訪ねた建物の前に車を停め、あのチェスプレーヤーにまた会う覚悟を決めて門を開けて入った。だがドアを開けたのは若い女だった。自分よりも二、三歳若く、髪の毛は真っ赤に染められ、ところどころに青い筋が入っている。片方の鼻の穴から頬までチェーンがぶら下がっている。全身黒で、ビニールだか革だかわからないような素材の服を着ていた。片足に黒、もう片方には白い靴を履いている。

「空き室はないわよ」と苛立った声で若い女は言った。「学生会の掲示板に紙が張り出してあったのなら、なにかの間違いよ。空き室があるってだれから聞いたの？」

「そうじゃないわ。アンナ・ヴェスティンを探しているのよ。友だちなの。わたしの名前はリンダ」

「いま部屋にいないと思う。でも自分で見てみれば？」

女の子は一歩下がってリンダを中に入れた。リンダはリビングのほうに目をやった。チェスボードはそのままあったが、チェスプレーヤーはいなかった。

「今日の午前中、一度来たのよ。そのときはチェスをする男の子と話したわ」

「だれと話そうとかまわないけど」と女の子はそっけなく言った。

「マルガレータ・オルソンというのはあなたね？」

「それはあたしの偽名」

リンダは眉をひそめた。マルガレータは愉快そうな顔になった。

「本名はヨハンナ・フォン・ルーフというの。でも、もっとふつうの名前のほうが好きなのよ。それでマルガレータ・オルソンという名前を自分につけたの。スウェーデンにヨハンナ・フォン・ルーフという人間は一人しかいないけど、マルガレータ・オルソンという名前なら何千人もいるわ。だって、一人だけだなんて、いやでしょ？」

「ええ、わかるわ。たしか法科よね？」

「ううん、経済学」

マルガレータ・オルソンはキッチンのほうを指差した。

「いま彼女がいるかどうか、見ないの？」

「いないってこと、わかっているんでしょう？」

「もちろんよ。でも自分の目で確かめようとする人を止めはしないわ」

「いまちょっと時間ある？」

「時間ならいくらでもあるわ。あなたはないの？」

二人はキッチンに座った。マルガレータは紅茶を飲んだ。が、リンダもほしいかどうかは訊こうともしなかった。

「経済学か。むずかしそうね」

「ええ、むずかしいわよ。人生はむずかしいものよ。でも、あたしには計画があるの。聞きたい？」

「ええ」

「自慢話に聞こえたり、偉そうな話をしていると思うのなら、そのとおりよ。だって、鼻にチェーンをつけている女の子なんかに、世の中の経済のことなんかわかるはずがないとみんな思っているもんね。その点であたしはすでに人の裏をかいてるってわけ。あたしの計画はこうよ。経済学を五年間勉強する。その後、外国銀行と不動産会社で何年か働くの。せいぜい二年かな。そのときはもちろん鼻のチェーンは外すわ。そのときだけ、臨時にね。自分の事業を始めるときはまたチェーンをつけるつもり。経済学の勉強が終わったら、自分に対するご褒美に、いくつか新しい穴をどこかにあけるかもしれないわ。経済学をマスターするのに七年かかると思っているの。その間に、資本金を二百万クローナほど貯められるはずよ」

「ヨハンナ・フォン・ルーフは金持ちなの？」

「父親はヨハンナが生まれた年にノルランドの海辺の町にあった製材所を破産させてしまって、その後はひどい暮らしをしてきたわ。貧乏で、トレレボリで狭いアパート暮らし、父親は港湾でなんかの仕事にありついていた。でもあたしには株券があった。あたし、株式市場にくわしいの。売り買いはお手のもの。もうけはぜんぶ貯金してきた。情報はどこからでも仕入れられる。テレビのニュースに耳を澄ます、文字テレビ、市場の動きにいつも目を向けているの。そうすれば売りと買いのタイミングがわかるのよ」

「テレビは観るものじゃないのね？」

「うん、聴くのと同じように観るのならいい。そうしないといつが売り買いのときなのか、逃してしまう。あたしは岸辺の葦《あし》の後ろに隠れているどす黒くて意地の悪いカマスよ。餌がやってきたら狙いを定めてパクリ。一財産築き上げるのに十年かかると見ているんだ。それで勉強はじゅうぶんに役に立ったというもの。三十二歳のとき、現役引退よ。あとは一生働かないで食べていけるわ」

「その後はなにをするの？」

「スコットランドに引っ越して、日の出と日の入りを見て暮らすつもり」

リンダはマルガレータ・オルソンが冗談を言っているのかどうかわからなかった。それを相手は察知したようだった。

「信じてないでしょう、いまの話。信じるかどうかはあんたが選ぶことよ。十年後にここで会うこともできるわ。そしたら、あたしの言ったことが正しかったかどうかわかるから」

「信じるわよ」

マルガレータは腹を立てたように首を振った。

「ううん、信じてない。ところで、なにを知りたかったんだっけ?」

「わたし、アンナを探しているの。友だちなのよ。なにか起きたのではないかと心配なの。まったく連絡がつかないので」

「あたしになにができるのかしら?」

「最後にアンナを見かけたのはいつ? アンナのこと、知っている?」

そっけなく、ズバッとした答えが返ってきた。

「あたしはあの人嫌い。できるだけ話をしないようにしてる」

リンダはそれまで一度も人がアンナを嫌いだと言うのを聞いたことがなかった。過去のことを思い出してみても、自分はよく学校の友だちとケンカすることがあったが、アンナは決してそんなことはなかった。

「なぜ?」

「面倒くさい人だと思うから。あたし自身もそういうところがあるから、たいていの場合、そういう人には目をつぶるんだけど、彼女の場合は別。あたしとはちがううさん臭さがあるのよ」

マルガレータは立ち上がると、紅茶のカップを洗った。

「友だちの悪口言われて、いやな気分じゃない？」

「だれにも自分の意見を言う自由はあるわ」

マルガレータはまたいすに座った。

「もう一つあるのよ。いえ、二つ、かな。一つはあの人はケチだということ。もう一つは、嘘つきだということ。絶対に信用できない。彼女の話も、彼女があたしのミルクとか他の人のリンゴに手を出さないということも信じられない」

「でも、それ、アンナじゃないみたい」

「もしかすると、あんたの友だちのアンナじゃないのかもね、ここに住んでいるのは。とにかくあたしは彼女が嫌いよ。向こうもこっちを嫌っているからおあいこよ。お互いの暮らしのリズムを知っているから、彼女が食べるとき、あたしは食べないし、幸いバスルームが二つあるから、鉢合わせすることもないしね」

マルガレータの携帯が鳴り、席を立ってキッチンを出て行った。リンダはいま聞いたことを頭の中で反芻《はんすう》した。考えれば考えるほど、昔のアンナと最近ふたたびつきあいはじめたアンナは別人のような気がしてきた。マルガレータいやヨハンナと言うべきか、とにかくここに住んでいるこの若い女の子の知っているアンナは、リンダの知っているアンナとはまるきり正反対の性格のようだ。でも、どちらも事実なのかもしれないという気もする。ここではこれ以上なにもわからないだろう。アンナはここにも来ていない。それにはきっとわたしの知らない、しかるべき理由があるのだろう。ちょうど彼女とビルギッタ・メドベリがしかるべき理由があって連絡を取り合っていたのと同じように。

リンダは立ち上がった。マルガレータが戻ってきた。

「怒ったの？」

「どうして？」

「あんたの友だちを悪く言ったから」

「べつに、怒ってなんかいないわ」

「それじゃ、もっといやなことでも聞ける？」

二人はまたテーブルについた。リンダは緊張していた。

「アンナがなにを勉強しているか、知ってる？」マルガレータが聞いた。

「医者になるための勉強」

「あたしも最初そう思った。ここのみんなもそう思ったわ。でも、その後、彼女は医学部から締め出されたと聞いたのよ。カンニングしたという噂があるわ。本当かどうかわからないけど。ほかの理由があったのかもしれない。でも彼女自身はなにも言わない。いまでも医学を勉強しているふりをしている。でも実際はそうではない。ぜんぜんちがうことに夢中なのよ」

「なにに？」

マルガレータは少し考えてから口を開いた。

「彼女の良い面なのだと思うわ。たった一つの良い面と言っていいかも」

「それはなに？」

「祈ること」

「祈る?」

「祈るって、いままで聞いたことがない言葉なの? 祈るのよ。教会で人がすること」

リンダは無性に腹が立った。

「あんた、何様のつもり? 祈りがなにかをわたしが知らないはずないじゃない。アンナが祈るって言うの? どこで、いつ、なぜ?」

マルガレータはリンダが突然怒りだしたことを気にもかけないようだった。その落ち着きぶりにリンダは少しうらやましさを感じた。

「アンナは正直なんだと思う。なにかを求めている。嘘でも上っ面の素振りでもない。あたし、彼女のことがわかる気がする。あたしが外的な富を求めるのと同じように内的な富を求める人がいるってこと、理解できるから」

「さっき、アンナとは話をしないと言ってたわね。話をしないでどうしてこんなことがわかるの?」

マルガレータは体を前に乗り出して言った。

「それは、あたしが嗅ぎまわるからよ。立ち聞きをしたりね。カーテンの後ろに隠れてこの家で起きるすべてを見聞きする影のような存在、それがあたしなの。最悪なのは、これが本当のことだということ。それはあたしの経済に関する考え方によるのよ。市場経済の大聖堂、そこはほかのどこよりも、いちばんいい情報を手に入れるにはどの柱の陰に身を潜めるのがいいかを知らなければならない場所なの」

「ということは、アンナにはここに信頼のおける人がいたということ？」

「おかしな言葉ね、〝信頼のおける人〟とは。どういう意味かしら？　あたしにはそんな人はいない。アンナ・ヴェスティンにもいなかったと思う。正直ついでに言うと、アンナ・ヴェスティンっていう人はどうしようもないくらい頭がおかしいよ。ああ神様、こんな医者に診察されたりすることはごめんです、と思ったものよ。それはあたしがまだ、彼女が医学を勉強していると思っていたころのこと。アンナ・ヴェスティンは自信たっぷりに大声で話す人だった。ここのキッチンで彼女が話すとき、あたしたちはみんな現実離れした世間知らずの説教と思って聞いているのよ。彼女、なんでも道徳的な話にしてしまう。だからみんなげんなりしちゃうの。まあ、チェスプレーヤーの彼だけは別かな？　彼はいつかアンナをベッドに連れ込もうと思っているからね」

「成功すると思う？」

「無理、無理」

「いま、彼女はなんでも道徳的な話にしてしまうって言ったでしょう？　どういう意味？」

「あたしたちの暮らしのことを貧しいって言うのよ。内なる世界に目を向けないと嘆くの。彼女がなにを信じているのか、あたしは知らない。クリスチャンではあると思う。いつか、イスラム教について彼女と話し合おうとしたことがある。そのときは彼女、猛烈に腹を立てたのよ。彼女はクリスチャンよ、絶対に。それもかなり保守的なクリスチャンだとあたしは思う。彼女とのつきあいはそれ以上深まらなかったけど。でもとにかく、彼女が宗教的な意見を言うときに、なにか真実の核のようなものがあるの。それとときどき、部屋で祈っている声が聞こえることがあるのよ。心からの、正直な祈りに聞こえる。祈りのとき彼女は嘘をつかない。ものも盗まない。それが本当の彼女なんだと思う。それ以上は知らないわ」

話が途絶えた。マルガレータはリンダを見つめた。

「なにか起きたの?」

リンダは首を振った。

「わからない。もしかするとそうかも」

「心配なのね」

「ええ」

マルガレータは立ち上がった。

「アンナ・ヴェスティンには守ってくれる神がいるわ。少なくとも彼女はそう言っている。自慢しているわ。自分には神様と地上の守護神ガブリエルがいるって。ガブリエルって天使じゃなかったっけ? あたし、教会のこと、ぜんぶ忘れちゃった。でも神様と守護神がいるんだから、きっとだいじょうぶよ」

マルガレータは立ち上がって、あいさつの手を差し出した。

「もう時間がないわ。あんたも学生?」

「わたしは警察官よ。いえ、もうじき警察官になる、候補生なの」

マルガレータはじろじろとリンダを見た。

「なるほどね。ずいぶんたくさん訊きたいことがあるようだから、警官になると聞いても驚かないわ」

リンダは急に聞き忘れたことを思い出した。

「ミッレという名前の人、知っている？」

「ううん」

「アンナの知り合いにそういう人いるかな？　彼女の留守電に声が入っているのよ」

「ほかの人たちに聞いてみるわ」

リンダは携帯番号を教えて退散した。マルガレータ・オルソンの自信ありげな様子がうらやましいと思う気持ちがまだ少し残っていた。彼女にあって自分にないものってなんだろう？　わからなかった。

アンナの車で家に戻った。食事の買い物をし、疲れていることに気づいた。早くも十時には眠りに落ちた。


月曜の朝、リンダは玄関ドアの閉まる音で目を覚ました。頭がぼんやりしたままベッドに起き上がった。時計は六時を指していた。ふたたび横になって眠ろうとした。雨のしずくが窓ガラスを叩いている。その音で子どものころのことを思い出した。雨の音、モナのスリッパの音、父親のドシンドシンと歩く足音。あのころはベッドにいるとき親たちの足音や気配がすると大きな安心を感じたものだった。子ども時代の思い出を振り払って起き上がった。ブラインドに手をかけると勢いよく巻き上がった。窓ガラスに長い雨の跡が見える。キッチンに行って窓の外につけてある温度計を見ると、十二度だった。天気が大きく変わったのだ。電磁プレートがついている。父親が消し忘れたのだろう。コーヒーは半分飲みかけのままだ。なにか気になることがあって、急いでいたのだとわかる。

新聞を手元に引き寄せると、ランネスホルムの記事を探し、読みはじめた。刑事クルト・ヴァランダーの短いコメントが載っていた。まだ初期段階でなにもわからない、いまのところ手がかりはなにも見つからないが、きっと近いうちになにか見つかるだろう、いまはまだこれ以上のことは言えない、とあった。リンダは新聞を脇に置き、アンナのことを考えはじめた。もしマルガレータ・オルソンが正しかったら、実際その言葉を疑う理由はなにもないのだが、アンナは知らぬ間に人が変わったようになったのだろうか。だが、なぜいま姿を消したのだろう？　なぜ父親を見かけたなどと言ったのだろう？　なぜヘンリエッタは本当のことを言わなかったのだろう？　そして日差しの強い教会の前庭を横切っていったあの男、なぜ自分は彼をアンナの父親のイメージと重ねたのだろう？

そしてもう一つ。ビルギッタ・メドベリとアンナの関係はなんだったのかという大きな疑問がある。

これらの考えが頭から離れなかった。コーヒーを温め、テーブルに向かって考えをノートに書き出してみた。一度目を通してから、丸めて紙くずかごに捨て、セブランに電話をかけようと思い立った。いま考えていることを彼女に話すのだ。セブランは賢い。いつも地に足が着いている。きっとどうしたらいいか、彼女なりの考えを言ってくれるだろう。リンダはシャワーを浴び着替えてからセブランに電話をかけた。留守電になっていた。携帯に電話してみたが、電源が切れているのか、繫がらない。雨だから、子どもを連れて散歩に出ているはずはない。いとこのところにでも行っているのだろうか。

リンダは落ち着かなかった。父親に電話してみようか、いやそれとも母親に？　とにかくだれかと話したかった。だが父親の仕事の邪魔をしたくはなかった。母親のモナに電話をすると、話がどんなに長引くかわからない。それはいやだった。長靴を履きレインコートを着て車まで行った。車が日常的に使えることに慣れてしまっている。これは危険だと思った。アンナが戻ってきたとき、父親の車を借りることができなかったら、また歩くしかない。イースタの町から出て、給油のためにガソリンスタンドに入った。給油ポンプのそばに立っていた男がうなずいてあいさつした。だれだかわからなかったが、男に見覚えがあった。だが、レジのところでその男に会ったとき、思い出した。ステン・ヴィデーンだ。父親の友人、ガンを患《わずら》っていて、もうじき……。

「リンダだろう？」

声がしゃがれていて弱々しかった。

「そうよ。ステンね？」

ステン・ヴィデーンは笑ったが、その笑いは無理をした、引き攣《つ》ったような笑いだった。

「小さいときに会ったきりだね。いまはこんなに大きくなって。しかも警官だ」

「馬のほうはどうですか？」

彼はすぐには答えず、リンダが勘定を済ますのを待って話しだした。

「父さんから聞いてると思うが、おれはガンに罹《かか》っていて、もうじき死ぬ。来週、残りの馬を売ることになっている。それでおしまいだ。がんばれよ」

ステン・ヴィデーンはリンダの反応を待たずに歩きだし、汚いボルボに乗り込むと行ってしまった。リンダは見送りながら、心の中でつぶやいていた。最後の馬を売るのが自分でなくてよかった。

ふたたびレスタルプへ行き、教会のそばに車を停めた。だれかが知っているはず。アンナがどこにいるかを。ここにいないのなら、どこかにいるにちがいないのだから。黄色いレインコートのフードを立ち上げてかぶると、教会のそばの小道を小走りに表まで行った。教会のまわりの荒れ果てた畑に打ち捨てられている農耕機具が、雨に濡れて光っていた。寺院《テンプル》の表のドアを叩いた。だれも出てこない。ドアは少し開いていたので、声をかけてみたが、応えはなかった。中に入ってみた。家の中は空っぽだった。人がいないだけでなく、なにもかもなくなっていた。すべて引き揚げたあとだった。壁を見上げてみた。黒い十字架もなくなっている。まるで以前からの空き家のような風景だった。

リンダは古い家の真ん中に立ち尽くした。あの男だ。太陽がまぶしく照りつける中を通った男。アンナの父親だとわたしが直感的に思った男。あの男が一昨日ここに来た。そして今日、みんないなくなっている。

リンダはその家を出てランネスホルムへ向かった。クルトは城の中で会議を開いていると聞いた。城まで歩いていき、階下の大きなホールで父親を待った。頭の中にはマルガレータ・オルソンの語った言葉があった。アンナ・ヴェスティンにはなんの心配もいらない。なにしろ彼女には偉大な守護神がついているのだから。神と守護神ガブリエルの両方がついている、と。なぜかはわからないがこの言葉は重要だという気がした。

25

いつも父親には驚かされる。もっと正確に言えば、父親が過密スケジュールの中でも好き勝手に動きまわる人間なのだということが、どうしてもピンとこないのだ。たとえばいま、父親は広いランネスホルムの城の中、ドアを開けて重々しい飾り付けのある階段を下りてくる。大きな城、荘厳な階段、そしてその下にいる自分に向かって、さも日常的な様子で歩いてくる父親。疲れているようだ、とリンダは思った。疲れていて、仏頂面で、心配そう。でも、機嫌は良さそうだ。ソファまで来て彼女の隣に腰を下ろすと、まったく関係のない話を始めた。レストランで手袋を忘れたとき、戻ると傘を代わりに渡されたという話。父は頭がおかしくなったのか、と思ったとき、マーティンソンがやってきた。父親がトイレに立っていなくなると、マーティンソンは、このごろクルトは機嫌がいい、おそらくその理由はリンダがイースタに戻ってきたからだと言った。マーティンソンが立ち去ったあと、ヴァランダーが戻ってきて、ふたたびソファにどしんと腰を下ろした。古いスプリングがきしみ音を立てた。リンダはステン・ヴィデーンに偶然会ったという話をした。

「ステンは運命を相手にとんでもない力を発揮している」リンダが話し終わるとヴァランダーが言った。「あいつはリードベリを思い出させるんだ。彼もまた死を前にして、同じような落ち着きを見せていた。ときどき思うんだが、人が、そのときが来たら強い自分であれますようにと願い、それが報われるのは、神の恩寵《おんちょう》なのだろうか」

警官が数人、鑑識課で使う道具を入れた箱を数個運んできた。その後はまた静かになった。

「捜査のほうは？」リンダは遠回しに聞いた。

「あまりうまくいってない。いや、時間がかかってると言うべきだな。犯罪が深刻なほど、焦りもひどくなる。本当はいちばん忍耐強さが必要なときなのだが。昔マルメ署のビルクという警察官を知っていた。彼はよく、医者の仕事と警察官の仕事は似ていると言っていた。むずかしい手術を前にした医者は焦りを抑える。必要なのは落ち着きと時間、そして忍耐力だからだ。警察官にも同じことが言えるだろう。ビルクもすでに死んだ。森の中の湖で溺れ死んだんだ。泳いでいて足が攣《つ》ったらしい。声をあげても、あたりに人がいないようなところで。そんな湖でなぜ泳いでいたのか、もう少し注意すべきじゃなかったか、と思ってしまう。だが、とにかく死んでしまった。たくさんの人間が死んでいく。そんなことを思うこと自体、おかしなことだ。ひっきりなしに人が生まれ、そして死んでいくんだからな。ただそれに気づくのは、自分の番が近いときなんだ。おやじが死んだとき、おれは列のいちばん前に立ったと思ったものだ」

そう話してヴァランダーは黙り、自分の手を見つめた。それから娘のほうを見て、笑顔になった。

「さっき、なにを訊いた？」

「捜査のほうは、と」

「動機の手がかりも犯人の手がかりもまったく見つけられない。あの小屋にいたのがだれかもわからない」

「パパはどう思うの?」

「どう思うか、と訊いてはならないことぐらい、知っているだろう? なにを知っているか、あるいはどういう想定があるかと訊くのはいいが」

「知りたいからよ」

ヴァランダーはこれ見よがしに大きなため息をついてみせた。

「よし、これは例外だぞ。ビルギッタ・メドベリは昔の巡礼の小道を探しているとき道に迷って、偶然にあの小屋を見つけたのだと思う。そこにいた人間はパニックからか激怒からか、彼女を殴り殺した。だが、そのあと、死体をバラバラにしたということで、ことが複雑になった、ということだろう」

「体のほかの部分は見つかったの?」

「湖の底を徹底的にさらっている。警察犬数匹が森の中を嗅ぎまわっている。これまでのところなんの手がかりも見つかっていない。もっと時間がかかるだろう」

ヴァランダーはソファに座り直した。時間がないことに気づいたようだ。

「なにか話したいことがあるんじゃないのか?」

リンダはアンナの下宿を訪ね、そこでチェスプレーヤーとマルガレータ・オルソンに会った話をした。レスタルプの教会の裏にあった家のことを思い出せるかぎり細部に至るまで話した。「言葉が多すぎる」というのがヴァランダーの反応だった。「もっと少ない言葉でもっと上手に話せるはずだ」

「練習しているのよ。でも内容はわかった？」

「ああ」

「それじゃあ一応、合格ね」

「B？　だな」

「なにそれ。それにその疑問符？　はなんなの？」

「おれが学校に行っていたころの成績表の表記の仕方だ。B？　以下だったら落第さ」

「それで、アンナのこと、わたしはどうしたらいいのかしら？」

「まず心配するのをやめることだな。おれの忠告をちっとも聞いていない。ビルギッタ・メドベリはどこかで間違いを犯したためにあんな目に遭った。あれはある意味で自ら招いた災難だ。その間違いというのは、ほとんど聖書的な間違いだったと言える。彼女は間違った道を選んでしまった。キリストの教えは間違いの道と正しい道、幅の狭い道と広い道、曲がりくねった道と危険な道が渦巻いている。ビルギッタ・メドベリはおれの見るところ、とんでもなく運が悪かった。メドベリがそうだったからと言って、それをアンナにも当てはめることはできない。たしかに日記によれば、二人の間にはなんらかの繋がりがあることがわかる。いまわれわれが行動できることはなにもない」

アン＝ブリット・フーグルンドとリーサ・ホルゲソン署長がやってきた。急いでいるようだ。リーサはリンダに向かって親しそうに笑いかけたが、アン＝ブリット・フーグルンドは気がつかないようだった。クルト・ヴァランダーは立ち上がった。

「家に帰りなさい」と娘に言った。

「いまでもすぐにあなたに働いてほしいほどよ」リーサ・ホルゲソンが声をかけてきた。「でも予算がないの。いつ始めるんでしたっけ？」

「来週の月曜日です」

「いいわね」

リンダは三人の後ろ姿を見送った。そのあと自分も城を出た。雨が降っていた。気温も少し下がっている。天候が定まらない。車に戻りながら、リンダはアンナと中学生のころに遊んだ遊びを思い出した。〈いま何度？〉という遊びだった。家の中でも外でもその遊びをした。アンナはいつも正しい温度に近い数字を言った。リンダは車のそばまで来て立ち止まった。その思い出にはもう一つ、あまり思い出したくない思いが付随していた。リンダはアンナがいつも正解に近い温度を言うことに疑いを抱いたのだった。カンニングをしているのだろうかという疑いだった。だが、どうやっていたのだろう？　衣服の中に温度計を潜ませていたとか？　こんどアンナが現れたら訊いてみようと思った。もしかすると昔の友情がふたたびよみがえるかもしれないと思っていたのが、答えがわかることで、おじゃんになってしまうかもしれない。それはそれでしかたがない。

リンダは車に乗り、考え続けた。いま家に帰る必要があるだろうか？　父親の言葉で彼女の気持ちはすでに落ち着いていた。本当の意味で、心配しなくてもいいのだと思えた。だが、あの教会の裏にある家がどうしても気になる。なぜあそこにいた人たち全員がいなくなったのだろう？　とにかく少なくともあの家の持ち主がだれかぐらい、調べてもいいだろう。それを知るためにだれかの許可も警官の制服の着用もいらないはずだ。リンダはまたもやレスタルプへ車を走らせ、前と同じ場所に車を停めた。教会の入り口の扉は半分開いていた。少しためらったが、決心して中に入った。入ってすぐのところに前に話をした教会の用務員と見られる初老の男性がいた。彼も彼女に見覚えがあったらしい。

「この美しい教会をまた見に来たのかね？」

「本当は、訊きたいことがあって来たんです」

「それはだれもがすることだろう？　だれもが教会で問いかけ、答えをもらいにくる」

「あ、そういうことじゃないんです。教会の裏の古い家のことなんですけど、あの家の所有者はだれですか？」

「あれはいままで何人もの人が買っては売り、買っては売りした家だよ。わしが子どものころは、あの家には小作人が住んでいた。足の悪い人でな。ヨハネス・ポールソンという名前だった。スティービー・ゴードで日当をもらって働いていたが、欠けた食器を修繕するのが得意だった。最後は一人暮らしをしていた。家の中で動物を飼っていたよ。居間でブタを、台所では鶏を飼っていたっけ。当時はそんなことはふつうだったのさ。ヨハネスが死んだあとは、あの家は一時穀物置き場に使われていた。そのあとは馬の売買人が買ったな。一九六〇年代になると頻繁《ひんぱん》に家の持ち主が変わったんで、わしはもう覚えきれんかった」

「それじゃ、いまの持ち主がだれか、わからないのですね？」

「最近、人の出入りを見たなあ。なんだか、おそるおそるやってくるという感じの連中だった。瞑想するための集まりと聞いた。村の者たちに迷惑をかけることはまったくなかったね。あの家の持ち主がいまだれなのか、わしは知らん。役所の登記簿に載っているのではないかね」

リンダは考えた。父だったらどうするか。

「村のことならなんでも知っているという人、いませんか？」

老人は驚いたように彼女を見返した。

「それはわしだろう？」

「あなた以外に。この村で、この家の持ち主がだれかを知っていそうな人を知りません？」

「それならサラ・エディーンだろうな。自動車修理工場の隣の小さな家に住んでいる昔教師をしていたばあさんだ。毎日電話を片手に暮らしている。この村で起きることならなんでも知っている。いや、起きたことも起きないことも、と言うべきかな。ありもしないことまで見てきたように言う人だ。わかるかな、わしの言わんとするところが。根は親切なばあさんだ。ただ、とんでもなく好奇心が強いだけでな」

「直接に行って、ドアをノックしたらどうなるかしら？」

「一人暮らしの老人を喜ばせること、請け合いだ」

教会の入り口ドアが開いて、ギュードルンが入ってきた。ちらりとリンダのほうを見て、そのまま教会の中に入っていった。

「毎日だ」と老人は言った。「同じ時間、同じ悲しみ、同じ顔つきだ」

リンダは教会の裏手にまわった。足を止めてあたりをうかがう。だれもいない。ふたたび教会に戻り、車は置いていくことに決め、徒歩で自動車修理工場に向かった。〈ルーネの自動車とトラクターの店〉という看板があった。工場の片側には解体された車の山が、もう一方の側には高い塀がめぐらされていた。元教師の老女が解体された車の山が窓から見えるのはいやだと文句を言ったのだろう。元教師の家の門を開けて中に入った。きれいに手入れされた庭だった。そこに花の上にかがみ込んでいる女性がいた。リンダの足音を聞いて、まっすぐに背中を伸ばした。これがサラ・エディーンにちがいないとリンダは思った。

「どなた?」声が厳しい。

「リンダといいます。訊きたいことがあるのですが」

サラ・エディーンは移植ベラを持った手を高く掲げてリンダに近づいた。この人は人を見るとすぐに吠える犬のような人かもしれないとリンダは思った。

「なぜ?」

「友人を探しているんです」

サラ・エディーンは疑い深そうな顔でリンダを見ている。

「それは警察のすることではないですか。いなくなった人間を探すのは」

「わたし、警察官なんです」

「それじゃ身分証明書を見せてもらいましょう。そう要求することができると、兄から聞きました。ストックホルムで長い間学校の校長をしていた兄です。同僚も生徒も面倒な人が多かったらしいけど、退職してから百一歳まで生きた立派な人でしたよ」

「身分証明書は持ってません。もうじき警察官として働きはじめます。初めは警察官実習生として」

「なるほど、そういうことで嘘をつく人間はいないでしょうね。あなた、力持ち？」

「はい、かなり」

サラ・エディーンはくず野菜や雑草が山と積まれている手押し車を指差した。

「裏でコンポストを作っているの。でも、今日は背中が痛くてこれが運べない。そんなことはめったにないことなのだけど。昨夜寝違えたのかもしれないわ」

リンダは手押し車を押してみた。かなり重かったが、それでも裏のコンポストまで押していき、中身をコンポストの上に空けた。サラ・エディーンは少し態度がやわらかくなった。裏庭の茂みの中に切り開かれたところがあって、中に庭園用のいすとテーブルが置かれていた。

「コーヒーはお好き？」サラ・エディーンが訊いた。

「ええ」

「それじゃ、イースタに向かう道沿いにある家具のデパートのコーヒーコーナーまで行ってもらわないとね。わたしはコーヒーは飲まないの。紅茶もね。でも、ミネラルウォーターならありますよ」

「なにもいりません」

二人は庭のいすに腰を下ろした。このサラ・エディーンという女性は生涯を教師として過ごしてきたのだろう、とリンダは思った。わたしを面倒な問題を起こす生徒と見なしているのかもしれない。

「さて、話を聞きましょうか?」

リンダはありのままに話した。友人のアンナ・ヴェスティンの足跡を追ってレスタルプの教会にたどり着いたと言った。しかし、なにかとんでもないことが起こったのではないかと心配している様子はみじんも見せなかった。

「会う約束をしていたんです。でも行き違いがあって」

サラ・エディーンはじっと話を聞いていたが、しだいにその顔に疑問符が浮かんだ。

「あなた、わたしからなにを聞きたいの?」

「あの家の大家がだれか、知りませんか?」

「昔はだれでもどの家がだれの持ち物か、法的な所有者の名前を知っていましたよ。それがいまでは、世の中が落ち着かなくなって、だれが持ち主かなんてわからなくなってしまった。売っては買い、買っては売る人たちが多いからね。自分の隣の人が犯罪人だなんてことだって起き得るんだから。物騒な世の中になったものよ」

「こんな小さな村なら、隣の家の持ち主ぐらいわかるかと思ったのですが？」

「あの家には最近人の出入りがあると聞いてます。でもなにか物騒なことが起きたとは聞いてませんよ。わたしの知るかぎり、あそこに出入りするのは、健康運動に従事する人たちだとか。わたしは健康にとても留意しているのよ。天国にいる兄をがっかりさせるように、わたしの命が彼より短かったらあの人は喜びますからね、食べるものや暮らし全体にとても気をつけているの。それに、わたしはそれほど保守的ではないから、健康を保持するためなら伝統的でない方法さえ迷わずに試したりしているの。だからあの家に一度行ったことがあるのよ。英語を話す親切な婦人がパンフレットをくれたわ。なんという運動体だったか、覚えていないけど。とにかく瞑想と自然のなんとかジュースが人の健康には大事ということでした」

「そこには一度行ったきりですか？」

「なんだか、全体がよくわからなかったもんだから」

「そのパンフはいまでもありますか？」

サラ・エディーンはコンポストの山のほうに首を傾けて言った。

「その紙はもう跡形もなくなったと思うわ。人ばかりじゃないのよ、土になるのは。紙もまた土に帰るの」

ほかにもまだ訊きたいことはあるだろうか？　いや、いまやここに来たことの意味はなくなってしまった。そう思って、彼女は立ち上がった。

「ほかに質問は？」

「ありません」

二人は家の表側にまわった。

「秋は本当にいや」サラ・エディーンが急にしゃべりだした。「霧が忍び込んでくるような秋がわたしは本当にいやなの。雨ばっかり。畑を荒らすカラスも大っ嫌い。それでもなんとか過ごせるのは、庭に植えている球根が春になって花を咲かせるのが楽しみだからよ」

リンダは門の外に出た。

「もう一つ思い出したことがあるわ」サラ・エディーンが言った。サラは門の内側に、リンダは外側に立っていた。

「わたしはときどき、隣の自動車修理工場のルーネのところに文句を言いに行くのよ。隣は日曜日まで働くことがあって、うるさくてしょうがないのでね。ルーネはわたしのことが少し怖いようなの。あの人はきっと子どものときも先生が怖かったんでしょうよ。とにかく、わたしが言えば、工場は静かになるわ。でもいま急に、ルーネが言っていたことを思い出したの。あるときガソリンを給油した男が千クローネ札で代金を支払ったって。千クローネ札って、ここら辺ではめったに見かけないものだから。それがノルウェー人だったって。そのノルウェー人があの家を所有しているんじゃないかって、ルーネが言ってたわ」

「それじゃ、ルーネに訊くべき、ということですね？」

「そんなに待つ時間があるなら、ね。いまルーネは休暇でタイに行ってるわ。そこで彼がなにをしているか、想像もしたくないけど」

リンダは考え込んだ。

「ノルウェー人？　名前はわからないんですよね？」

「もちろん」

「外見もわからない？」

「ええ。でもわたしがあなたなら、あの家を売った不動産屋に訊きますね。この辺で家の売買をするのはスパルバンケン銀行の不動産部ね。近くに支店があるわ。もしかして彼らが知っているかもしれない」

リンダはサラ・エディーンの家をあとにした。彼女とは時間があればもう少し話したいと思った。道路を渡って美容室の前を通り、銀行の支店に入った。小さな事務所で、男が一人カウンターの内側で机に向かっていて、入ってきたリンダを見上げた。用件を言うと、男は書類を確認することもなく、すらすらと答えた。

「そのとおりですよ。その物件は私どもが扱いました。売り手はマルメに住んでいる歯医者のスヴェード氏で、夏の家として所有していたのですが、飽きてしまったらしいんですね。それで、私どもはネットとイースタ・アレハンダ紙に広告を出したんです。すると、ノルウェー人のお客様が一人、その家を見たいと言ってご連絡くださった。私どものスクールップの支店の者がこの物件の担当です。わたしはこの支店で銀行業務を主にしていますので、不動産業務のほうはほかの支店にまかせているのです。二日後、商談は成立しました。たしかそのノルウェーのお客様は現金で支払ったとか。なにしろノルウェーはいまや金持ちですからなあ」

最後のコメントはノルウェーに対する羨望とやっかみが込められているように感じられたが、リンダはそんなことよりもそのノルウェー人の名前が知りたかった。

「ここには書類がないのですが、スクールップに電話をすればわかりますよ」

そのとき銀行に客が入ってきた。両手に杖を持った老人だった。

「その前にアルフレッドさんのご用件をうかがいます。少しお待ちください」

カウンターの中の男が言った。リンダは待った。イライラするのをできるだけ抑えていたが、老人の用事は永遠に終わらないのではないかと思うほど時間がかかった。リンダは老人のために出口ドアを開けた。銀行の男は電話を手に取って、番号を押した。一分ほど経ってから、答えを得たらしく、紙にメモをとってリンダに渡した。そこにはトルゲイル・ランゴースとあった。

「もしかするとその最後のランゴースのゴーの部分はaではなくaが二つ綴られるのかもしれませんが」

「住所は?」

「お客様はただ、名前を知りたいとのことだったので」

リンダはうなずいた。

「ほかのことはスクールップへ行けばわかりますよ。ところで、お客様はなぜあの家の持ち主をそんなに知りたがっておられるのですか?」

「あの家に関心があるんです。買おうかと思って」

車まで急いで戻った。名前がわかった。ノルウェー人の名前が。だが、車のドアを開けたとたん、なにかがちがっていると感じた。計器の上にのせていたレシートが下に落ちている。マッチの箱が動かされている。車に鍵をかけていなかった。ちょっとの間に何者かが車の中に入ったのだ。

車上荒らしではない。ステレオのラジオは盗まれていない。だれが、なぜ、車の中に入り込んだのだろう？

26

最初に頭に浮かんだのは、あり得ないことだった。ママかもしれない。こんなことをしたのはモナかもしれないと思った。以前わたしのタンスの中を探ったことがあるから、こんどもこれをしたのはモナかもしれない。リンダは注意を払いながら運転席に座った。ほんの一瞬、体に恐怖が走った。爆弾。爆弾が破裂して、車ごと吹っ飛んでしまうのではないか？　もちろん、爆弾などありはしなかった。鳥のふんがフロントガラスに落ちていた。そのとき運転席が動かされていることに気づいた。ほんの少し、座席が後ろにずれている。ここに乗り込んだ人間はわたしよりも体が大きいのだ。ハンドルが邪魔で、運転席に座るには座席を後ろにずらさざるを得なかったのだ。鼻をクンクンいわせて匂いを嗅いだ。嗅ぎ慣れない匂い、シェービングローションや香水の匂いはなかった。ギアの後ろにアンナが貼り付けておいた駐車料金を入れておく黒いプラスティックカップが少しずれているように思えた。

リンダはふたたびモナのことを考えた。子ども時代はまるで追いかけっこゲームのようだった。母親に持ち物をチェックされたり、秘密にしている物を調べられたりすることに、初めて気がついたのはいつごろだったろうか。学校から帰ってきて、自分の持ち物になんらかの変化が加わっていることに気がついたのは八歳か九歳だったかもしれない。最初は自分の思いちがいかもしれないと思った。赤いカーディガンの腕の部分が緑色のセーターの上にあったが、もともとはその反対ではなかったか？　最初はまっすぐ母親に訊いた。母親は激怒した。それでリンダは反対に疑いをもったのだった。そのあと、追いかけっこゲームが加速した。リンダは服や遊び道具や本の中に罠を仕掛けた。だが、母親はすぐにそれらに気がつくらしかった。リンダはしだいに複雑な仕掛けをせざるを得なくなった。複雑な仕掛け罠の説明をノートに書いて持ち歩いたこともあった。母親が気づかないうちに、嗅ぎまわっている跡をあばくことができるように願ったものだ。

リンダは車の中の細部にまで目を光らせた。この車の中を嗅ぎまわったのは、自分の母親みたいな人にちがいない。それは男でも女でもあり得る。子どもの秘密を嗅ぎまわる母親や父親は、人が思っているより多いものだ。子ども時代、父親か母親に持ち物を探されたり、嗅ぎ回られたことがないという子はほとんどいない。わたしの友だちにかぎって言えば、そんな子どもは一人もいなかった。父親か、母親、どっちかに嗅ぎ回られていた。リンダは父親のことを考えた。彼は決して子どもの所持品を調べたりしなかった。娘が本当に部屋の中にいるかどうかチェックするために、部屋のドアを斜《はす》に開けて中をそっとのぞくことはあった。だが娘のプライバシーに無断で入り込んだりはしなかった。だが、モナのほうは平気でそれをした。

リンダは座席の下をのぞき込んだ。そこにはアンナが座席の上の掃除に使うブラシがあるはずだった。それはまだそこにあった。が、いつもの位置より少しずれていた。グローブボックスを開けて中身を点検した。なにもなくなっていない。車の中を探した人間は金目《かねめ》のものを探していたわけではなさそうだ。なにか別のものを探していたのだ。あまり頭がよくない人間だとリンダは思った。カーラジオを盗めば、本来の目的をごまかすことができるのに、それをしなかったからだ。

跡を隠すことを知らない人間か。

それ以上はわからなかった。結論は出ない。だれがこんなことをしたのかだけでなく、なぜかもわからない。車を降りて座席をもとの位置に戻し、あたりを見回した。まぶしそうな光の中、男が一人やってきた。その後ろ首を見て、自分はアンナの父親のことを思った。いまリンダは力なく首を振った。マルメの町で見かけたのは父親だ、と思ったのが、見間違いだとわかってアンナはがっかりしたにちがいない。それできっとぷいっと旅行に出かけたのだ。いままでもアンナはそうしたことがあった。そして不意に戻ってきた。どこに行っていたのかだれも知らなかった。これはセブランから聞いた話だ。セブランはリンダがアンナとつきあっていなかった十年ほどの年月のことを話してくれた。だが、セブランによれば、アンナはいなくなるときは、必ずだれかに行き先をそっと教えていたという。

今回はだれに行き先を教えたのだろう？　わたしが見つけなければならないのはその人だ。リンダは教会の前の広場まで歩いた。教会の塔を見上げると、数羽のハトが羽ばたいて、裏の家のほうに飛んでいった。その家はあいかわらずがらんどうだった。トルゲイル・ランゴースという男がこの家を買ったのだ。そして現金で支払った。

リンダはその家の裏手にまわり、石のテーブルといすを見ながら考えた。スグリの藪《やぶ》があった。赤スグリと黒スグリの茂み。茂みの枝を折り取って、実を口の中に入れた。母親のモナのことがまたもや胸に浮かんだ。どうして母はいつもあんなに怖がっていたのだろう？　母は好奇心からわたしのものを調べていたのではない。あれをしたのは恐怖心からだと思う。でもなにをそんなに恐れていたのか？　わたしが見かけとはちがう子どもだとでも思ったのか？　九歳の子どもが表裏のある性格をもつことはあり得るかもしれない。秘密もあるかもしれない。だが母親が子どもの本当の性格を知るためにタンスの中のシャツやパンツの間を探らなければならないほど、複雑な二重人格などであろうはずがないではないか。

モナとリンダの葛藤《かっとう》が表面に出たのは、モナが日記を盗み読みしているとわかったときだった。リンダは十三歳になっていた。日記は寝室のクローゼットの緩んだ板の壁の中に隠してあった。初めそこは安全な場所だと思った。だがある日母親がその場所を嗅ぎ付けたことにリンダは気がついた。日記がいつもの場所より数センチ奥のほうにあったのだ。リンダはすぐに、その場所はもう安全な隠し場所ではないとわかった。学校に行っている間にモナがそれを見つけて読んでいるのだ、と。あのときの衝撃はいまでも思い出すことができる。あのとき、彼女は心から母親を憎んだ。スグリの実を口に運びながら、母親に裏切られたことを見つけたあのときほど、激しく人を憎んだことはないと思った。まだ十三歳だった。

あれがどう終わったかも覚えていた。リンダは母親を罠にはめることにした。そして母親が罠にはめられたとはっきりわかるようにしたのだ。日記の白紙の部分に、〝ママが日記を読んでいることは知っている、わたしのタンスの中を探っていることも知っている〟と書き込んだ。

そうしてから、日記をいつもの場所に隠し入れ、学校へ行った。だが、途中まで来て方向を変えた。学校をサボることにしたのだ。行ってもどうせ勉強に身が入らないと思った。そして町を一日中ぶらついた。家に帰ったときは緊張して冷や汗をかいていた。が、モナはなにごともなかったような顔をしていた。夜中、両親が眠ってから、リンダは起き上がり、日記を取り出した。すると、自分が書き込んだ言葉の後ろに、なんと母親の書き込みがあるではないか。しかし、謝りの言葉も、恥ずかしいという言葉もなかった。ただこう書かれていた。もう読まないわ。約束する。

リンダは手に取ったスグリの実の最後の数粒を口に投げ入れた。あのこと、母とは一度も話し合ったことがない。その後、母は盗み見をすることをやめたと思う。が、百パーセントそうだという確信はなかった。もしかすると、母は跡を残さないやり方が上手になっただけかもしれないし、自分は自分であまり気にかけなくなっていた。とにかくあのことは一度も二人の間で話し合われたことがない。

裏庭から出ようとしたとき、大きな栗の木の下になにかがあるのが目に入った。リンダはよく見ようと近づいた。そしてギクっとして足を止めた。人の体が横たわっているように見えたからだ。服が見え、伸ばした腕と足が見える。動悸が激しくなった。目を大きく開いて目に映るものを拡大して見ようとした。どのくらいそのようにしていたのかわからないが、しまいにこれは人体ではないと結論を下した。高い栗の木の裏側に横たわっていたのは案山子《かかし》だった。栗の木の向こう側にサクランボの木があった。なるほど、鳥たちからこのサクランボの実を守るために、この案山子がたてられていたのだ。それが倒れても、だれも元通りに直さなかったのだろう。案山子はまるで死体のように横たわっていた。汚れた服で、人が十字架に縛りつけられたまま倒れて腐っているように見えた。案山子の体は白いスタイロフォームでできていたが、服のほうは人間の着古したものにちがいなかった。上半身には古い背広、下半身にはスカートが腰のところで縛りつけられている。半分土になってしまっている茶色い帽子の下の顔は白い麻袋で、草が詰まっているその顔には半分消えかかっている目と鼻と口が描かれていた。リンダはしゃがみ込んでそのスカートを見た。焦茶色で上着に比べてまだ新しかった。そのときなにかが腹の中から、わっと湧き上がってきた。アンナはこれと似たようなスカートをもっている。でも、この前クローゼットを見たとき、それがあっただろうか？　わからない。立ち上がった。喉がつかえ、気分が悪くなった。このスカートはアンナのものではないか？　そう思ったとたん、もう一つの考えが浮かんだ。もしそうなら、アンナはすでに死んでいる？

教会前に停めていた車に戻り、そこから制限速度などすべて無視して猛スピードでイースタまで走らせた。アンナのアパートの建物の前に車を乱暴に停めると、アパートまで階段を駆け上がった。わたしは神様なんて信じない。祈りも捧げない。でも、ああ、どうぞ神様、あのスカートがクローゼットにありますように！　クローゼットのドアを開けた。スカートは？　ない。かかっている服をみんな乱暴に調べた。焦茶色のスカートはどこにもなかった。全身が震えていた。恐怖は極寒のように体を震わせる。浴室に駆け入り、洗濯物のかごを調べた。スカートは、ない。そのとき、目に入った。乾燥機の中に焦茶色のスカートがあった！　安堵のあまり、浴室の床にぺたんと座り込み、大声で叫んだ。
そのあと、自分の顔を浴室の鏡で見て、もういい加減にこんなことは終わりにしなければ、と思った。アンナの身になにかが起きたのではないかと心配しはじめたらきりがない。アンナの車で走りまわるより、セブランとじっくり話すほうがいい。アンナがどこにいるかを知っている人物がきっというはずなのだから。

道路に出た。気になることが一つあった。ここまで調べたのだから、最後にスクールップの不動産屋を訪ねるべきではないだろうか？　はっきりと決めたわけではなかったが、なんとなくリンダはそのまま西へ車を走らせた。

スパルバンケン銀行の不動産部門をまかされているのはツーレ・マグヌソンという男で、リンダが訪れたとき、ドイツ人の夫婦にトルンネルップにある物件について説明しているところだった。リンダは腰を下ろして物件案内のファイルをめくった。ツーレ・マグヌソンのドイツ語はひどいものだった。壁に彼の名前と写真が貼られていた。この支店にはもう一人不動産の担当者がいるらしかったが、いまはマグヌソンしかいない。ファイルの中にある物件に目を通しながら、リンダは値段の高さに驚いた。子ども時代、田舎に移り住んで馬を飼いたいという夢があったことを思い出した。それは十代が終わるころまで彼女が本気で目指していた人生の目標の一つだった。だがそのあと、夢は急に消えてしまった。いまは、泥まみれになって馬を飼い、吹雪の中、寒い農家で冬を過ごすことなど考えられなかった。自分では気がつかないうちに、わたしは都会の人間になってしまったのだ。小さな町イースタはほかのもの、ほかのもっと大きなものへ向かう中継地にすぎない。マルメか、ヨッテボリか、いや、もしかするとストックホルムが最終地なのかもしれない。

ツーレ・マグヌソンが立ち上がり、リンダのほうへやってきた。リンダは礼儀正しく笑みを浮かべた。

「ドイツ人はなかなかやっかいでね」と言い、それから名乗って握手した。「こういう仕事は時間がかかるものなんですよ。さて、ご用件は？」

リンダは、今回は警察官だとかいうことはまったく口にせず、用件だけを言った。ツーレ・マグヌソンは話が終わらないうちにうなずきはじめた。その家の売買のことは書類を見るまでもなく覚えているらしかった。

「レスタルプ教会の裏にある建物はノルウェー人が買い取りましたよ。人当たりのいい男性でしたね。決めるのが早かった。売り手から見れば、理想の客と言っていい。現金払い、ぐずぐずせずに即決でしたね」

「その人と連絡をとりたいんですけど、どうしたらいいかしら。あの家に興味があるんです」

ツーレ・マグヌソンは値踏みするようにリンダを見据えた。彼がいすの背に寄りかかると、きしむ音が響いた。

「正直に言うと、彼はあの家に相場以上の金を払ったんですよ。これはもちろん、私の立場では、話してはいけないことですが、もしあの家に関心がおありなら、あれよりもっといいロケーションで、建物のコンディションも良く、しかもずっと安い物件を少なくとも三件紹介できますよ」

「いえ、わたしはあの家に興味があるんです。それで、少なくともそのノルウェー人に、売る気があるかどうか訊きたいんです」

「もちろんそれは直接お訊きになればいい。トルゲイル・ランゴースという名前ですよ」

最後の名前は歌うような声で発音された。そういえば、この男はきれいな声をしている、とリンダは思った。マグヌソンは立ち上がると、隣の部屋へ行った。まもなく一つのファイルを持って戻ってきた。

「トルゲイル・ランゴース。ランゴースのゴーのスペルはaが二つです。出生地はベールムというところ。どこでしょうなあ。四十一歳とあります」

「ノルウェーの現住所は？」

「それは書かれてないですね。現住所はコペンハーゲンとなっている」

ツーレ・マグヌソンはファイルをリンダが見えるように置いた。ネーデルガーデ十二番地とある。

「どういう人物でした？」

「なぜそんなことが知りたいんですか？」

「コペンハーゲンまで行く価値があるだろうかと思って。どう思いますか？」

ツーレ・マグヌソンはまたもやいすの背に寄りかかった。

「私はいつも人を見たらどういう人かを即座に理解しようと努力します。この仕事をする以上、それは当然と言えば当然のことですが。まず、不動産販売に携わる者が見抜かなければならないのは、熱心に売り家を見てまわるけれども絶対に買いはしない人。トルゲイル・ランゴースはちがっていた。初めから買う気だった。店に入ってきたときからすぐにわかった。じつに人当たりがよく、すでにあの家を選んでいた。車で案内し、家の中を見せた。彼は質問一つしなかった。店に戻ると、商談成立というわけです。車で案内し、家の中を見せた。彼は質問一つしな

かった。店に戻ると、商談成立というわけです。ショルダーバッグから現金を取り出してその場で支払った。そんなことはめったにないことです。私の経験では、売買成立のその場で現金で支払われたのは、これまで二回しかなかった。人気絶頂のテニスプレーヤーがまだ若いころにヴェストラ・ヴェンメンフーグにあった大農家を買ったとき。彼もまた現金がぎっしり詰まったバッグを携帯していた。彼はしかし、買いはしたものの、一度もその農家に滞在したことがないんじゃないかな。それともう一回。ゴム長靴製造会社社長の金持ち爺さんの未亡人。執事を連れてきていましたよ。支払いはその男がしました。それはリーズゴード付近にあった小さな家で、その未亡人の遠い親戚がだいぶ昔に住んだことがあったとかいうことだった」

「ゴム長靴製造会社社長の金持ち爺さん？」

「ああ、その人はフーガネースにゴム長靴の工場をもっていて、ゴム長で財を成したんですよ。もちろんヘルシングボリのドゥンカースほどじゃありませんがね」

　リンダはヘルシングボリのドゥンカースさえ知らなかった。トルゲイル・ランゴースのコペンハーゲンの住所を書き写すと、礼を言い、出口に向かった。だが、ツーレ・マグヌソンはそ

の彼女を呼び止めた。

「トルゲイル・ランゴース、いま急に思い出したんですが、なんだか気になることがありましたね。しかし、あのときは売却がとんでもなくスムーズにいったために、棚上げにしてしまったんです」

「それは、なんでした？」

ツーレ・マグヌソンはゆっくり首を振りながら言った。

「なんと言ったらいいのか。何度も後ろを振り向いていましたね。まるで会いたくない人間がやってくることを恐れているみたいに。それともう一つ。ここで物件売却手続きをしていたとき、何度も手洗いに立ったんですよ。最後に手洗いから出てきたとき、彼の目がヌメッと光っていたのを覚えています」

「泣いていたんでしょうかね？」

「いや、そうじゃなくて、なにかの影響だったと思いますね」

「たとえばアルコールとか？」

「いや、酒のにおいはしなかった。いや、でも、ウォッカでも飲んだのかな」

リンダはほかに訊くべきことを考えた。

「なにより、人当たりがよかったですね」とツーレ・マグヌソンはリンダの考えを中断させて言った。「もしかして、彼ならあの家をあなたに売ってくれるかも？　わかりませんよ」

「どんな外見でした？」

「顔の造りはとくに特徴はなかった。しかし目がちがっていましたね。濡れたように光っていただけでなく、きつい目つきだった。見ようによっては敵意のある目だという人もいるかもしれませんね」

「でも、人当たりがいい感じなんですよね？」

「そうなんです。じつにいい感じでした。理想的な客と言っていいほどに。売却が成立したその日、私はいいワインを一本買って、家で乾杯しましたよ。なんの努力もせずにいい値段で売れたんですから、そんなめでたいことはめったにないですからね」

リンダは不動産の店を出た。もう一つ、やることができた。コペンハーゲンまで行って、トルゲイル・ランゴースという人物に会ってみるのだ。なぜその男に会うのか？　まあ、おまじないのようなものかもしれない。アンナの不在にはなんの不可解なこともないと確認するおまじないだ。行方不明になったわけではなく、ただ留守にするということをわたしに言い忘れただけ。いま起きていることはすべて、わたしが仕事を始めるまでの時間を持て余して、想像力をたくましくして思い込んでいるにすぎない、のかもしれない。

次にリンダはマルメに向かって車を走らせた。イェーゲルスロー方面とウーレスンド橋に向かう分岐点の少し手前で、急にマルメに寄っていこうと思いついた。リンハムヌにある住宅地へと車を向け、一軒の家の前で車を停めて、門の中に入った。車寄せに車が一台停まっていた。留守ではない、だれか中にいる。玄関のベルを鳴らそうとして、ふとリンダは手を止めた。庭伝いに家の裏側にまわると、ガラスで囲まれたテラスに出た。庭は手入れが行き届き、玉じゃりの道もきちんとまわりの芝が刈り込まれてまっすぐに続いている。テラスのドアが少し開いていた。リンダはドアを押し開けて中をうかがった。静かだった。だが、人の気配はした。ドアが斜《はす》に開いているのだから、近くに人がいるにちがいないと思った。この家の住人は、もし留守にするとしたら、きちんとドアを閉め、鍵をかけるようなタイプだ。リンダは家の中に入った。壁にかかっている絵に見覚えがあった。子どものときその絵は炎が飛んできて燃えだした茶色いクマに見えたものだ。それはいま見てもやはり気味の悪い絵だった。それは父が福引きで当てた賞品で、誕生日のプレゼントとして母親に与えたものだった。そのときキッチンから音が聞こえ、リンダは音の方向に足を向けた。

こんにちはと声をかけようとして、リンダは息をのんだ。モナが流しの前に立っていた。ほぼすっ裸といっていい格好で、壜《びん》を立てて酒をぐい飲みしていた。

27

あとでこのときのことを思うと、まるで写真を見ているような感じだった。酒壜《びん》を持ってそこにいるのは母親ではなく、いや、人間ではなくて造り物で、なにかの拍子に記憶の中からひょっこり現れた、という感じだった。一度、ずっと前に、彼女自身がこんなふうになったことがあった。もちろん、裸で酒壜を手に持っていたわけではない。十四歳のときだった。ティーンエイジの中でも、もっともむずかしい年齢で、なにもかもがうまくいかず、希望もなく、わけがわからない、それなのにすべてがはっきり見えて、体中がそれまで知らなかった飢餓感で震えるような年頃だった。それはリンダの人生からみればほんの短い間のことで、父親は夜中でもしょっちゅう仕事に出かけ、母親は母親で不満いっぱいの家庭の主婦の役割からやっと抜け出して運送会社の事務員の仕事を始めたころのことだった。リンダはうれしくてしかたがなかった。放課後の数時間やっと家で一人で過ごせた。ときどき友だちを家に連れて帰ることもできた。

しだいに大胆になって、親たちのいない時間、家で友だちとパーティーを開いたりした。親のいない家を開放したため、急に人気者になった。何度も父親に電話をかけて、家に帰ってくる時間を確かめ、たいていは遅くなるという言葉を聞いて安心した。母親のモナは六時から六時半の間に帰ってきた。この時期、リンダに初めてのボーイフレンドができた。歌手のトーマス・レディンに似ていて、ときどきリンダはクリント・イーストウッドが十五歳のころはきっとこんな顔だったにちがいないと思ったりした。トルビューン・ラッケスタッド。親のどちらかがデンマーク人で、スウェーデン人とインド人の血も混じっていて、どっきりするような、そのうえ神秘的な雰囲気のある美形の男の子だった。

トルビューンといっしょにリンダは初めて恋愛というものを体験していった。抗いながらも、しだいに関係を深めていった。そしてある日、二人がベッドにいるとき、突然部屋のドアが開いたのだ。モナが立っていた。その日、職場の上司とケンカして、いつもより早く帰ってきたのだった。あのときのショックを思い出すと、いまでも全身に冷や汗が流れる。彼女は悲鳴とも笑いともつかない声をあげ、目をつぶってしまったので、トルビューンがどうしたのかは知らない。きっと服をそそくさと着て飛び出していったのだろう。

モナは戸口に長いこと立っていたわけではなかった。ただ、その目にはなんとも曰く言いがたい表情があった。絶望、怒り、そして奇妙な満足感とも言えるものが表れていた。いつも抱いていた疑いの現場をついに押さえたという気持ちだったのではないか。リンダは部屋にどれだけの時間留まっていたか覚えていない。だが、しまいに居間に出て行った。モナはソファでタバコを吸っていた。ひどい言い合いになった。リンダはいまでも「あんたがなにをしようがかまわないわよ。赤ん坊ができないようにさえしてくれれば」と母親が何度も繰り返して言っていたことが忘れられない。自分の叫び声も覚えている。言葉にはならなかった。恥ずかしさ、怒り、惨めさでいっぱいだった。

その最中に父親が帰宅した。初めはなにごとかと驚いたが、次に二人の間を取り持とうとし、しまいには彼自身が怒りを爆発させ、モナとの結婚祝いにもらったガラスの器を叩き割った。


裸の母親を見て、リンダの頭に浮かんだのはそのときのことだった。また、母親の裸を見たのは、子どものとき以来だとも思った。ただし、いま目にしている姿はまったく変わっていた。モナは太った。脂肪が体中についていた。リンダは不愉快そうに顔をしかめた。無意識の反応だったが、モナの目はすぐにそれをとらえ、都合の悪い場面を娘に見られた気まずさが恥ずかしさに変わった。そのときの気まずさ、まったく予期していないことが起きたという戸惑いは、母と娘の双方が実感したことだった。モナは酒壜を調理台に音を立てて置くと、冷蔵庫のドアを開けて体を隠した。冷蔵庫のドアの上から頭が、ドアの下から両脚が見える姿を見て、リンダは思わず笑いを漏らしてしまった。

「ベルも鳴らさずに人の家に入ってくるなんて、どういうこと?」

「びっくりさせたかっただけよ」

「人の家に入るのに、ベルを鳴らさずに入るなんて」

「まさか、母親が昼日中からお酒を飲んでるなんて、思わないもの」

モナは冷蔵庫のドアを音を立てて閉めた。

「お酒なんて飲んでいないわ！」

「ウォッカの壜を口に当てて、直接飲んでいたじゃない！」

「水よ。わたしは冷蔵庫で冷やした水を飲んでいたのよ！」

二人とも壜に飛びついた。リンダは真実をあばくために、母親は真実を隠すために。リンダのほうが早かった。壜の口に鼻をつけてにおいを嗅いだ。

「水じゃない。これはウォッカよ。服を着てきてよ。自分がどんな格好かわからないの？　もうじきパパと同じくらいデブになるわよ。ただしパパは単に大きいだけだけど、ママのは脂肪ね」

モナは壜を奪い返した。リンダは抵抗せず、モナに背中を向けた。

「服を着てちょうだい」

「わたしの家よ。裸でいようが服を着ていようが、勝手でしょ」

「ここはママの家じゃないわ。会計士のよ」

「ちゃんとオーロフという名前を言ってちょうだい。わたしの夫なんだから。この家はオーロフとわたしの家よ」

「それはちがうでしょ。あんたたちが婚姻目録を作っていること、知ってるわ。別れたら、この家は彼のものよ」

「どうしてそれを？」

「おじいちゃんから聞いたわ」

「あのいまいましいやつ。あんなジジイになにがわかるっていうのよ」

リンダがぱっと振り向き、母親の頬を平手打ちした。ほんの少し頬をかすっただけだったが。

「わたしのおじいちゃんのこと、そんなふうに言わないで」

モナは一歩下がった。体が揺れている。打たれたせいではなく、アルコールのせいだ。リンダを激しく睨みつけて言った。

「あんたは父さんそっくりね。あの人もわたしを打《ぶ》った。いまはあんたがわたしを打《ぶ》つ」

「とにかくなにか着てよ！」

リンダの目の前で母親は壜を逆さに立てて口に当て、大きくごくりと飲んだ。信じられない。いまわたしが見ているのは夢よ。ああ、なぜここに来てしまったのだろう？　なぜわたしはまっすぐコペンハーゲンに行かなかったのか？

モナはよろけて床の上に倒れた。リンダが手を貸そうとすると、母親は拒み、自分で近くのいすに這い上がった。

リンダはバスルームに行って、モーニングガウンを持ってきたが、母親はそれを振り払った。リンダは気分が悪くなった。

「お願いだから、なにか着てよ」

「どれもきつくて、入らないのよ」

「それじゃ、わたし、もう行くね」

「コーヒーぐらい飲んでいってよ」

「ママがなにかはおってくれたら、そうしてもいいわ」

「オーロフはわたしの裸を見るのが好きなのよ。わたしたち、家の中ではいつも裸でいるんだから」

いまはわたしのほうがこの人の母親なのだ、とリンダは心の中で言い、モナにモーニングガウンをはおらせた。モナは抵抗しなかった。その手が壜のほうに伸びたとき、リンダはそれを取り上げて、手の届かないところに置いた。それからコーヒーをいれた。モナはどんよりとした目で娘の動きを追った。

「クルトはどうしているの？」

「元気よ」

「嘘。あの人、いままで一度だって元気だったことないわ」

「いまは元気よ。いままでにないくらい」

「それはやっとお父さんがいなくなったからじゃない？　なにしろあのじいさん、息子のこと大嫌いだったものね」

リンダは思わずまた手を上げた。モナはごめんというように両手を上げて肩をすくめた。

「パパがどんなにおじいさんの死を悲しんでいるか、知らないくせに。ほんと、ママはなにも知らない」

「犬はどうしたの？　買った？」

「ううん」

「あのロシア女とまだつきあってるの？」

「バイバはロシア人じゃなくて、ラトヴィア人よ。ううん、もう終わったわ」

モナはいすから立ち上がった。まだふらふらしているが、倒れはしなかった。バスルームに姿を消した。リンダは耳を澄ました。水が流れる音がしたが、隠しておいた酒を飲むような気配はなかった。

モナは髪を梳かし顔を洗ってバスルームから出てきた。目で壜を探している。それはすでにリンダが流しで中身を空けて、カラ壜となってテーブルの上にあった。モナはコーヒーをカップに注いだ。リンダは急に母親が可哀想になった。この人のようにはなりたくない。いつもこそこそと隠れて人の秘密を嗅ぎまわる、神経質で、自立していない女。パパと別れたくなんかなかったはずなのに、自分の心がわからなくて、したくもないことをしてしまった人。

「いつもこうってわけじゃないのよ」とモナは口の中でぼそぼそと言った。

「でもちょっと前、オーロフとママは家の中でいつも裸でいると聞いたばかりだけど?」

「あんたが思っているほど、お酒を飲んだりしてないという意味よ」

「べつになにも思っていないわ。ただ、以前はママ、ほとんどアルコールを飲まなかったわよね。でもいまは、真っ昼間から裸で壜の口からお酒を飲んでいる」

「気分が悪いの」

「病気なの?」

モナは泣きだした。リンダは驚いた。母親が泣くのを見たのはいつだったろうか? この人は料理がうまくいかなかったり、なにか忘れたことがあったりすると泣く人だった。父とケンカするときも泣く人だった。だが、今日のこの涙は別のものだ。リンダはなにも言わず、母親が泣き終わるのを待った。泣きだしたのと同じくらい急に泣き止んだ。鼻をかむと、コーヒーに手を伸ばした。

「ごめんなさい」

「謝るより、どうしたのか、話して」

「どうしたって?」

「それはママが知っているでしょう? わたしは知らないわ。でもなにか困ったことがあるんでしょう?」

「オーロフにだれか女の人ができたんだと思うの。そんなことはないと本人は言ってるけど。でもわたし、人生で一つだけ、賢くなったことがあるの。それは、人が嘘をつくのがわかるということ。あんたのお父さんのおかげでね」

リンダはまた腹が立った。

「パパは他の人より嘘つきだとは思わないけど? わたしと比べたら、嘘をつかないほうよ」

「ふん、わたしの話を聞いたらびっくりするわよ」

「そんな話聞きたくもないわ」

「おまえはどうしてそんなに意地悪なんだろうね」

「え? べつに。正直に言ってるだけよ」

「いまのわたしは、だれかに親切にしてもらいたいのに」

リンダは母親に対して同情、怒りなど、いろいろな感情が湧いたが、どんな感情よりもいまいちばん強いのは、この人なんか大嫌い、という気持ちだった。母親は愛を乞うている。わたしにはそんなものあげられない。もう行こう。コーヒーカップを置いて立ち上がった。

「もう行くの？」

「コペンハーゲンに行くところなの」

「なにをしに？」

「説明している暇はないわ」

「オーロフのことが憎い。どうしてあんなことをしてるのか」

「ママがお酒を飲んでいないときに、また来るわ」

「おまえはどうしてそんなに意地悪なの？」

「わたしはべつに意地悪じゃないわよ。電話するね」

「こんなふうに生きていくことはできないわ」

「それじゃやめればいいじゃない？　一度経験があるからできるでしょ」

「わたしの経験を、数え上げなくていいわよ」

モナはまた興奮しはじめた。リンダは背を向けてその場を去った。後ろからモナの声が響いてくる。「お願い、もう少しだけいて！」。玄関のドアを開けたとき、言葉が追いかけてきた。

「勝手に行けばいい！　二度と戻ってくるな！」

車に乗り込むとどっと全身から汗が噴き出した。いやな女、と思った。まだむかついていた。

でもきっとデンマークへのウーレブロ橋を渡りきらないうちに、わたしは後悔するにちがいない。母親のそばに残って愚痴を聞いてやるいい娘でいるべきだったと。

リンダはウーレブロ橋の出発地点を探しあて、橋を車で渡る切符を買って有料道路に入った。ゆっくり運転した。早くも良心がチクチクと痛みはじめた。一人っ子でなかったらいいのに、という思いが頭をもたげた。もう一人きょうだいがいたら、状況はまったく別だっただろう。いまは二人の親に対し、一人の子ども。あの二人が年をとったら、わたし一人が面倒を見なければならない。そう思い、今日のことを父親に話さなければならないとため息をついた。いままでもモナはあんなふうに酒を飲んだのだろうか？　わたしが知らなかっただけで、アルコールの問題を抱えていたのだろうか？
デンマーク側の橋の終点に着き、頭からモナのことを追い出した。父親と話そうと決めたあと、良心の痛みが消えた。あのまま出てきてよかったのだ、と思った。しらふのときに話をしよう。あの場に残ったら、いまごろはまだケンカしていることだろう。

デンマーク側でリンダは駐車場に車を入れ、歩きだした。ベンチを見つけて腰を下ろすと、遠いかすみの中に、スウェーデンとデンマークの間の海峡と橋とスウェーデンが見えた。あそこに両親がいる。小さいときからわたしをわけのわからない霧の中に閉じ込めてきた両親が。二人のうち、より救いようのないのは父親だ。仕事はできるかもしれないがいつも不機嫌で、なんの理由か知らないが自らに笑うことを禁じている男。いっしょに人生を送る女の人が見つけられない父親。それというのも、いまだにモナを愛しているからだ。リガにいるバイバはそれをわからせようとしたが、父親は頑としてそれを受け付けなかった。「モナのことはもう忘れた」と言ったと、バイバはわたしに話してくれた。でもそれは本当ではない。父は母を忘れていない。一生忘れられないだろう。父にとって母はまさに人生で最愛の人だからだ。いまわたしは裸の姿の母に会った。キッチンで、壜からウォッカをラッパ飲みしている母に。母もまた霧の中をさまよっているのだ。そしてわたしはもうじき三十歳になるというのに、いまだにその霧の中から出ることができないでいる。

リンダは腹立たしそうに足元の石を蹴った。小石をつかむと空を飛んでいるカモメに投げつけた。十一番目の戒律。それこそわたしにとって大切な教えだ。汝、親のようになるべからず。霧の向こうにわたしたち家族が接触を失った別の世界があるのだ。母はきっと血の気の薄い会計士との味気ない暮らしの中で死ぬだろう。父は人生で最愛の人に出会い、しかも彼女を失っていて、その事実が受け入れられない状態でうろうろしているうちに死ぬだろう。これからも飼いもしない犬、ありもしない家を追い求め、そしてある日、なにもかももう遅いと気づくのだ。こんなことに、いったいなんの意味があるのだろう?

リンダは立ち上がって、また車に戻った。ドアに手をかけた瞬間、急に笑いがこみ上げてきた。カモメが数羽、驚いて飛び立った。わたしはちがう。だれにもわたしを霧の中に閉じ込めさせたりしないわ。生涯出口がわからなくてうろうろしたりなどしない。霧はもしかすると魅力的な迷路《ラビリンス》かもしれないけど、わたしはその中に留まるつもりなどない。コペンハーゲンの市街地に車を走らせながらも、彼女はまだ笑っていた。ニーハヴンまで来て、車を降り、大きなツーリストガイドの標識を見て、ネーデルガーデを探した。

住所を探しあてたころにはすでに薄暗くなっていた。ネーデルガーデは同じような形の高層住宅ばかりのある場末の汚れた通りだった。なんとなく身の危険を感じて、このままトルゲイル・ランゴースを探すか、あるいは日をあらためてもう一度出直すか迷ったが、ここまで来るのに払った橋の通行料金が高かったので、もう一度出直すことはできないと思った。車に鍵をかけ、道に足を下ろすと、もう片足で叩き付けるように道路を踏んだ。薄暗い明かりの下で、住所の建物の表に出ている住人名を読んだ。そのとき建物のドアが開き、ひたいに傷のある男が出てきた。リンダとぶつかりそうになって、男は飛び退いた。ドアが閉まる前にリンダは体を滑り込ませた。中のホールに別のボードがあって、住人たちの名前が載っていた。ランゴースという名前もトルゲイルという名前もない。ゴミ袋を手に持った女が現れた。リンダと同じぐらいの年格好だった。リンダはほほ笑んで話しかけた。

「ごめんなさい、トルゲイル・ランゴースという名前の男の人を探しているんですけど」

女は立ち止まった。

「ここに住んでいる人？」

「ええ、ここの住所なんです」

「なんという名前？　トルゲイル・ランゴース？　デンマーク人かしら？」

「ノルウェー人らしいの」

女は首を振った。嘘をついてはいないことがわかる。

「ここにはノルウェー人は住んでいないと思うわ。スウェーデン人なら何人かいるし、ほかにも外国人はいるけど、ノルウェー人はいないわね」

建物の入り口ドアが開き、男が一人入ってきた。ゴミを手に持った女が、トルゲイル・ランゴースという人を知っているかと聞くと、男は首を振った。フード付きのスウェットシャツを着ている。男の顔はフードに隠れていて見えなかった。

「悪いけど、わかんないわ。でも二階のアンデルセン夫人と話してみたら？　この家に住んでいる人のことなら、なんでも知っているから」

リンダは礼を言い、階段を上りはじめた。足音が響く。どこかでドアが閉まる音がした。明るいラテンアメリカの音楽が大音量で聞こえてきた。アンデルセンと書かれた部屋の前の小さないすの上に鉢植えが置いてあり、ランが咲いていた。ドアベルを鳴らした。アパートの中から犬の鳴き声がした。アンデルセン夫人という人はいままで見たこともないほど小柄な人だった。背中が曲がっていて、足元は擦り切れたスリッパを履いていたが、そのそばにこれまた小さなミニチュアドッグがいて、吠え立てていた。リンダは用件を言った。アンデルセン夫人は左側の耳を指差した。

「もっと大きな声で言って。聞こえないよ」

リンダは用件を大声で叫んだ。

「トルゲイル・ランゴースという名前のノルウェー人、ここに住んでいますか?」

「耳は悪いけど、あたしの記憶力は抜群だよ。ここにはランゴースという名前の人間はいないよ」

「ここの居住者のどこかに居候しているとか?」

「あたしはここの住人はすべて知っているよ。契約を結んで住んでいる者も、人のアパートに転がり込んでいる人間も。この建物が新築のときからの住人だからね。四十九年も前からよ。いまではそうとう怪しい者も住んでいる。自分の住んでいるところだ、目を光らせなくてはね」

アンデルセン夫人はリンダに顔を近づけてしゃがれ声で言った。

「ここでは麻薬の取引までやってる人間がいる。なのに、だれも見て見ないふりだ」

コーヒーポットにコーヒーが入っているから飲んでいけと何度も勧められ、リンダは三十分つきあって、ようやく退散することができた。その三十分間、アンデルセン夫人は、残念ながら早死にしてしまった素晴らしい夫の話を延々と話してくれた。

リンダは階段を下りていった。ラテンアメリカ音楽は聞こえなくなっていた。どこかから子どもの泣き声がした。建物から外に出て、道を渡る前にあたりを見回した。薄暗いコーナーから人が出てきた。フードをかぶったさっきの男だ。次の瞬間髪の毛をつかまれた。リンダはもがいて離れようとしたが、髪の毛がつかまれているため痛くて逃げられなかった。

「トルゲイルなどいない。トルゲイル・ランゴースなどという人間はいない。忘れろ」

「手を放して！」

男は髪の毛を放した。すぐにこめかみに拳《こぶし》が飛んできた。強い一撃で、リンダはその場で意識を失った。

検印
廃止

訳者紹介　1943年岩手県生まれ。上智大学文学部英文学科卒業，ストックホルム大学スウェーデン語科修了。主な訳書に，インドリダソン『緑衣の女』，マンケル『殺人者の顔』『北京から来た男』，シューヴァル／ヴァールー『ロセアンナ』などがある。

霜の降りる前に　上

2016年1月22日　初版

著　者　ヘニング・マンケル

訳　者　柳《やなぎ》沢《さわ》由《ゆ》実《み》子《こ》

発行所　（株）東京創元社
代表者　長谷川晋一

162-0814/東京都新宿区新小川町1-5
電　話　03・3268・8231-営業部
03・3268・8204-編集部
URL　http://www.tsogen.co.jp
振　替　00160―9―1565
精興社・本間製本

ISBN978-4-488-20916-2　C0197

2002年ガラスの鍵賞受賞作

MÝRIN◆Arnaldur Indriðason

湿地

アーナルデュル・インドリダソン
柳沢由実子 訳 創元推理文庫

◆

雨交じりの風が吹く十月のレイキャヴィク。湿地にある建物の地階で、老人の死体が発見された。侵入された形跡はなく、被害者に招き入れられた何者かが突発的に殺害し、逃走したものと思われた。金品が盗まれた形跡はない。ずさんで不器用、典型的なアイスランドの殺人。だが、現場に残された三つの単語からなるメッセージが、事件の様相を変えた。しだいに明らかになる被害者の隠された過去。そして肺腑をえぐる真相。

全世界でシリーズ累計1000万部突破！　ガラスの鍵賞２年連続受賞の前人未踏の快挙を成し遂げ、CWAゴールドダガーを受賞。国内でも「ミステリが読みたい！」海外部門で第１位ほか、各種ミステリベストに軒並みランクインした、北欧ミステリの巨人の話題作、待望の文庫化。

自信過剰で協調性ゼロ、史上最悪の迷惑男。
でも仕事にかけては右に出る者なし。

〈犯罪心理捜査官セバスチャン〉シリーズ

M・ヨート&H・ローセンフェルト◎ヘレンハルメ美穂 訳

創元推理文庫

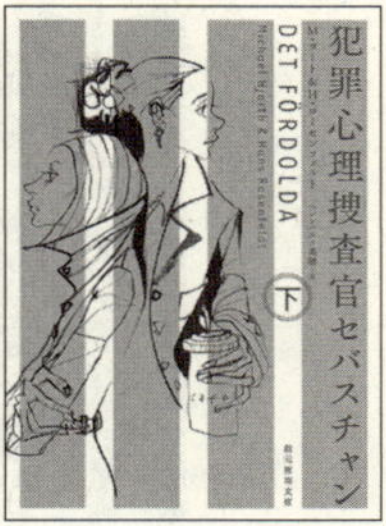

犯罪心理捜査官セバスチャン 上下

心臓をえぐり取られた少年の死体。衝撃的な事件に、
国家刑事警察の殺人捜査特別班に救援要請が出された。
四人の腕利き刑事＋元トッププロファイラー、セバスチャン。
だがこの男、協調性ゼロのトラブルメーカーだった。

模倣犯 上下

かつてセバスチャンが捕まえた
連続殺人犯の手口に酷似した事件が。
だが、犯人は服役中のはず。模倣犯なのか？
セバスチャンは捜査班に加わるべく、早速売り込みをかける。
凄腕だが、自信過剰の迷惑男の捜査が始まる！

巧緻を極めたプロット、衝撃と感動の結末

JUDAS CHILD◆Carol O'Connell

クリスマスに少女は還る

キャロル・オコンネル
務台夏子 訳 創元推理文庫

◆

クリスマスも近いある日、二人の少女が町から姿を消した。

州副知事の娘と、その親友でホラーマニアの問題児だ。

誘拐か？

刑事ルージュにとって、これは悪夢の再開だった。

十五年前のこの季節に誘拐されたもう一人の少女——双子の妹。だが、あのときの犯人はいまも刑務所の中だ。

まさか……。

そんなとき、顔に傷痕のある女が彼の前に現れて言った。

「わたしはあなたの過去を知っている」。

一方、何者かに監禁された少女たちは、奇妙な地下室に潜み、力を合わせて脱出のチャンスをうかがっていた……。

一読するや衝撃と感動が走り、再読しては巧緻を極めたプロットに唸る。超絶の問題作。